阅读之前 没有真相

午夜文库

星降山庄杀人事件

[日]仓知淳 著
水七木 译

新 星 出 版 社 NEW STAR PRESS

主要登场人物

岩岸豪造（51）	房地产开发公司社长
财野政高（38）	岩岸的部下
草吹茜（36）	作家
早泽麻子（25）	茜的秘书
嵯峨岛一辉（43）	UFO 研究专家
小平由美（20）	女大学生
大日向美树子（21）	女大学生
星园诗郎（31）	观星家
杉下和夫（27）	星园的见习经纪人

1

【本作的主角率先登场。主角是叙述者，亦担任华生的角色。换言之，他与读者共享了所有的情报，绝不可能是案件的凶手。】

“但是，就算你这么说也没办法啊，我回过神来时就已经出手了。”杉下和夫狠狠地呷了一口杯中的酒，对着听筒说道，“我也没想到自己竟然会做出这种事。”

分不清这是今天第几次发牢骚了，和夫痛苦地叹着气，将那已经在脑海中反复盘旋了好几十次的后悔之言一吐为快。

“不过啊，这不几乎就是电视剧的情节吗，主角是热血上班族之类的。”电话另一端的朋友用稍显困惑的语气回答道。

学生时代的这位朋友在市政所上班，杉下自己则在广告公司上班。两人因职业不同而无所拘束，时不时地互相发一些工作上的牢骚，但今天这事儿毕竟不一般，对方似乎也不知该如何应对。

“现在已经不流行鲁莽的热血男儿那一套了。生不逢时也挺好的，毕竟又不是少爷。”

“我本来就不是少爷。”

“呆子，我说的是夏目漱石笔下的少爷。”

“哦，那个‘少爷’啊。”

“你真不让人省心。”朋友惊诧万分地说，“电视剧或小说里倒是经常出现这种情景，可在现实中我还是第一次听说。没想到居然真有这种人存在，让人难以置信啊。”

“我也不相信自己会做出这种事。”

和夫有些自暴自弃，在万年不叠的被子上重新调整了坐姿，将五百毫升的瓶装日本酒咕噜噜地倒进空了的杯子里。和夫将杯子送到嘴边后，听筒对面又传来了朋友那困惑的声音：“这可不是佩服自己的时候。哪个普通人会去殴打课长啊。”

“是课长助理。”

“有区别吗？反正都是殴打了上司。”

“说‘殴打’太过了哦，我不是说过吗，我只是轻轻地把他撞倒了而已。”

“这也没区别嘛。从结果的严重程度来看，你那是五十步笑百步。”

“你说得也对。”

“还不是借着酒劲，并且是在大白天的办公室里。”

“已经黄昏了。”

“这也没两样啊。真是的，你太胡来了。”

“我不是说过吗，那是没办法的事啊。我回过神来时已经出手了。”

“凭一句‘没办法的事’就能解决吗？你已经二十八岁了，怎么还像个小孩似的。”

“还没满二十八。”

“管它二十七还是二十八，都没差别嘛。你太轻率了，又不是刚开始工作的小鬼头。”

“我非常清楚后果。正是因为清楚我才这么消沉嘛。”和夫又呷了一口酒，耷拉着肩膀，“所以我才向你发牢骚呀。”

“话虽如此，但成何体统。明明是周末的晚上却一个人在公寓里喝烧酒，还在大半夜里跟一个大男人煲电话粥。”

“什么嘛，我发牢骚给你添麻烦了吗？”

“我可没那么说——万恶的酒精啊。”

“你被总务课的小姐姐甩了的时候，我也是听你絮絮叨叨念了好半天的好不？”

“是住民课。总务课是之前那次了。”

“这是没两样的吧。”

“罢了，你有再多的牢骚我还是会听的，”朋友的语气有些郑重其事，“那你接下来准备怎么办？”

“这也是算在牢骚话里的。我该怎么办啊？”

“你的回应真不可靠，这可是你自己的事啊。”

“就是因为是自己的事所以才难办的。唉，真的是糟透了。”和夫嘟囔着，粗暴地抓起了酒杯。黄昏时的那个情景令人厌恶地在脑海中复苏，感觉就像是苦涩的中药块卡到了喉咙，苦水的味道涌上心头。

课长助理仰面朝天。他一脸惊愕，仿佛在看外星人似的，就这样平躺在办公室的地上，领带还在轻快地飞舞着。同事们都瞠目结舌。和夫突然之间的暴行让众人大吃一惊。

这一切就像是静了音的慢动作电影一样，根本听不到平时像战场一样喧嚣的制作部的声音。因为耳鸣的缘故，声音被隔绝了，只有死一般的寂静紧紧地缠绕着和夫的身体。

那一瞬间，和夫并没有太多的感慨，大脑里浮现出的只有“呀，完蛋了”的念头，仿佛这件事是发生在别人身上似的。当然，根本不可能有爽快的感觉。后背沁出了一滴滴带有余温的冷汗，让人很不舒服。那不快的感觉仿佛是在告诉自己此事的严重性。

“不过对方当时什么都没说吧。”朋友说道。和夫重新拿起听筒。万年不叠的薄薄的被子旁边杂乱地堆放着揉成一团的毛衣和牛仔裤，已经不记得是何时脱下来的了。平时只顾着忙，有一段时间没清扫这里了啊。和夫此时正想着这些完全无关的事，他的大脑想要逃避现实。

“嗯？你说什么？”

和夫回问后，朋友说道：“那位被殴打的——按你的说法，是被你轻轻撞倒的——课长助理，他什么都没说吗？”

“嗯，当时我正准备出门，老客户那边有一个研讨会。所以我就直接出门去见客户，完事后就回家了。”

“你出门的时候他竟然都没有把你叫住。”

“是啊，当时他本人似乎相当震惊。”

“当然会震惊的啊。”

“其他同事更惊讶。”

“也难怪嘛。那么之后的情况你就完全不知道了吗？”

“嗯，不过我瞟到同事们把他扶起来了。”

“哎呀，你就这样从公司出来了吗？”

“那是当然啊，毕竟太尴尬了嘛。”

“唉，你的心情我能理解——不过你也不知道他有没有受伤吧。”

“怎么可能受伤，他只是顺势倒下了而已。”

“那就好。不过，等待未知的处分可有你受的。”

电话那头的语调有些沉重。

和夫想起那时离开公司前往车站的道路格外寒冷。凛冽的寒风让人想不到这才十二月初，就像嘲笑着和夫的失态似的。可是，脸庞因兴奋而泛着红晕，冷峭的空气吹打在脸上却让人感到舒适。当时他也没有预想到自己之后会如此消沉。充其量只是公司里的小打小闹，不至于要人命。可是，这种“充其量只是公司里的小打小闹”竟然将自己的心情压迫到了如此沉重的地步。和夫意识到，在自己踏入社会的五年里，工作已经不知不觉地占据了生活的大半部分，连他自己都觉得惊愕。

和夫将杯中的酒灌入喉咙，叹息道：“我会被开掉吧。”

朋友的声音显得不太有信心：“该怎么说呢？我是公务员，对企业的事并不清楚。这种情况一般会怎么样啊？”

“我也不知道，毕竟没有先例。”

“确实没有呢。”朋友在电话里说着，那口吻让人清清楚楚地感受到他耸了耸肩。“不过杉下啊，你有什么打算呢？电视剧里的人这个时候都是将写好的辞呈，啪的一声帅气地拍在桌子上。”

“这么做作的事我可做不来。”和夫虽然嘴上这么说，却不由得面红耳赤。他的视线停留在了酒瓶旁边的信封上，信封表面写着“辞呈”两个字。和夫回家后意识到，他实际上比自己预想的还要惊慌失措，于是将错就错写下了辞呈，以便恢复平静。可是，写了这种东西反而让他更加慌张了。于是，他便喝着酒打电话跟人诉苦，真是太没出息了。这副窝囊样连他自己都感到厌烦。

“唉，总之，”和夫拿起了酒杯，“今天是星期五，所以还好点儿。明后两天都休息。”

“嗯，毕竟还有两天的冷却期。问题是周末结束后会怎么样。”

“对，判决就在大后天。”

“不过也不至于被开除吧。”

“大概吧。”

“对啊，毕竟有从轻处罚的余地。因为你是袒护了那个叫啥来着的后辈嘛，况且不是你单方面的过失。”

“但再怎么想错的也还是我啊。”虽然安慰的话语让人感激，但和夫依旧心情沉重，“动手的毕竟是我。”

“也是，都动手了啊，如果只是嘴巴上抱怨两句倒还好。”

“啊，我又想起了一件糟糕的事。”

“什么事？”

“这个月该发奖金了。拿到奖金后再放倒他该多好。”

“现在哪是说这种优哉话的时候啊？罢了，你都能说出这样的玩笑话，自然是没问题了。就像这样轻松地做好准备吧。”话虽这么说，但朋友似乎也知道和夫的轻描淡写只是虚张声势罢了。

挂断电话后，和夫更加郁闷了。今晚奇冷，而且刚刚的新闻也报道说冷空气从大陆席卷而来，东京迎来了真正的冬天，关东、甲信越地方的山区能比往年更早地观测到初雪。

寒冷会让凄惨的心绪越来越严重。和夫将被子拉了过来，保持着盘坐的姿势将自己裹在被子里，然后又咕咚咕咚地倒起了瓶子中的酒。他想起了朋友说的话，嘟囔着问题是周末结束后会怎么样。要是下周永远不会到来该有多好。自己愚蠢得就像考试前的孩子一样，但这种让人难以忍受的感觉怎么也停不下来。工作失误的时候自己都不曾这样想过；交付期限快到了而被广告委托人训斥的时候，他也会振作起来向印刷公司的老板下跪，拜托他们通宵工作；与插画师发生沟通上的问题时，他抱着重重的彩色样本，汗流浃背地一天之内三次往返于东京和横滨。他总是以积极的姿态面对挑战。

今晚自己竟然如此狼狈，这不由得让他开始思考人际关系的复杂。

和夫将手伸向杯子，机械性地继续将酒灌入喉咙深处。醉意迟迟不肯到来，看来酒量不差也有利有弊啊。今晚怕是睡不着觉了。

即使听之任之，地球仍会转动。天体的运行当然不会去照顾和夫一个人的情绪。地球转动就意味着地上的日出与日落，也就是说，日期还会不停地变动。

星期一早晨，由于睡眠不足，和夫身心疲惫地去上了班。上班对于他来说几乎是一种习惯性的行为了。来到制作部，课长助理似乎还没有来，和夫如释重负。一位正在擦桌子的女同事看和夫的眼神稍稍有些僵硬，这让他多少有些在意，但制作部的早晨像往常一样沉浸在一片喧嚣之中。可是，才刚放下心来没过多久，他就接到了社长的传唤，站到了社长室的门前。

“进来。”里面传来了声音。和夫就像是被叫到校长办公室的小学生一样，哆嗦着打开了门。

“打扰了。”

进入房间后，和夫看到社长正在办公桌前看文件。办公室没有其他人在，这让和夫稍感安心。社长只是抬起头往这边瞥了一眼，将手掌微微举起，示意他稍等片刻。没办法，和夫只好像稻草人似的呆站在那儿，尴尬的沉默萦绕在室内。

虽说是社长室，但室内的装潢也没有那么豪华气派，只是简洁并重视功能性，很符合中等规模广告代理商的气质。摆放着电脑主机的是一个铁箱，墙上的装饰画是无名画家的平版画。

社长的经营方针在业界较为罕见，非常强调合理经营。

和夫迷离了一会儿，望着俯身的社长那梳理得乌黑亮丽的头顶。他的头发用发油向后定型，公司的职员们都亲切地把他的头顶称为“有着蟑螂光泽的头”。

会宣布辞退令吧。一大清早被叫到社长室，实在是平静不下来。这是一家独资经营的私人公司，工会形同虚设，区区一个制作人随时都可以解雇掉。要辞退就赶紧说啊，就先别管那些文件了。和夫不耐烦地想着。听说介错要是技术不过关，切腹会很痛苦。真希望社长能干脆地给他个痛快。还是说员工的饭碗不如那些文件的分量重吗？

正当和夫这么想的时候，社长突然抬起了他那“有着蟑螂光泽的头”。和夫不由得吃了一惊。社长用严厉的眼神瞪着他，让他泄了气。“世纪广告”的社长池之谷良彦意志坚定，玉树临风，全身都散发着活力。虽然才四十来岁，但在业内以铁腕著称。

社长频频地观察着微微哆嗦的和夫，又将头低下，在文件上写着什么，然后放下钢笔，再次看向和夫，说：“你就是杉下君吧？”

“是，是的。”尖锐的声音从和夫那干涸的喉咙里挤了出来。

“大致的情况我已经听说了。”

“啊，嗯。”

“你可真是大胆啊。”

社长缓缓地站了起来。他身材苗条、个子高挑，其存在感有着自信和实绩作为后盾，如果去银座附近的店里会很受欢迎吧。社长似乎有些开心地将他那颇具年轻企业家风范的精悍的嘴形舒缓下来，说：“我嘱咐过人事部，让他们每年都要招些与众不同的人才，可没想到竟然还有这么独特的员工。说实话，这让我有些惊讶。”

“有失体面了。”和夫精确地将腰弯到四十五度。社长的目光出乎意料地透露出饶有兴致的笑意，总觉得让他没了干劲。

“罢了，不瞒你说，柳田的那档子事我也有所耳闻。”社长的目光柔和下来。柳田就是那个课长助理的名字。“不过话虽如此，万事都有一个限度，必须要遵守最起码的规矩。”

“非常抱歉。”

“那你有什么打算？”

社长直勾勾地盯着和夫。他似乎并不是威逼施压，用的只是单纯询问的语气。看来对和夫单方面不利的话语并没有传进社长的耳朵。是打报告的人正确地传达了情报还是社长对那名课长助理抱有反感呢？不管怎样，事情的进展不算太坏。和夫诚实地说：“嗯，如果可以的话我还想继续在这里工作。”

西服内侧口袋里放着的辞呈信让和夫感到胸口一阵发热。虽然上周末写了这封信，但自己的本意并非辞职。他喜欢这份工作，最重要的是，他很景仰这位社长。

池之谷良彦从大型广告代理商独立后，年纪轻轻就创办了公司，接二连三地扩张规模。和夫对他的经营手腕抱有一种类似于憧憬的心情。社长是一位精力充沛的人，不喜欢外包的高成本，成功地完成了中等规模代理商一般不会做的一条龙式的广告服务。他致力于培养年轻的创作者，接受了使用大量电脑图像技术的企业短片订单，还进军了餐饮领域，餐厅和酒吧的经营都一间间地步入正轨，可以说是相当有才干。应酬全部都在自家的餐饮店进行，节约了商务交际费用。几年前涉足房地产领域，却终究没能战胜泡沫经济，公司情况恶化到一度濒临倒闭的程度，而社长却凭借他的精明能干，通过雷厉风行的改革努力将公司救了回来。他的行动力与商业才能，以及他那只顾拼命工作而不愿结婚的禁欲系生活方式，常常让和夫觉得“好帅气”。所以和夫一直想什么时候能升职，可以在这名“蟑螂社长”的直接指挥下工作。不想辞职是和夫的真实心意。

“是吗？嗯，我也不忍失去一个如此朝气蓬勃的人才，”社长点了点头，“你这么说的话那就没问题了。”

“那我可以不用负责任了吗？”和夫不由得喜出望外。社长又重重地点了点头，说：“对，本来这件事就没有需要划清责任的问题，不过——”

“不过？”

“你也知道之后不可能会再像以前那样了。柳田君也是要面子的，而你也会遇到各种麻烦。组织的人际关系可是很复杂的啊。”

“明白。”

“风波平息之前我打算让你去其他部门。”

“其他部门？”

和夫有一种不祥的预感，回望着社长。“蟑螂头”反射着朝阳的光辉，黑得发亮。

“你不用这么不安，时机到来了我自然会让你回制作部。”

“是。其他部门具体是指？”

“嗯，我想让你去 Culture Creative 部[①] 做见习经纪人。”

社长说得很干脆，让和夫没有时间惊愕。看来他的“处分”早就已经定下来了。

---

①即文化创造部。

2

【和夫立马开始了新的工作。本作的侦探就此登场。侦探介入案件纯属偶然，绝不可能是案件的凶手。】

“所以说杉下君啊，关键就在于机敏。帮助别人而让对方开心，自己为此感到满足，这股机灵劲儿是很重要的。现在的年轻人有着只考虑自己开心的趋势，这可是不行的。克己奉公，懂吗？只要还没有舍己为人的气概，你就还只是个半吊子。”

河坂部长匆匆忙忙地边走边说。跟在后面的和夫也很费劲，他必须表演一边忙忙碌碌地行走一边随声附和的戏码。

“丰臣秀吉不是一有段逸事吗？他把织田信长的草履抱在怀里将它捂暖。这种情境下两人虽然没有见面，但只要有这种心思身体就会自然动起来。你没必要把事情想得太复杂，只要顺其自然，抱着这样的心境，竖起你的天线，确认对方目前想让你做什么。只要提前确认好天线的接收模式处于开启状态就行了，如此一来就算什么都不去想，身体也会自然而然地做出反应。很简单的，对吧？”

河坂部长絮絮叨叨地说个不停，从上电车开始到市中心的电视台为止一直都是这种状态。与社长的“蟑螂头”形成对比的是，这位五十岁的男人已经开始谢顶，两鬓的头发从侧面施以援助，勉强令他的头顶不至于全秃。他说话的语气有些娘娘腔，让人感觉并不太好。和夫虽然不耐烦，但还是在身后紧追着濒临全秃的河坂部长，在电视台的走廊里拐来拐去。

电视台的走廊应该都是狭窄而又复杂的。走廊里乱七八糟地堆放着成堆的纸箱、外卖盖饭、服装架子等，让人寸步难行。

“问题就是思想准备。绝不可以认为自己干得还不错。需要的仅仅是诚心诚意而已。”

河坂部长慌慌张张地边走边说。没有东西能妨碍他行走。他避开这些东西后继续匆匆忙忙地前进。他是娱乐界出身，在电视台里待惯了。在电视广告的商讨会时和夫也来过电视台好几次，但进入演播室区域还是头一遭。一个人来会不会迷路啊，和夫心里相当没底。制作部的交接工作在上午草草了事，之后就被带到了这里来。

河坂部长当然就是Culture Creative部的部长。虽然洋文的部门名字让他自命不凡，但简单来说就是“文娱部”。这个部门是几年前新设立的，主要负责一些所谓文化名人的经纪管理工作。据说设立的契机是有一位大学教授跟“蟑螂头”私交甚好，有一次他上电视当评论嘉宾时，“蟑螂头”受委托担当了教授与电视台之间的交涉人。精于谋利的社长也许是考虑到这可以赚钱，便把当时专门做艺人经纪工作的河坂部长给挖了过来，建立了此部门。现在已经签下了十来个文化名人，正成长为“世纪广告”的另一个招牌部门。

“所以说杉下君啊，虽说是见习经纪人，但也不用想得那么夸张。简而言之，这项工作就是绷紧神经照料对方的日常生活。”

我可从没有想得夸张过——也不知是拐过了第几个弯，和夫对此感到束手无策。虽然“见习经纪人”这个名字取得很古怪，不过说到底就是艺人的跟班，实质上就是个打杂的。听说叫座的艺人或演员一般都有这种跟班紧紧跟随，如果是一线女演员，则会有三四个人围在身边——有原本意义上的经纪人，有专属司机，还有照料日常生活的人。河坂部长的Culture

Creative 部也是仿照了这种模式。听说刚进公司的新人会被迫做经纪人，流言蜚语不胜枚举。比如：被某个号称料理研究家的女士大声斥责，头上被泼了茶水；扛着某位醉得不省人事的经济评论家送他回家，结果却被踢飞了；在某位编剧的命令下将酒吧里陪酒女的电话问了个遍。

唉，真是被调到了一个了不得的地方啊——和夫悄悄地叹息着。这可是华丽丽的降职。

“噢，对了，杉下君。”河坂部长突然停了下来，转过身。日光灯那朦胧的灯光照射着他那濒临全秃的头顶前侧。

“请问什么事？”

“有件事我得提前告诉你。”

“什么事？”

“可别冲动哦。那场骚动我可是已经听说了。”说完后，河坂部长又匆匆忙忙地走了起来。

留下想找个地洞钻进去的和夫，河坂部长转过前方的拐角离开了。拐角处是一面以混凝土砌成的墙壁，上边用油漆显眼地写上了“3 星仓库”几个大字。和夫叹了好几口气，有气无力地朝着“3 星仓库”大字的下方走去。

转过拐角是一个小房间，亚麻地板，混凝土墙。一侧的墙边放着很多像是垫脚台的木箱，对侧的钢架上则密密麻麻地塞满了鞋、皮包、手提包等。河坂部长停在了入口旁边仰望天花板，和夫也跟着站在了后面。墙壁上靠近天花板的地方装有一台电视，部长正在抬头看它。

“嗯，赶上了，还在拍摄中。”河坂部长嘟囔着，抱着胳膊继续说，“马上就要结束了，我们在这儿等一下吧。”

“好的。”

和夫并不知道什么要结束了，抬头看着天花板上的电视。

电视盒子上的旋转灯无声地发出鲜红的光芒，滴溜溜地转动着。旁边另一盏红色的灯显示着“ON　AIR”的字样，画面里则是一名男子。

男子坐在椅子上，背景是挂满小灯珠、象征着黑暗星空的幕布。小灯珠持续地闪烁着，烘托出一片梦幻的气氛。

“星光闪烁并非没有意义。”

男子正在说话。这是和夫在电视上看惯了的面孔，棱角分明、容貌甜美，长相与日本人相去甚远。下巴好似希腊雕塑般勾画出流畅的线条，眉毛像柳叶一样优美典雅，黑色的眸子深不可测，宛如黑曜石色的湖水一般富有知性。一头微微的卷发搭在独特的额头前，酝酿出年轻的天才画家似的忧伤与缥缈。

“是的，打个比方——在遥远的无人森林深处，一棵树木的枝条折断了。此处并没有人在倾听，大可把断枝的声音当作不存在。可是，星星的光辉并非如此。”

男子的声音很平静，就像在跟人交谈一样不紧不慢。他轻轻地跷起二郎腿，身姿飒爽，浮现在星空之中的影像就像是在跟星星对话一样。美男子似乎对自己的话语如痴如醉，继续说道：“无论有多么美丽，如果没有欣赏美的人、没有感受美的心，那就仅仅是光芒而已。夜空的星星如此优美地闪耀着，是为了让我们人类欣赏，为了让我们感受到美丽。仅仅为了达到这份目的，它们便经历了好几万光年的时空旅行来到了我们身边。公元前的罗马天文学家普鲁塔克[①] 留下了这句名言：星辰的美丽胜过美酒的陶醉，能够沉醉于星光闪耀是只有人类才有的

①普鲁塔克（约46年—约127年），罗马帝国时代的希腊作家。公元前的说法疑似作者的误记。

特权。我对此深表认同。世上没有任何事物能够匹敌星空的静谧之美吧。”

画面切换到了演播室的观众席，座席上满满地挤着中年女子，每个人都如痴如醉地听着美男子的话，沉醉于他的外表。已经上了年纪的大妈们，目光就像做梦的少女一样陶醉，她们的状态几乎可以算是神情恍惚了。和夫看着看着，身上起了鸡皮疙瘩，气色都不太好了。他感到屁股附近开始发痒，煞费苦心地抑制想要抓挠全身的冲动。

“仰望夜空的星星时，我不由得会想到那遥远而漫长的旅程。星辰的光辉怀揣着希冀，希望我们人类不要遗忘那颗感受美的心，开启了遥远的旅途。那份坚持与纯真让我的内心深受震动。今晚，如果天气好的话，也请大家抬头仰望星空。星星一定会向你的内心倾诉，此时要对星星的话语敞开心扉。这将会是一个清净而静谧的时刻，我保证你能度过一段如宝石一般无比纯净的时光。那么今天就到这里了。下周的同一时间，我们再见。”

画面里的美男子微微一笑，那笑容仿佛要将人融化掉了。观众席上的大妈们颇为感动，一齐发出了唏嘘声。男子风度翩翩地微微鞠躬。充分拍下了他的全身后，显像管暗了下来。现场传来了鼓掌声和心满意足的欢呼声。接下来，画面上则是常出现在白天综艺节目中的面无表情的主持人的特写镜头。

“这里是每周一的《仰望夜空》栏目。真是一如既往的出色呢。我一个男人都不禁沉醉其中了。如何，寒林先生？”

主持人以轻浮的口吻开始讲话时，河坂部长转了过来，说：“好，结束了。杉下君，我们走吧。”

部长立刻迈起步子。他往刚刚来的走廊方向走去，和夫急急忙忙地追在他身后。和夫飞奔出走廊，但由于太过焦急而没有注意到前方，结结实实地撞到了一个人。

“呀！”对方发出了轻轻的惨叫声，怀中的物品掉落在地。

“啊，对不起，我太着急了。”和夫站起来调整好姿势，道着歉。

“我才要道歉呢，没有看前面。”对方说着，开始拾取掉落的物品。有二十几本新发行的书散落在地上。和夫也准备帮忙，于是蹲了下来，却又惊惶失措地缩回了手。这名年轻的女孩正是他中意的类型。是电视台的工作人员吗？

“杉下君，你在干吗啊？快点走了。”部长在走廊前面高声地叫喊着。

“啊，好，马上。”和夫慌慌张张地站起来。现在确实不是迷恋女孩子的时候。

“不好意思，我有急事，就先走了。”和夫对身材娇小的短发女孩留下这么一句话后，便去追赶部长了。

在狭窄的走廊里又转了几次弯后，两人来到了并排着小门的一个地方。每一扇门都贴着写有名字的纸，其中也有那个面无表情的主持人的名字。这里应该是演出人员的休息室吧。

这时，一名年轻的女子刚好从其中一扇门里走了出来。她身着美发师一样的服装，体形微胖，涨着通红的脸向房间内说道：“那个，下周我也要来——呃，下周我会带签名纸来，麻烦您帮我朋友签下名。那我先告辞了。”

她神情涣散，就像被丘比特那看不见的箭射穿了心脏一样，心不在焉地在走廊上蹒跚地走了过来。她怀里抱着装满化妆品的筐子，看来是化妆师。

女化妆师与和夫擦身而过时，工作用的筐子狠狠地撞到了他的手肘上，却还是什么都没意识到，精神恍惚地走着。

今天经常撞到人啊——和夫一边想着，一边揉着手肘。河坂部长则轻轻敲了敲女化妆师走出的那扇门，向和夫招了招手，说："杉下君，快，这边。"和夫抵达门口后，部长便将门打开，催促和夫进去。

这是一个小房间，墙壁的一整面都是镜子。刚刚出现在电视上的男子转过身来，将和夫两人迎了进来。虽然是一个人坐在那儿，但美男子还是摆出跟摄像头前同样装酷的姿势，跷着二郎腿。那双腿细长得就跟蜘蛛腿似的。

"哎呀，老师，真是辛苦您了。我在监控器上都看到了，今天更加出色了呢。"河坂部长用跟平时完全相反的声音说道："真是太浪漫了。在观看的时候连我都像是要被星空吸引进去了。"

"对，这就是我的工作——让大家暂时地从尘世的琐事中解放，将灵魂放逐到幻想的世界中去。"

大理石雕塑般的美男子说出了可怕而又装腔作势的话，露出洁白的牙齿微微一笑。那是一副令人迷恋的笑容，就是这副笑容让女化妆师失魂落魄。

"啊，对了老师，这是杉下君，接下来将担任您的见习经纪人，请您多多指教。"

河坂部长提到和夫后，和夫赶紧低头行礼。美男子像是童话里的贵公子似的，用柔和的目光看着和夫。再没有比这更为端正的容貌了。和夫被这副面孔直直地盯着，心里很是不舒服。他作为一个男人都快面红耳赤了，不由深切地感受到：原来如此，这就是他受女性欢迎的原因啊。

"可是河坂先生，我现在经验尚浅，还没有资格让经纪人跟随我。"

美男子用浑厚而平静的声音说着，像英国贵族一样微微地耸了耸肩，这动作出奇地适合他。河坂部长摆了摆手，说："哎呀，您在说些什么呀。老师是大腕，已经是大红大紫的人了。老师这样的人是不能一个人行动的，必须要带上一个跟班啊。"

"这倒不至于——罢了，公司都这样说的话，我再表达不满就是我的不是了。"美男子突然将目光投向和夫，说："你是叫杉下吧？"

"是的，请多多指教。"

和夫再次行礼，对方却突然说："约会的时候最好避免选择居酒屋哦，必须要护送女士去更为浪漫的地方。如果一开始就被认为是土包子，那损失可就大了。"

"啥？"和夫惊讶地瞪大了双眼。什么鬼……这男的突然之间都说了些什么啊——可和夫没能找到适合回应的话语。

"呀，出现了呢，老师的千里眼。哈哈哈，杉下君，你吓了一跳吧，看来老师又猜中了呢。"河坂部长露出了夸张的谄媚笑容。

到底是怎么回事？和夫一头雾水。确实，和夫曾邀请过女孩子去居酒屋。他认为，就算选择了不合时宜的约会场所也是无可奈何的事。可是，这个男的又是如何得知此事的呢？是某位同事事先悄悄告诉他的吗？可从河坂部长的反应来看，他似乎是一眼就看破了的样子。但这种事情是如何知道的呢？

部长毫不在意仓皇失措的和夫，仍然将谄媚的笑容挂在脸上，说："老师，请揭开谜底吧。这一次也是您出色观察的成果吧。"

"不不，很简单的。"

美男子竖起一根手指左右晃动，舌尖发出了"嘁、嘁、嘁"

的声音，作为否定手势的补充。外国电影也就罢了，可在日常会话中还是头一次看到有人毫不犹豫地做出这种装酷的动作。和夫惊讶得说不出话来。

“这次也像往常一样，我只是通过简单的观察推导出了结论。”美男子对和夫置若罔闻，对河坂部长说道，“首先是他的衬衣领口和袖口的熨烫方式——仔细看就会知道，这是在洗衣店处理的。如果是在家里洗的，不会像这样把每个纽扣的位置都熨烫一次。此外，他后颈处残留的头发有些显眼。从这两个事实我猜测，杉下君会不会是一个人生活的单身汉呢？如果是跟家人一起生活，衬衣是不会送去洗衣店的，母亲应该会帮他洗。如果他身边有女性照顾他，应该会提醒他自己看不到的后颈处有头发吧。从年龄上来看，距离结婚后的倦怠期还为时尚早，夫妇两人的关系还不至于冷淡到太太对他的仪表漠不关心。所以，他是觉得洗衬衣麻烦才送去洗衣店洗的，并且身旁也没有女性关心他的仪表——换言之，他是一个人生活的单身汉。”

美男子口若悬河地说着。部长听得津津有味，和夫则只有哑然的份儿了。

“接下来是西服的第二颗扣子，线已经松开，扣子都快掉下来了。领带上有一条大大的褶皱，鞋子虽然不太脏，但似乎没怎么擦拭而失去了光泽。从这些细节可以推断出，他是一个对服装不讲究的钢铁直男，而且不讲排面、性格正直。此外，河坂先生之前提到过，‘世纪广告’给的薪资绝不算太高。从他外表二十七八岁的年龄来看，与女士约会恐怕是以结婚为目的的。从他正直的品格也可以得知这点。这样的人在约会时会选择什么样的地方呢？这里我进行了一些猜想，大概不会为了讲究排场而把女士带去高级餐馆吧。这位女士有可能会成为被托付了家庭开支的结婚对象。为了让她看到不加粉饰的真实自己，为了让她知道自己囊中并不阔绰，会不会就选择了朴素的居酒屋呢？我就是如此发挥了想象力。对于钢铁直男来说这是一种常见的想法：比起逞强搞些面子工程，不如从最开始就展示出自己的性格，以人品取胜。于是我便推测到，他也一定会以这种想法来行动。看来我是猜中了啊。也许是我多管闲事了，但权当是我小小的忠告吧。”

“哎呀，太精彩了，在下佩服。”

河坂部长不禁激动得鼓起了掌，和夫还是一声不吭。这家伙是怎么回事啊——意想不到地吃了他一记先发制人的重拳，和夫只能茫然自失。美男子对和夫抛出了一个满怀笑意的眼神，说：“从今天起我们就是搭档了，让我们好好相处吧。”说完他站了起来，个子十分高挑。然后，就像魔术师掏出花束一样，他递过来一张名片。

“今后就拜托你了。”

纤细柔软的手指间夹着一张名片，上面写有美男子的名字。

观星家　星园诗郎

这就是和夫与星园的初识。

3

【和夫与星园一起出差。本章对“观星家”这一奇特的职业进行了说明。和夫在车里得知本次工作的内容。】

“当然，我并不会觉得这是一种荒诞不经的梦话而嗤之以鼻。不过，我对那种试图解开UFO和外星人之谜的行为并没有什么共鸣。比起思考外星人之谜，我们更需要去思考高深莫测的宇宙之深邃，比起赞叹UFO的秘密，我们更需要去赞叹星空的美丽，我认为这才是更重要的。对生活在现代社会的我们来说，最为必要的正是用心倾听星星的私语，并真心爱戴这份美丽。徜徉于遥远的群星世界时，星星便用它们的美丽洗涤着我们的心灵。正是这种浪漫——”

仅仅读了这些后，和夫就闭口合上了书。浑身起鸡皮疙瘩的厌恶感觉再度袭来。通篇都是甜腻的废话不断重复，真是一本让人作呕的书。

这是星园诗郎所著的《仰望夜空的星辰》。书的封底上过于显眼地印着那位美男子的大头照，照片上的他正散发着清爽的笑容。昨天，和夫跟星园本人碰头后在回家的途中买了这本书，翻开每一页都是一个样，让他很是烦躁。像现在这样随着电车的震动快速翻看这本书则更让人感到不舒服。此时，特快电车刚刚离开所泽。

“这本书不好看吗？”

坐在旁边的那位封底照片里的美男子突然转过身来。镜面加工的墨镜很适合他，简直就像好莱坞的影星一样华贵。

“啊，没有的事。”

和夫咕哝地回答着。他以为星园是在欣赏车窗的风景，所以有所大意了。对方是看到他合上书后狠狠地皱眉了吗？

“对你来说或许是有些无聊，这本书的主要受众是年轻的女性读者群。”星园的半边脸上浮现出了得意的笑容。

“啊，是这样啊。”

“不过似乎也有不怎么年轻的女性在读。”

“啊，原来如此。”谈话的气氛怎么也起不来，和夫姑且像是跟班一样小心翼翼地说，“对了，要不要我去买杯咖啡？”

“不用了，谢谢。”

星园装酷地将墨镜摘了下来。这种装模作样的态度还算有模有样，但这只让和夫觉得毛骨悚然、烦躁不安：都三十多的大男人了还要什么帅？

“我们要坐到终点站，你要是困的话可以睡会儿。”星园说完便在自己的脸前竖起一根手指并指向天花板，不知道他这姿势是什么意思。

“啊，嗯。”和夫应道。星园又将目光投向窗外。

和夫这次为了不让他发现，偷偷地皱了个眉，将身体倚靠在了座椅靠背上，悄悄地侧眼观察着从昨天起便成了自己主子的这个人。他端正的侧脸如同大理石雕塑一般，半睁着双眼，注视着窗外呼啸而过的风景。

观星家，星园诗郎。这个称谓让人不明所以，但应该是日本独一无二的文化名人吧。他赞叹着星辰之美，谈论着夜空，出了书和录影带，在面向女性读者的周刊拥有占星专栏。著作有《星空的浪漫之旅》《致美丽的群星》《向夜空的宝石伸出双手（随笔集）》《夜间飞行》等，原创录影带有《星园诗郎的星日记》《星园诗郎的浪漫星教室》《星园诗郎的占星·视频版》等，题目中连续出现自己的名字，就跟街头的选举演讲似的。他活跃在电视、广播以及演讲领域。他的工作便是凭借着甜腻的肉麻话的堆砌以及外国模特都自叹不如的容貌，让全日本的女孩和大妈们为之沉醉。自从几年前出道以来，他依靠着奇特的人设和突出的美貌，现如今已赢得了不错的人气。他今年已经三十一岁了，但在此之前的经历却被覆上了一层神秘的面纱——星园诗郎的履历上如是写道。

说白了就是个可疑人物。

当然，和夫之前也知道这是“自家商品”，但却没有想过居然会有这么可疑的家伙。简单地说，他就是个能说会道的骗术师，是金玉其外、败絮其中的自恋狂。说好听点是牛郎店的小哥，说难听点就是婚姻诈骗犯之类的人。这家伙哪是什么文化名人啊，别开玩笑了，充其量只是个文化偶像而已。他那飒爽的英姿在女性群体中相当有人气，嫉妒之情让世上大多数男人对他的评价都跟和夫不相上下：恶心得让人嗤之以鼻。在男性观众眼里，这位文化偶像的形象颇为恶劣。尽管如此，最近连餐馆的店主或寺庙的住持都在做些冒牌演员的活动，如此粗鄙之物竟也能成功地赚钱，实在令人匪夷所思。不但出版物接二连三地再版，还被各路电视台演播厅争抢。真不知道这个世道是怎么回事。

和夫深切地体会到：被任命为这种无法理解的文化偶像的跟班实在是我的不幸，我是造了什么孽才非得成为这种家伙的跟屁虫不可啊。虽然对外公布为履历不明，但据公司的机密情报显示，他之前似乎是自由作家。不管是自由作家还是文化偶像，都不是个正经人。

唯一让人宽心的便只有“蟑螂”社长所说的“时机到了我自然会让你回制作部”这句话了。好想快点摆脱这家伙然后回到制作现场去。热度要多久才能冷却啊！余热大致消去不就好了嘛。

和夫想了很久，沉默的气氛却越来越让人痛苦了。虽然被告知可以睡一会儿，但自己毕竟是可怜的跟班，还没有神经大条到能够随意打盹的程度。

“请问——”和夫含混不清地向身旁的大理石雕像说着。他对河坂部长那种随随便便叫“老师”的称呼方式有些抗拒。虽然必须得干脆果断，但和夫还是多多少少有些意气用事：这种家伙才不是什么老师呢。

“嗯，什么事？”星园那棱角分明的面庞转了过来。

“能否告诉我今天出差的目的呢？我还一点儿都不知道。”和夫小心翼翼地说着。成为跟班的第二天就被突然命令要出一晚的差，这让他有些慌里慌张的。他被告知在下午乘上池袋发车的西武特急就行了，却并不知道目的地。

“哦，这个嘛，还是让你知道个大概吧。”星园露出了文雅的微笑，将身体稍稍靠向和夫，“在这前面的埼玉县深处有一家经营不善的汽车露营地，而将此地新买下的开发商则委托了我。”

星园的声音跟在电视里一样深沉而恳切。

“这名开发商致力于招揽新的顾客，希望我能对宣传有帮助，便问我能否住一晚来感受一下当地的气氛，好给他们提供参考意见。那里地处深山，听说星星非常美丽。”

“也就是说，想让您当形象代言人吗？”

“就是这么回事。”星园落落大方地笑了笑，说，“啊，你之前参与过广告制作，是那方面的专家呢。”

“嗯，算是吧。”

“这就对了，你的意见也值得采纳。”

“噢。请问您也会接形象代言人之类的工作吗？”

“嗯，这类工作报酬不会太高，平时我都不接，但委托人跟我们社长有些关系，我也不好拒绝。不过嘛，这份工作很轻松，只是接受一晚的招待，又没有什么特别的事需要做。”星园将食指竖在自己的脸前并指向天花板，又摆出了那个意义不明的装酷姿势，“最近这段时间我有些工作过度了，刚好可以休息一下。你也当作好好休养就行了。”

星园轻轻摆了摆指着天花板的手指后，再次将目光投向外面的景色，之后便不再开口了。

和夫只好带着不太明朗的心情呆呆地坐着。当作休养——吗？从刚才的语气来看，他似乎也知道和夫殴打课长助理的事了。是河坂部长告诉他的吗？不过，他是出于好意才不打算问事情的来龙去脉的，还是说他对和夫的事并没有兴趣呢？罢了，都无所谓啦，反正自己也是地位低下的跟屁虫而已——和夫莫名其妙变得卑微起来，这种感觉无法抑制。

度过了不算太开心的车内时光后，电车抵达了西武秩父站。听说要在这里换乘本地的线路。

和夫费劲地背着住一晚上所需的行李，跟在星园身后穿过了车站。这里跟市中心不同，气温相当低。和夫与早早来滑雪的学生们擦肩而过。年轻的他们身着原色的服装，脸上绽放着笑容。老实说这让和夫很是羡慕。他这边则是跟小白脸老兄的二人旅行。

秩父铁道御花畑站就在西武秩父站的旁边，这站名还真是富有田园诗的韵味。和夫在星园的带领下前往这处有着悠闲名字的车站。虽说是见习，但毕竟也是经纪人，如此一来总觉得身份有些颠倒了。不过也罢，只是跟班而已，跟在他身后就行了。

本地的御花畑站是一座名副其实的可爱车站。车站是木质的，散发出一种老电影中的氛围。电车是两节车厢编成，地上则铺着现代风格的木质地板。像玩具似的列车悠闲地前进着，窗外的景色也是山丘和田野。星园舒适地眯起眼睛，入迷地欣赏着恬静的田园风光。和夫也模仿他，眺望着收割之后一片片萧索的水稻田，看着看着，他的大脑里不知为何浮现出了“离京”这个词。降职纪念离京旅行，与小白脸同行的荒村之旅。和夫的心情越来越低落了。

列车咣当咣当地经停了影森、浦山口、武州中川等几个车站，几乎都没有人下车。终于快到第五个停靠站——小原之台站了，星园站了起来。

“我们就在这儿下车。列车旅行果然不错啊，好满足。本打算开车来的，还好坐了电车啊。”星园似乎是充分享受了恬静的景色，脸上的神情很是愉悦。

走出车站，面前是一片空荡荡的宽阔广场，给人直接的印象就是“空空如也”。广场上凹凸不平地铺着沥青，孤零零地立着巴士站牌，煞是冷清。对面是一家不知道有没有在营业的餐厅，旁边则是一家不知道有没有开着的杂货店，再旁边就是一家根本不像在营业的干货店，颇有乡村风味。从池袋坐了两个多小时的车就到了这种地方，看来日本还是很大啊。

“度假村主人约好在这里接我们。”星园将旅行包放在脚下，瞄了一眼手表，缓缓地环视周围，说，“差不多快到时间了。”

站在乡下的车站前，长围巾耷拉在脖子前，大衣随着风翩翩起舞，这姿态仿佛就像文艺片中的一幕似的。

罢了，确实是帅气的。和夫压抑着内心的抑郁，四处张望周围。现在离下班放学的时间还早，几乎没有人影。

只有一个在等人的寒酸中年男子倚靠在车站的柱子上，心不在焉地仰望着天空。年龄约莫四十岁，身材矮小瘦削，面庞总让人觉得不像是人类该进化成的样子。男人冻得缩着肩膀，手臂稍稍有点长，使得全身的比例不太协调，有些像猴子。咳，在哪儿见过这张脸呢？和夫就这样看着对方，对方似乎也注意到了，便拿起身旁的背包向这边走来。男人宛如人猿的那张脸上并没有亲切的表情，散发着忧郁的氛围，总让人觉得有些阴暗。可疑的家伙啊，真让人不爽——正当和夫稍稍戒备起来之时，星园嘟囔道："啊，来了呢。"

回头一看，一辆车正向他们驶来。这是一辆四驱的大型商务车。汽车在两人前面停了下来，副驾驶座的门匆忙打开，一个男人从里面蹦了出来。

"哎呀不好意思，我们迟到了。"男人大声叫唤着。他顶着一张油光满面的国字脸，年龄五十有余。

"路上遇到堵车了，真是要命。星园老师，嵯峨岛老师，让你们久等了，实在是抱歉。"男人说话的气势就像是在怒吼一般。

"您是山冠公司的吗？"星园问道。

"哎呀，忘记介绍自己了，不好意思。"油腻的男人不怎么走心地行了一礼，说道，"我是委托两位老师的山冠开发的岩岸。"说毕，便从根本不适合他的双排扣大衣的口袋里取出两张名片。名片上写着"山冠开发股份有限公司 董事长 岩岸豪造"。

"初次见面，请多指教。"星园收下了其中一张，和夫打算收下另外一张时，旁边一下子伸过来一只手，将它夺走了。定睛一看，原来刚刚那个长着一张猴子脸的中年男人不知何时已经站在和夫身边了。

"两位老师都是活跃于媒体界的，应该互相都知道对方吧？"岩岸旁若无人地大声说道，"我还是来介绍一下吧。这位是星园诗郎老师，是一名星星评论家。”

“我希望大家称我为观星家。”星园装模作样地说。

“啊，对对，是观星家，最近什么都是片假名啊。这位是嵯峨岛一辉老师，是一名 UFO 观测家，对吧？”①

中年猴脸男一副无趣的样子，低声说：“是 UFO 研究专家。”

和夫终于想起来了。U F O 观测家，哦不对，这像是电玩城里的游乐设施了②——U F O 研究专家嵯峨岛一辉，和夫在电视里见过他好几次。这家伙也是文化名人。

“两位老师都在研究星星，我的介绍会不会有些多余呢？两位是不是见过面呢？”

岩岸心直口快地询问着，星园装腔作势地伸出一只手，说道：“不，大名有所耳闻，但还是头一次见到。请多多指教，我是星园。”

“你好。”U F O 研究专家低声地说着，礼貌地握了握手。与打扮得花枝招展的星园站在一起，那副寒酸样更加显眼了。

“喂，财野，你在干吗？不来跟两位老师打声招呼吗？”引荐结束后，岩岸大声地怒吼着，声音都快要传到山的那头去了。紧接着，四驱车的门迅速打开，驾驶座上的男人静悄悄地滑了出来。他就像坐在传送带上似的，动作没有丝毫多余，精准地移动到了岩岸斜后方四十五度的位置。

“这是我们公司的财野，为了今明两天照料两位老师而来，

---

①原文中的“观星家”是用片假名スターウォッチャー（star watcher）表示的，“星星评论家”是用汉字“星の評論家”表示的。后面的用法类似，UFO 观测家是用片假名 UFO ウォッチャー(UFO watcher) 表示的，“UFO 研究专家”是用汉字“UFO 研究家”表示的。

②原文中“UFO 观测家”用片假名表示为 UFO ウォッチャー(UFO watcher)，发音有点像 UFO catcher。后者是世嘉（SEGA）公司制造贩卖的一种游戏机。UFO catcher 跟普通的抓娃娃机类似，玩家操控机械臂来获取奖品。

有什么事请尽管吩咐他。”

岩岸说完，男人像精密的机器一样行云流水般地取出了名片夹。“我叫财野，有什么事请尽管说。”财野毕恭毕敬地鞠着躬，但态度却没有亲和力。他年近四十，瘦削的身体上紧紧地裹着一件黑色皮革大衣，给人一种不可大意的危险感觉。他面无表情、眼神犀利，就像是“扮成银行职员的忍者”。

财野就像投手里剑似的迅速将名片摆在星园和嵯峨岛的面前。名片当然没有和夫的份。星园将名片接下，侧眼一看，上面写着“山冠开发股份有限公司 财务科副科长 财野政高”。

自己几乎是被无视掉了，于是和夫为时过晚地掏出了名片。名片是昨天 Culture Creative 部刚刚分发下来的。

“很抱歉，介绍得有些晚了，我是星园的经纪人。”

“哦，你是星园老师的跟班吗？”岩岸看都没怎么看和夫的名片，草草地将它塞进了口袋里。当然，这让和夫很是不快，但他什么都没有说，毕竟自己就是小白脸老兄的跟班啊。

“那么，两位老师，差不多该出发了吧？”岩岸谄笑着说，“目的地距离此处有四十分钟车程。在此之前，财野——”

“在。”

财野没有一丝多余动作，无声地跑向四驱车，迅速打开了后备厢，拿出了防滑链。

岩岸说道：“非常抱歉，我们需要给轮胎安上防滑链，请两位稍等片刻。很快就能安好的。”

星园问：“去那儿需要安装防滑链吗？”

“没有没有，并不是这样的——三四天前不是特别冷吗？听说那天那儿下了雪的。”

啊，是那天——和夫想了起来。发生那场骚动的那天，离开公司时非常的寒冷。

“我吩咐过埼玉分公司的员工，让他们好好地扫雪。我和财野都太忙了，今天也是直接从东京过来的，不清楚那边现在情况如何，所以为了保险起见还是安上防滑链会比较好。”岩岸用手掌擦拭着浑圆的鼻子，说，“喂，星园老师的跟班。”

“什么事？”冷不防地被提到了，和夫便回过了头。

“你在干什么啊？”

“啥？”

“你不打算搭把手吗？是要优哉地让两位老师站在这天寒地冻的地方吗？”

4

【一行人出发前往山里。埼玉县渡河里岳，这里便是案件发生的舞台。案发需要等到第二天早上。】

“我用传真发送了规划书，请问您有没有过目呢？”坐在副驾驶座的岩岸向后靠着转过了身。防滑链那当啷当啷的响声与汽车的振动声混在了一起。

“规划书上写了，这座山的低洼之处有别墅区。那个汽车露营地就位于别墅区最上面的尽头，在稍微有些宽敞的盆地里勉强修建而成。虽说是露营地，但也并没有那么夸张。小屋只有十栋，一看就知道是廉价货。”

岩岸那洪亮的说话声在车内回荡着，与防滑链的当啷当啷声混在一起，变得更加刺耳。

和夫被挤在了后排的正中间。根据商务礼仪，自己的地位最为卑微，坐在这个位置也是理所当然的，可是右边坐着装酷的小白脸老兄，左边又坐着阴暗的中年猴脸男，毫无疑问，这是一个悲惨的座位。再加上装酷老兄毫不在乎和夫的座位很狭窄，装模作样地将他的大长腿跷了起来，挤得和夫无比难受。

“虽说这里是不太方便，但优点却是清静，而且空气也很好。此外，从东京过来花不了那么多时间——两小时左右就能到达。”

岩岸大声地说着，旁边驾驶座上的财野面无表情地默默操控方向盘。当啷当啷——汽车驶离了市区，穿过了丘陵地带。农田渐渐消失了，掉落着树叶的成排树丛和旱地越来越显眼。远方的山峰早已过了红叶的季节，山顶覆盖着白雪，裸露着光秃秃的萧索地表。星园似乎并不在意岩岸的大嗓门和防滑链的声音，只是享受着远山的景色。他那优美的唇间隐约浮现一丝笑容，眯着双眼入迷地注视着车窗的另一头。嵯峨岛似乎很无聊，板着个脸抱着胳膊。缺乏油光的干枯头发好像不太干净，让人不太愿意靠近。

“之前的经营者是个连经营入门都不懂的门外汉。他是个十足的登山迷，仅仅因为喜欢山岳就辞职出来创业，又由于喜欢山中的生活便搭建了露营地。门外汉还真是可怕啊。”尽管没有人附和他，岩岸还是自顾自地一个人说着，“他打算指望着这股户外热，可就凭这样的卖点顾客是不会来的。不出所料，露营地陷入了经营不善的危机——于是我们公司就连同土地和建筑物一块儿买了下来。我们公司也在做旅游地的开发运营，所以是有经验的。不过嘛，我们考虑了很多方案，打算借助专家的力量，重新塑造新的观念，这便是我们目前的方针。”

“地点是在埼玉啊。”星园突然开口道。

“是的，埼玉县秩父郡小鹿野町渡河里岳——三点水的‘渡’‘河’，‘里面’的‘里’——渡河里。正式读法是TOKARI，可土地的业主却将读音浊化后读作TOGARI——星园老师，埼玉县有什么不妥吗？”

星园微笑着说：“没有，我只是从战略角度思考了一番——与清里和轻井泽周边相比，埼玉的形象有点不太好呢。”

“哈哈哈，确实如您所说，”岩岸开怀大笑道：“埼玉或千叶在年轻人中间并没有人气啊。”

“对，尤其是年轻女性。”星园帅气地将一根手指指向车顶，那动作活脱脱的就是一个戏剧演员。

“不过啊，凭两位老师的力量，如果能想出浪漫的方案不就好了嘛。迪士尼乐园明明就在千叶，可就是因为紧邻东京而让人形成了位于大都市的印象，于是就叫‘东京迪士尼’了。我想请老师们针对此情形思考些方案出来。”

“类似于把埼玉打造成东京的方案吗？”

“不不，我没有这么说。星园老师用自己的威望渲染出明快而充满浪漫的氛围，并用这种印象打动年轻的女性群体就行了。”

“我还没有这么大的影响力。”

“您又谦虚了。星园老师现在可是全日本女性的偶像啊。”岩岸放声大笑地说着。

也不知道有什么好笑的，蠢货一个——和夫觉得疲惫不堪。竟然把露营地比作迪士尼乐园，这个大叔也真够自欺欺人的。

汽车沿着山路行驶，周围已经完全是树林和岩石了。刚刚还星星点点分布的民居如今已经消失得无影无踪。高耸的山峰接连逼近。

“那是秩父山脉吗？”嵯峨岛问道。他将脸蛋紧紧地贴在玻璃窗上，这情景像是在动物园的一角。

岩岸指着车窗的左边回答道：“对，没错。那座陡峭的山峰是四阿尾山，对面就是秩父山脉了。”

“果然如此吗？我还以为之前看到过呢。那么这座山就是两神山了？”

“是的。嵯峨岛老师，您知道得很清楚嘛。”

“也不是，那附近有 UFO 基地，我来过好几次了。”

“UFO 基地吗？”就连岩岸都有些不知所措了。

“对，今年夏天我曾在那座研钵形状的山的半山腰上搭建了帐篷进行了调查。近几年，有越来越多的人目击到秩父的山中出现了奇怪的光晕，我们推测这或许是 UFO 的前线基地。”嵯峨岛带着与刚才截然不同的热情说了起来——虽然这种热情并不太阳光。对此人来讲，与其说是热情，不如说是执念吧。

嵯峨岛一辉，作为一名 UFO 研究专家，他接受了邪教式信仰的洗礼。以前好像是在一家电视节目制作公司工作，听闻他在制作 UFO 特别节目时着了迷，于是就当了 UFO 研究专家。他出过一些书，书中都是些乱七八糟的内容，比如 NASA 将坠落的 UFO 残骸和外星人的尸体隐藏了起来，纳粹党曾成功开发出了圆盘形轰炸机，苏联的 KGB① 余党将空中飞行圆盘的无重力推进技术隐匿起来后就四散而逃了。世上还是存在怪人啊——和夫虽然对嵯峨岛一辉不那么感兴趣，但还是没想到竟然能看到真人。顺带一提，“一辉”读作“KAZUTERU”，但他在海外也有所活动，故而将外国人易于发音的“IKKI”作为通用名称。谈到“IKKI 教授”，听说就连外国的 UFO 研究专家

①即克格勃。

也自愧不如。不过和夫并不很清楚。

“这是一场规模相当大的调查，引入了许多器械——射线检测仪、地震仪、电磁波磁力干涉仪、磁感线解析装置——收集了具有科学依据的数据。我在那座山里进行了为期两周的营地生活。”

岩岸像是给嵯峨岛的执念泼冷水，问道：“那您发现UFO基地了吗？”

“没发现，遗憾的是我没能确定出具体的位置。不过根据目击证词的方向、测量的数据以及地理条件等其他各种观点来分析，我还是成功地锁定出了大致的范围。成果也就是现在这样了，我预计在明年夏天进行一次更为深入的调查。”

“原来如此。对了，嵯峨岛老师，周刊上也刊登出了之前您在夏天进行调查的报道。”

“是那本杂志吗？”嵯峨岛突然绷起了脸，“那篇报道真是不可理喻！通篇的论调就像是在取笑我们一样，大肆宣扬我们无法确定基地的位置，就跟立了奇功似的。让那种记者加入调查队真是瞎了眼了。”

嵯峨岛黑着脸嘀嘀咕咕地说着。岩岸像是在调停似的，强行把话题拉了回来：“哎呀，实际上我是读了那篇报道后才思考出了这次的企划，所以那也未必是白费工夫。UFO来临的自然宝库、满天星辰的渡河里岳。如何？能否在这一点上下功夫进行宣传呢？之前的经营者取了‘渡河里岳度假村’这个乏味而冷淡的名字。拥有美丽星辰的‘星之里’这个名字如何？‘UFO故里’也不错。总之必须要打动年轻女性。现在的年轻人都很有钱，他们也是潮流的风向标。”

岩岸很开心地说着，而嵯峨岛似乎不太高兴，又沉默不语了。和夫不喜欢这种饱含执念的说话方式，但被近乎无声怨恨的眼神一直盯着也让他感到恐怖。

汽车沿蜿蜒的山路盘旋而上，道路并未铺装，车子时不时地还因碾过石头而剧烈颠簸。

“看，这附近就是别墅区了。”岩岸用下巴示意窗外，光秃秃的树木之间能够看到几个三角形的屋顶。这是一座别具匠心的山庄，屋子是用豪华的圆木搭成的。星园稀罕地望着圆木小屋的屋顶。

“接下来会很冷，还要下雪，这可有得受的。这里都没有人要来的样子，毕竟大家几乎是把此地当作避暑胜地来使用的，大概在别的地方也有冬天用的别墅吧。也不对，世上还是有有钱人的。营地还在更上面的地方，那里鸟不生蛋，什么都没有。也不知道前任经营者是怎么想的，会在那么不方便的地方修建营地。他应该非常清楚，营地只在夏天营业，肯定会亏本的吧。我实在是看不太懂门外汉的思维方式，毕竟如果没有明确的主题来吸引客人的眼球，就肯定没办法经营度假村啊。”

岩岸就好像在说，全日本只有他自己一人能办到似的。之后，他的大嗓门持续了三十分钟，和夫深感头痛、筋疲力尽。

狭窄拥挤和屁股疼痛达到了顶峰之时，附近终于成了一片雪景。坑坑洼洼的直行山路、山路一侧的悬崖、对侧的杂树丛，一切都银装素裹。屁股下的颠簸突然变轻了。

“嗬，这上面积了这么多雪啊。”岩岸停止了唠叨，发出了感叹的声音。雪白的风景如水墨画一般光影鲜明，一望无垠。汽车在雪地上奔驰，感觉就像是紧紧地咬合住雪地似的。车身擦过路旁的树枝，上面的积雪簌簌地落下。

“好一番爽快的景致呢，”星园开心地看着窗外，“现在才十二月初，这附近就有这么多雪了吗？”

“该怎么说呢，这里至多也就是秩父而已，所以应该算是气候异常吧。不过在这种地方经营露营地还真是异想天开啊。”

岩岸叹息着，而始终沉默不语的财野也似乎呆住了，说道：“埼玉分公司的同事报告说这里有积雪，可我也没想到竟然积了这么多。”

“罢了，在大雪包围的小屋内度过一晚也算是风雅吧。”岩岸心情似乎很好，用沙哑的声音笑着，那笑声跟风雅相去甚远。

这时，视野突然开阔。两旁茂密的树林不见了，他们来到了一处宽阔的场所。汽车缓缓地减速。

“到了。”岩岸说道。

半山腰是一片开阔之地，就像是布丁被勺子挖去一块似的。这里给人的感觉很像雪夜过后的乡村小学的校园，而面积也差不多一样。小小的校园左侧是树林，正面是层峦叠起的山峰。平坦的土地尽头，地面以平缓的坡度上升，与山顶相连。那里树木丛生，形成了一片森林。平地的右侧则是一片险要的斜面往下塌陷，就像是悬崖一样。总而言之，这里是在半山腰形成的广场——周围被森林和悬崖所包围，倒也不算严格意义上真正的广场（见图一）。看来道路止于此处，似乎是特地从别墅区延伸过来的。真是辛苦的工程啊。这里总让人觉得很冷清——这便是和夫最初的感想。

广场上的建筑给人的印象也是拂拭不尽的寂寥感。眼前是一座大型的双层木质建筑，说是强调出了自然的木纹，听起来倒是好听，其实就是将木板直接钉起来，这种样式肉眼可见的廉价。建筑物就像是笨重而巨大的乌龟蹲伏在雪中冬眠。升高外廊的干栏式设计应该是考虑到了降雪的影响。建筑的对面星

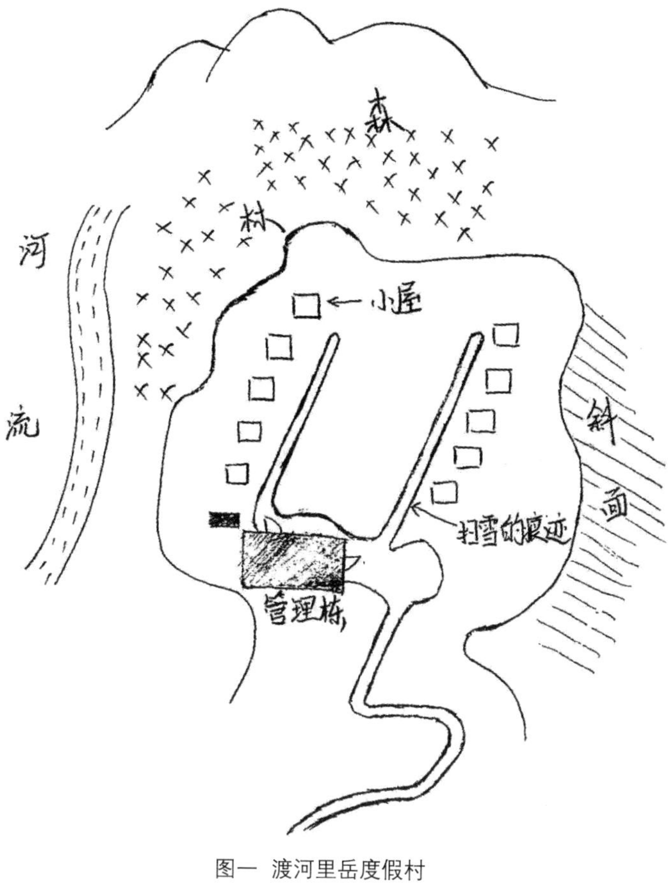

图一 渡河里岳度假村

星点点地排列着十栋小屋。一栋栋的小屋孤零零地安置在雪毯上，看起来就像是圣诞节蛋糕上的威化饼小屋一样。整体上的冷清感觉总让人联想到人口稀少的荒村。

汽车缓缓地停在了大型建筑物的右侧。

“长途旅行辛苦了，这里就是渡河里岳度假村。”岩岸说着，打开门走了出去。终于可以伸直腰板了。旁边的嵯峨岛下车到了外面，和夫也跟着下了车。

好冷。和夫不由得把防寒服的前襟合在了一起。空气刺骨般的寒冷。虽说车程是四五十分钟，但山里果然跟市区不一样。尖锐而冰冷的感觉犹如勒进了肌肤的深处。

“哎呀，好冷啊。”岩岸夸张地喊叫道。

“来到此地就真切地感受到冬天的气息了啊。”

“那处镇子是什么地方呢？”星园做作地伸出手，指了指悬崖下。他那装酷的站姿就像模特似的。

“啊，那是秩父。”岩岸似乎很冷，用双掌摩擦着国字脸回答道。遥远的下方、低洼的山丘对面，山下的镇子紧贴在大地上向周遭蔓延开来。

“秩父就是我们换乘的地方呢。”

“没错，从这个距离来看不算太远，但此处的悬崖很是险要，道路不通，必须要绕远路去另一头的当地车站，相当不便。”岩岸愤懑地说着，“天气太冷了，我们还是先进去吧。那座大房子就是管理栋，我们先到那儿取暖吧。”

说完，岩岸便向双层建筑走去。财野飞快地绕到车后，打开了后备厢。和夫准备帮他卸行李，正往那边走的时候，岩岸停住了，很是不满地说道：“这是怎么回事？喂，财野，这里的雪是怎么扫的？”

“我看看。”

财野也停下手上的动作，朝岩岸所示的方向望去。

宽阔的广场上确实是有扫雪的痕迹。雪地上清扫出了刚刚经过的道路以及可供停车的空间。清扫的痕迹延续到管理栋，途中延伸出了一条道路，接着通过了建筑的屋檐，又延伸出了另一条道路，形成了两条细长的田间小路似的倾斜道路。两条小路止于广场的深处，消失的痕迹就像是两台巨大的独轮车朝着山峰一跃而起所留下的。如此看来，小屋是倾斜排列的，扫雪的痕迹也与小屋平行，向前延伸。

财野的表情没有任何变化，说：“我已经嘱咐过埼玉分公司的同事来扫雪了。”

岩岸说道：“那他们就是偷工减料了。负责人是谁？”

“分社长永山。”

“不靠谱的家伙。所以他才永远回不了总部。”岩岸愤愤不平地往管理栋走去。

积雪只有二十厘米，也没有必要处处都清扫干净嘛——和夫目送着岩岸的背影，如此想道。不把整个广场的雪都铲平他就不满足吗？这可是相当耗体力的啊。虽然没有见到过埼玉分公司的人，但和夫心中不禁对他们表示同情。

星园漫不经心地旁观完这场交涉后，来到了车边，正要拿自己的行李时，和夫制止道：“啊，我来拿。”

“不用，我自己的东西自己拿。”

“不，这是我的工作。”和夫生硬地说着，强行把行李夺了过来。他变得固执，也算是发泄刚才不愉快的情绪。

“这样啊，那就不好意思了。”星园有些言不由衷地说着，然后跟在了岩岸的后面。和夫诧异地抬起头。星园刚刚的话出人意料地正常，不像平时那种说得天花乱坠的耍帅的说话方式，而是让人觉得像个正经人了。不过，星园朝着管理栋前行，那苗条而修长的身躯仍然是那副已经见怪不怪的装酷的走路姿态，仿佛是意识到有几千名观众在守望着他。这是和夫的错觉吗？

和夫正发着呆，嵯峨岛迅速把自己的行李从他的身边拽了出来，走掉了。

“这件行李也拜托你了。”不知何时靠近的财野从背后毫无感情地喊着和夫，一副理所应当的态度将一个大纸袋硬塞给了他。和夫毫不掩饰自己闷闷不乐的心情，将它收下了。

管理栋是干栏式建筑，入口处有三级台阶。和夫抱着两人的行李和纸袋，步履蹒跚地爬上楼梯，打开门走了进去。内部的阴森和寂寥气息丝毫不亚于外观。房子是山中小屋的风格，地板和墙壁都铺着木板，柱子也很粗。可是木板却很薄，缺乏厚重感，总给人一种相当穷酸的感觉。天花板露出了没有支架的横梁，整体被熏成了米黄色，好一派萧条的景象（见图二）。

入口的左侧是吧台，以前似乎是接待客人的地方。吧台的角落里静静地放着一个木雕的小芥子人偶。人偶是三十厘米左右的圆柱体，造型朴素，岩岸似乎不会有兴趣装饰这种物品，应该是前任经营者忘记的东西吧。

走廊从吧台一直延伸到里面。行走了一小段后有一间大厅，星园他们就在那里。沙发配置成“口”字形，正中央有一个小桌子。沙发是软垫式的，桌子是由木板简单拼接而成，看来此处也朴素而寒酸。安有一扇大窗户的墙壁边放置着一台如今已经少见的带室内天线的电视，频道靠旋钮调节。这到底是哪个时代的东西啊？

星园和嵯峨岛坐在沙发上，岩岸则蹲伏在沙发脚边，正在

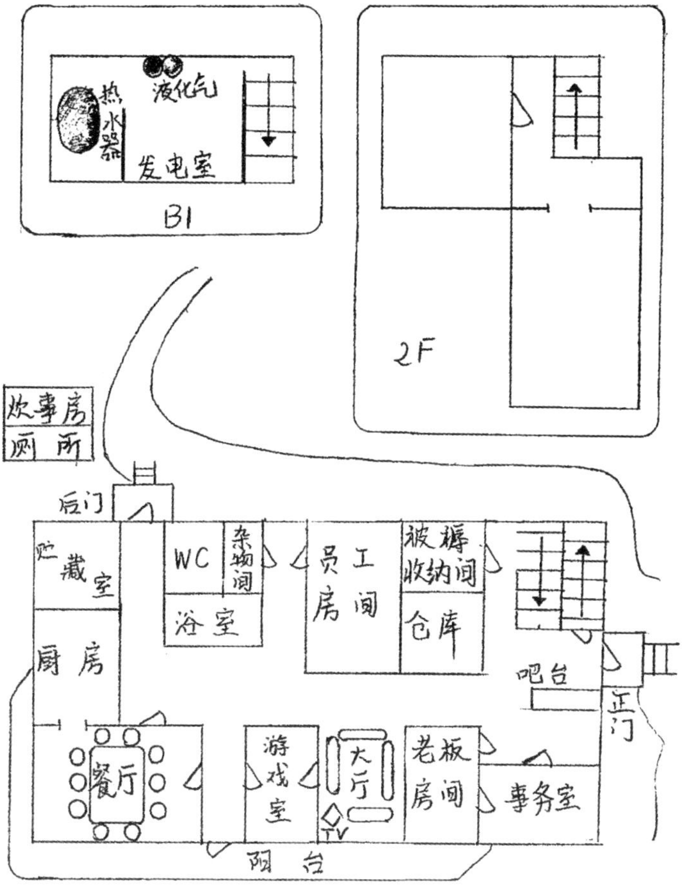
热水器
液化气
发电室
B1
2F
炊事房
厕所
后门
贮藏室
WC
杂物间
浴室
员工房间
被褥收纳间
仓库
厨房
吧台
正门
餐厅
游戏室
大厅
TV
老板房间
事务室
阳台

图二 管理栋

给暖炉生火。暖炉的样式相当老旧，烟气一股一股地冒出来，散发着煤油那种难闻的味道。和夫将行李放到沙发上后，财野跟随而来。

“社长，现在有点晚了，再不快点就没时间了。”

“哦，已经是这个时间了啊——可恶，这破炉子真难点着。”岩岸头也不抬地说，“话说天快黑了，快去把发电机打开。”

“是。”财野行了一礼，用他那悄无声息的忍者似的步伐折返回去。

“点好了——马上就会暖和起来了，请各位稍微忍耐一下。”岩岸站起来说，“非常抱歉，我和财野得再去一次车站。草吹老师是乘坐傍晚的电车抵达，我们得去接她。噢，两位老师听说过草吹茜老师吗？”

“就是那位草吹茜吗？”星园挑了挑一边的眉毛，一副装模作样的夸张表情。

“嗯，当然——您认识吗？”岩岸默默地笑着，厚厚的嘴唇粗俗地扭曲着。

“当然认识。噢不，虽然没见过面，但她是名人啊。”星园用夸张的动作竖起一根食指。

和夫当然也听过这个名字。她是畅销女作家，不过和夫一次也没有正经地读过她的书。毕竟年轻男子握着通勤电车的吊环，也不好打开《情人节快乐心跳大作战》《恋爱的感觉是摇滚乐》《海边心动》《微风拂过的少女色》这样的书。她受到女学生和女白领的大力支持，是名人气作家，年龄还只有三十五岁左右，创作量却相当巨大。和夫曾在一家书店看到，一整层架子上摆放的全是草吹茜的文库本。装帧用了华丽的粉红色，书店的那一角俨然成了精品店。

“对，我也邀请草吹老师来了。”岩岸露出下流的笑容，那张国字脸都变形了，“草吹老师在年轻的女孩子中人气爆棚，配合上星园老师可谓如虎添翼——啊，如此一来嵯峨岛老师就是老虎的利齿了。”岩岸追加了莫名其妙的奉承话。幸好嵯峨岛只是无所谓地眺望着窗外的雪景。

“真是期待，”星园装模作样地跷起二郎腿，“竟然能跟著名小说家共事。”

“您知道吗，草吹老师可是位靓妞呢。”岩岸用了个不常用的词汇，龇牙咧嘴地笑着。

这时，财野神不知鬼不觉地回来了，说：“社长，让您久等了。”

“哦，电力情况如何？”

“那台发电机可真不好用——不过我按照前些日子他们教我的那样操作了，应该没问题。”说完，财野按下了墙壁上的开关，大厅突然明亮起来。太阳已不知不觉地下了山。

“不错。那么两位老师，我们大概一个半小时回来，还请自便。对了，星园老师的跟班。”

“在。”应该是又要被吩咐什么了，和夫感到不耐烦。果然，岩岸说道：“我和财野要急着走，你去给两位老师泡杯咖啡。咖啡就在纸袋里，厨房就在那里面。晚餐会在餐厅进行，你去把暖炉点燃，让房间先暖和起来。”这语气就像是在对下属下达命令。

5

【主要登场人物都到齐了，后面的被害人和凶手当然也在其

中。管理栋的构造是最后阶段推理的重要因素，因此需要留意。】

和夫抱着纸袋笔直地前往走廊深处。走廊向右拐弯后，尽头处能看到一扇门。此门跟正面入口的相同，也是木门板，看来是房子的后门。和夫没有往后门方向走，而是打开了餐厅的门。这是一扇平整的胶合板门，门上印有木头纹理，看起来还是很廉价。这像是在很久以前的廉价公寓里看到的东西，而现在即便有这种公寓，也没人愿意住进去吧。

餐厅内部比较宽敞，中央稳稳地放着一张长方形的大餐桌。十把椅子围了一圈，显得有些寒碜，但只有餐桌是原木的。努力追求排场的这份豪华与铺着熏黑木板的墙壁和天花板显得格格不入。正面和右侧的墙壁上各开了一扇大窗户，至少减轻了这个房间的阴湿感。

和夫按照吩咐先给暖炉生火。这里装的也是老式的煤油炉。

通往厨房的入口与进来的门并排敞开着。和夫将怀中的纸袋“咚”的一声放在水槽旁边，叹了一口气。他找到煤气的总开关，将水壶放到灶台上，点着火后又叹了一口气。

好累人——真是的，居然陷入这么悲惨的境地。搞笑的文化骗子、目的不明的出差、被其他公司的大叔颐指气使——没有一件好事。真没想到自己竟然会受到这种待遇。羞愧的后悔之情又涌上心头。要是没干出那事儿就好了。

和夫又回想起周末的那个傍晚。他准备下班，而课长助理那歇斯底里的叫喊声直往耳朵里灌。

“我不是说了很多次吗，你有没有确认好？什么？我问过你好几次有没有认真做过检查。”

课长助理激动地张着他的血盆大口，梅原则在他眼前低着头。

“怎么办，啊？你要怎么负责？是要跟对方说，‘对不起，我们弄错了，并非五百而是五十，能不能把支票还我们’？啊？！你打算怎么办？你怎么会犯这种错误？为什么中途的计算没问题，总计的时候就算错了一位数？你的脑神经到底是什么构造，才会干出这种蠢事？”

制作部的所有人都面色苍白，装出一副投入工作的样子。啊，又开始了——和夫咂了咂嘴，准备低头等待暴风雨平静下来。还是不要去干涉好了。

“我说过的，对吧？我之前问过你‘这样没问题了吧’？我是问过的啊。你还记得你是怎么回答的吗？你笑眯眯地说，‘没问题，很完美’。你是这么说的吧？你不会是要告诉我说你忘了吧。你可别说你把大脑的存储清理得一干二净。”

课长助理喋喋不休。梅原面色苍白地咬紧牙关。和夫跟这个小心翼翼的后辈关系很好。这个男人虽然冒冒失失的，但他为人坦率，让人讨厌不起来。

“喂，说话啊！你打算怎么办？这事儿要是发生在黑社会里，是要剁手指的。你要怎么负责，啊？你要在荣新制版的大楼面前切掉一根手指吗？啊？”

和夫突然抬起头。他了解到梅原为什么会被问责了。荣新制版的报价书课长助理应该也过了目的，而且没有课长助理的授权章就没办法开具付款单。这并不是梅原一个人的错。课长助理自己没有确认清楚，他也负有一定的责任。而他却把所有的锅都推给下属背，自己佯装不知。这家伙的作风就是这样。

“啊？怎么办？这笔损失你要一个人赔偿吗？四百五十万，你赔得起吗？还是说去对方公司道歉，说‘我们公司有我这么傻的职员'，给我们公司丢脸吗？喂，说话啊！你是想当缩头乌龟吗？不是一直挺能说的吗？现在怎么不说话了？你这个笨蛋，这张嘴是怎么回事，啊？"

看到课长助理揪起了梅原的嘴唇，制止和夫的枷锁已经绷开了，身体不知不觉自己动了起来——

水开了。和夫深深地叹了三口气，关掉了煤气灶。后悔之意就像是握住吸收了污水的海绵一样，手感让人作呕。

和夫慢吞吞地打开纸袋，取出里面的东西，有三根法式长棍、鸡蛋、火腿、牛奶、生菜和酸奶，还有一袋磨过的咖啡豆。

和夫将咖啡用过滤纸过滤后，从餐具柜里随意找了两个杯子，洗都没怎么洗就倒满了咖啡。由于没找到砂糖，他擅自决定做黑咖啡。

和夫将杯子摆在托盘上后，离开了厨房。他意识到除了刚才进入的印有木头纹理模样的门之外，餐厅还有另一扇门。这扇门位于木头纹理门右手边的墙壁上，门框上嵌有磨砂玻璃。

走出嵌有磨砂玻璃的门后，眼前又出现了一道门，上面贴着门牌，歪歪扭扭地写着"游戏室"三个字。这种地方会有什么游戏啊——和夫一边惊讶，一边向正中的走廊走去。

来到大厅，星园和嵯峨岛两人正聊得火热。两个都是怪人，所以意气相投吗？

"我对那名目击者的话深感兴趣。他说，橙色的发光物体像这样以之字形的方式横向移动，方向还是东南方。而这一次，三道红色的光芒组队从北方的天空靠近。"嵯峨岛驼着背，眼睛朝上盯着星园，嘟囔地说着。

星园不紧不慢地回应道："原来如此，一个橙色的大家伙和三道红色的光芒——这跟刚刚的目击证词一致。"

“咖啡泡好了。”

和夫将托盘放到了桌子上，嵯峨岛心不在焉地将他那跟乌龟似的猴脸上下摆动着。他是想表达谢意吗？

“呀，真是太感激了。”星园的声音明朗快活。他用装模作样的姿态将一只手抬起来，活像一个傻瓜。这家伙果然想要帅到底啊。

嵯峨岛看都没看一眼咖啡，继续说道：“之后当然也一样，红色光芒靠近了橙色的发光物体后，就像融合到了一起似的被吸入了橙色物体中，然后离开了。怎么样？这只可能是侦察机和母舰吧。红色光芒的不自然行动明显是在巡逻。”阴暗的执念在他眼里阴森森地燃烧着。

“真是有趣。”星园翘着兰花指拿起了咖啡杯。他那悠闲自得跷着二郎腿的姿势，就像马上要拍摄肖像照似的。

“因此，收集了这类目击事件的资料后就能推断出母舰的起降位置。前进方向、速度、高度、目击地点、目测全长——利用所有的这些数据就能做出综合性的判断。”

“结果表明，起降位置就在附近吗？”

“对，刚好就在离这儿不远处。这片山中腹地人迹罕至，实地考察也很困难。不过，正是这种地方才具备了建立基地的条件啊——”

和夫听着嵯峨岛的声音，迅速撤离了现场。他没有必要跟他们待在一起，两个人凑在一起也不会无聊吧。与其跟这两人待在一块儿，不如去参观一下房屋内部。

和夫沿着走廊往里走，中途往左拐弯。正面是扇玻璃门，外面是阳台。仔细一看，阳台往右绕，将餐厅包围起来。由于天气太冷，和夫没有去外面，只是透过玻璃眺望着景色。

夕阳西下，静谧的天空布满晚霞，染成了一片淡紫色。天空的色彩融入了白雪皑皑的山顶。树木枝繁叶茂，在山峰的地表勾勒出复杂的阴影，与远方颇具透明感的天空形成了美丽的对比。和夫已经许久没有见到在云层间绽放金色光芒的夕阳了。

饱览了片刻的景致后，和夫回到了走廊。餐厅磨砂玻璃门的正对面是游戏室的门，这扇门也是用胶合板做成的。打开门后，冰冷的空气混合着霉菌味扑鼻而来。来历不明的气味让和夫不由得紧张起来。房间中央只摆了张台球桌，剩下的便只有墙上挂的几支球杆了。除此之外什么都没有。和夫试着找了找，但到处都没找到台球，球桌的台面上也有一部分破损脱落了。总觉得气氛有些阴森萧条，这怎么能称作游戏室啊。在这种地方玩耍，感觉座敷童子都快出现了。

和夫赶紧离开这里，准备前往后门。途中走廊的右手边有两扇拉门。前面的拉门上贴有“浴室”的牌子，另一头则是“洗手间”。

后门果然通往室外。眼前有一个一平方米左右的平台，平台前面是三级台阶。冰冷的空气一下子就从脚底往上灌来。

夜幕即将降临，朦胧暮色中的雪野一望无垠。不知名的鸟儿正洪亮地啼啭，往森林方向飞去。雪野上整齐地排列着小屋，屋顶为白雪所覆。别墅群像融入了雪景一般排列着，那景致虽然有些乡土气息，但也有一种田园诗般的美。

走下台阶便是那条有扫雪痕迹的道路，宽度只有田间小路的大小，笔直地朝着右前方延伸，相对于整排的小屋整齐地画出了一条平行线。平行线的精确度让人觉得，画出它可能会比清扫所有的雪还困难。做清扫工作的人也许是打算暗讽吹毛求疵的社长才做了这种事。

和夫试着在那条路上行走，地表露出了一半的土壤，雪地与道路的高低差有二十来厘米。和夫无意地踢了踢雪层，粗粒状的雪块干瘪地塌陷进去。或许是四天前降下的缘故，雪已经冻得很坚硬了。

和夫一边哈着白气，一边迈着大步。冰冷的空气让他蜷缩着身体。可话说回来，小屋之间的间隔为什么会大得那么诡异呢，足足有十米以上？也许是为了有效利用宽阔的空间，但若是如此就应该建造更多的小屋才对。像这样孤零零地分隔开来既浪费土地，看起来又很冷清。就像岩岸所说的，这就是门外汉设计的悲哀吧。

准备返回时，和夫发现后门旁边有一栋跟小屋不同的建筑。这栋建筑物比小屋稍小，就像一个水泥箱似的，很是煞风景。仔细一看，能看到并排着自来水管的水龙头。看来这是营地的炊事房。这里就跟廉价的温泉疗养所的公共厨房似的，与雍容华贵的感觉相去甚远。

管理栋的屋檐下也清扫出了一条道路，从后门绕了半圈，一直延伸到正门。和夫顺便去了那条路看看。

路上有停车坪，还有一条道路往右前方延伸。这边也有五栋小屋沿着道路排列。今晚应该会住在某一栋小屋里吧。虽然这并非岩岸的说辞，但这里还是蛮有风情的，或许能转换下心情。

和夫冻得受不了了，回到了管理栋。左手边是吧台，孤零零地摆放着小芥子人偶。人去楼空，徒留一片寂寥。和夫觉得这与自己的凄惨境遇很相似，于是便用手指轻轻地敲了敲人偶的头。

吧台深处的门上贴有门牌，牌子上写有蹩脚的“事务室”

三个字，右手边的门上则写有“老板房间”字样。

对侧的墙壁上也有一扇小门，和夫顺便过去瞅了瞅。

水泥台阶向着昏暗的地下延伸。猛烈而湿冷的空气让和夫紧闭双唇，实在是没有意愿下去。地底传来了机械的轰鸣声，应该就是刚刚财野所说的发电装置吧。

正当和夫抬头仰望地下楼梯的反方向那处通往二楼的楼梯时，外面传来了汽车的声音。看来第二波人也到了。和夫虽然没有义务出门迎接，但被那个大叔说东说西的委实让人不爽，便决定出去。

然而，开着大灯、沿着雪路攀登而上的并不是财野的四驱车，而是一辆纯白的小型卡车，箱形车身像是冷藏车。这辆大块头竟然在如此路况下还能过来，这让和夫很是吃惊。白色箱体的两侧用油漆显眼地喷绘着“所泽山酒店”几个字。

副驾驶的窗户打开了，一名中年男子板着脸大声地问道：“小哥，你是山冠公司的吗？”

“不是。”

和夫回答了后，中年男子面目可怖地喊道：“啥？弄错了吗？”然后对驾驶座上的男子说：“喂，搞错了啊，他说他不是山冠公司的。”

“你傻啊，这怎么可能嘛，除了这儿还能是哪儿呢？”驾驶座上的男子也怒吼着，两人都气势汹汹。夹在叫嚷的两人中间的年轻男子不知所措。

“可是这位小哥说他不是山冠公司的啊。”

“拜托，我们可是被叫到这里来的啊——再问一次看看吧。”

驾驶座的男子叫嚣着，中年男子再次把头探出车窗，说：“喂，小哥，你真的不是山冠公司的吗？”

和夫招架不住那可怖的面容，回答道：“嗯，不是的，我只是——”原本打算说是“客人”，可和夫还是犹豫了，毕竟从刚才开始他就没有被当作客人。

“你看，他不是吧？”

“岂有此理！我们可是花了两个小时翻山越岭而来，怎么能取消呢？”

“你对我发牢骚也没用啊。”

感觉两人快要吵起来了，于是和夫大声地说道：“请等等，我不是山冠公司的员工，他们现在外出了。”

“你说什么？”中年男子冷不防地盯着和夫，说，“那你应该早说山冠公司的人在这儿啊，还磨磨蹭蹭的，真是不灵光的小哥。”

“你瞧，这不跟我说得一样吗？”驾驶座的男子扬扬得意地说道。

“啰唆！有闲工夫讲这些歪理那就赶紧把工作干完。”中年男子猛地脱下了夹克，里面是一件熠熠生辉的白色厨师服。三名男子轻盈地戴上厨师帽，陆续从车上跳了下来。

车厢后门打开后，里面亮堂堂地摆放着不锈钢的厨房设备。身穿厨师服的三人争先恐后地飞跃进去，麻利地开始了工作。

原来如此，是上门做晚餐的啊——不过竟然会接这种地方的单，虽说是混口饭吃，但也够可怜的。

“别慢吞吞的，赶紧生火。”

“少废话！可恶，气死我了！为什么我们非得要到这种深山老林里来啊！快，给我油。”

“我说过让你别对我发牢骚！还不是因为那该死的经理不管三七二十一全盘接受了订单。来，把这个切好。”

“你为什么没有阻止啊？快，把这个摆好。”

他们互相谩骂着，手上的动作却令人应接不暇。和夫不禁哑然失笑。看来岩岸那家伙为了招待名人而预订了餐馆的上门烹饪服务，而且态度相当强硬。一定是付了远距离服务费吧。

在这儿转来转去的又会被训斥，和夫返回了管理栋。

大厅里的谈话已经结束了，星园正在写东西，嵯峨岛则打开了一本厚厚的书。和夫瞅了瞅，书上的文字是横向排列的，有许多须须点点，似乎是德语。和夫无所事事地靠近壁炉，正发着呆，不一会儿就听到了汽车的引擎声。这次是真的回来了。和夫再次走了出去。

天已经完全黑了。大灯划破黑暗，财野那辆眼熟的车开了上来。汽车对着餐厅卡车侧面的正中间位置停了下来，车头都快要撞进去了。

岩岸从副驾驶座跳了出来，绕到卡车后面，立刻开始抱怨：“喂，你们把车停在这种地方，我们就开不进来了啊！”

穿厨师服的中年男子一脸不爽地回应着，可是声音却被四驱车后排出来的两人那娇滴滴的说话声所掩盖，让和夫没有听清楚内容。

“哇！好冷。这是在山里了吗？”

“真的耶，积雪好厚。”

从车上下来的是两名花枝招展的女生，两人都二十岁左右，很年轻。

“哇，原来是在这种地方啊。感觉像是来到了滑雪场。”

高个子的那位呵着气，声音尖锐。她穿着毛皮大衣和长靴，茶色的头发盘成了发髻。她身材苗条，五官深邃，容貌华美，妆化得稍稍有些浓。

“可是对面有小小的建筑哟。喂喂，社长先生，那就是小屋吧。”

小个子的那位说话娇滴滴的。她身着一件长及膝盖的羽绒大衣，那容貌与其说是漂亮不如说是可爱，又长又黑的秀发轻飘飘地披在白色大衣的肩部。她体形有几分丰满，即便上半身穿着厚厚的羽绒衣，胸部的隆起也很明显。

“哇，看呀，山下还能看到镇上的灯光，好漂亮。”

“哎呀，真的假的。好厉害，这么远呀。”

“可是好冷啊。”

“我说社长先生啊，外面好冷，我们能进去了吗？”

两名女生叽叽喳喳地说个不停。荒村般的环境与姑娘们闹腾而年轻的样子显得不甚协调。

另一边的岩岸垂下眼角，说道：“嗯，进去那栋屋子就行了。很冷吧？星园老师和嵯峨岛老师都已经等不及了。”说完，他指了指管理栋的入口。

“哇，星园先生！”

两人一齐发出了欢呼声。不知道有什么好笑的，两人笑呵呵地跑了过去。也许是因为旅行而兴高采烈吧，她们的情绪异常高涨。话说回来，那两名女生又是谁啊？草吹茜没来吗？

正想着，草吹茜本人就慢慢地从车里下来了，和夫已经在杂志上看到过那张脸好几次了。她身穿纯黑的短大衣与黑色的直筒裤，发型是很有特征的波波头，下巴有些宽，面部轮廓给人一种意志坚强的感觉。无论怎么看都只有不到三十岁，那美貌足以担当她作品中的主角。

茜站在雪地上，表情十分茫然。她睡眼惺忪，眼睛没有聚焦，无精打采地拿着香烟，缓缓地转动着肩膀和脖子。这举止活像一个大叔，跟她的姿色完全不搭。然而这动作却分外娴熟，甚至让人感到一股不可思议的妖娆。

“茜老师，您不要紧吗？冷不冷？”另一人从车上下来了。看到此人，和夫屏住了呼吸，这张脸他也见到过。这是一名二十三四岁的女士。比起刚才那名丰满的矮个子女孩还要小一圈，感觉都可以包在手心里了。她留着一头短发，眼珠溜圆，光滑紧致的脸上完全没有化妆的感觉。她的美丽并不像之前的两名女孩那样花哨，给人一种高雅的稳重感。

是昨天在电视台撞到的那个女孩——和夫跟那时一样心潮澎湃。果然是他的菜。脑海中无意间浮现出了“缘分”这个词。

“草吹老师，很冷吧？”岩岸飞奔过去，“非常抱歉，这里太不方便了——来，请到里面去。里面不太干净，不好意思。现在马上给您拿行李。”

就在岩岸搓着手表达歉意之时，财野照例不知不觉、悄无声息地打开了后备厢。那名身材娇小的女子步伐轻快地马上从后备厢中拉出了两个大包。

“财野，让餐馆的那群家伙把车挪一挪，不然待会儿他们回去的时候我们就得再挪车。”岩岸向财野下了命令，然后又以相同的口吻说道：“星园先生的跟班，你来帮忙拿行李。”

“啊——好。”和夫准备从女孩那儿接过包，但对方那可爱的双眼正直直地注视着茜，并没有意识到和夫。她是草吹茜的熟人，还是其他什么人？

没办法，和夫只好将手伸向后备厢角落里的公文包。

“这个就不用了，”岩岸把公文包夺了过来，“比起拿这种轻便的东西，快去帮刚才那两名女生拿行李吧。连这点机敏度都没有，你是怎么搞的啊？”岩岸就像是在训斥和夫似的，然后转过头，立马变了腔调：“草吹老师，我们走吧。就是那栋屋子，里面点了暖炉，很暖和的。”

岩岸催促着茜往管理栋走去。茜迈着费力的步伐，茫然地跟在他身后。娇小的女孩抱着两个大包，快步追着他们。当然，她还是没有注意到和夫。

机敏？这么说来，昨天在电视台部长也说过同样的话。我看起来就这么不灵光吗——和夫发着牢骚，将粉红的旅行包和银色的滑雪包拽了出来。财野面无表情，什么也没说，粗暴地关上了后备厢门。

和夫没管里面装了什么，背着重重的行李走进了管理栋。大厅里两名女生正叽叽喳喳地讨论着。

“真走运，跟草吹老师一起兜了风，还能见到星园先生。”

“真的耶，好幸运。”

“星园先生比在电视里看到的还要高很多呢。”

“我好感动，心都怦怦直跳了。”

娇滴滴说话的是那名穿白色羽绒服的丰满女生。高挑而时髦的女生双眼放光，一直跟在星园身边。而星园却毫不羞涩，用做作的微笑回应道：“哪有的事，能够见到如此有魅力的两位小姐是我的荣幸。”

“呀！”又是欢腾声。嵯峨岛对于这场骚动抱以事不关己的态度，只顾着看自己的书。

那个娇小的女孩留着短发，对星园他们似乎也没兴趣，紧紧地跟在草吹茜身后。和夫稍微松了一口气。女孩笑眯眯地对茜小声地说着什么，茜露出倦怠的眼神，点了点头。

“那么各位，虽然才刚到，我们还是先用餐吧。”岩岸嗓音浑浊地说，“在这深山中什么都没有，所以我叫来了酒店的厨师。请尽情享受山间的夜晚吧。”

他得意扬扬地说着，示意着走廊深处：“餐厅就在这里面——嵯峨岛老师也请暂时不要读书了。来，这边请。”

原来如此，正觉着肚子饿了，没想到都已经过了六点。虽然这大叔讨人嫌，但不愧是企业家，计划得井井有条。这就是所谓机敏吗？

6

【晚餐开始了，话题开始涉及UFO的讨论。不能因为案件迟迟不发生而感到无趣，因为文中埋有几条重要的伏笔。】

众人将行李和外套留在大厅后纷纷起身前往餐厅。和夫事先点燃了暖炉，房间已经足够温暖了，但却没人提起这件事。

“草吹老师，这边请。在这里面。”岩岸邀请着茜，油光满面的脸上绽放出笑容。长方形的餐桌周围摆着十把椅子——长边各有三把，短边各有两把。

“来，请坐这里。”岩岸让茜坐在了窗边两把椅子中靠近游戏室一侧的那把，然后自己坐在了旁边。

“我要坐在星园先生的旁边。”丰满的矮个子女生撒着娇，挽着星园的胳膊。

“啊，由美你好狡猾。我也要。”高个子女生也不甘示弱地往星园身上凑。左右环抱着美女的星园本人却处变不惊，露出了清爽的微笑。

“啊哈哈，你们让星园老师很为难啊。你们三人并排坐在那边就行了。”坐在茜旁边的岩岸乐陶陶地指着窗边那三把并排的椅子。于是星园被夹在中间，里面是高挑苗条的女生，外面则是长发的丰满女生，三人其乐融融地就位了。

那名短发的娇小女生自发地坐在与茜隔着一个桌角的旁边位置上。嵯峨岛随意地坐在了旁边背对着磨砂玻璃门的座位上。不知何时出现的财野面无表情地坐在背靠厨房的位置上，无意中来迟的和夫选择了财野旁边的位置。印有木头纹理的门就在背后，他感觉这是最下档的座位。正对面，茜那睡眼惺忪的目光在餐桌的表面上游移着。

“那么，接下来请各位享受晚餐，”岩岸见所有人都入座后，洪亮地说道，“各位老师应该都相互认识吧，但还是有很多人是初次见面，所以请允许我一一进行介绍。”他煞有介事地说着。

“首先，在我旁边的这位是草吹茜老师。”

星园身旁的两名女生鼓掌回应着，用充满崇拜之情的眼神注视着女作家。

“大家应该都知道，草吹老师是该体裁 No.1 级别的畅销作家——在今年的文化人纳税排行上也榜上有名。”

岩岸就像自诩似的夸夸其谈，女生们又开始鼓掌。茜似乎觉得这些成就没什么好说的，懒洋洋地行着礼说：“我是草吹，请多指教。”

“那么，接下来就是围绕在两位小姐中间的绝世美男子，星园诗郎老师。”两名女生欢呼着鼓掌——掌声和目光比起介绍茜的时候更多了几分热情。

“如各位所知，他现在是气势如虹、如日中天的人气文化名人。”

岩岸说完，星园便特地站起来，说：“我是观星家星园，请多指教。”说完，便以装酷的姿态不紧不慢地行礼，惺惺作态的样子好像要从胸口的口袋里变出鸽子似的。女生们再次鼓掌。

“接下来，这位是 UFO 研究专家嵯峨岛一辉老师。”

女生们停止了鼓掌。

“嵯峨岛老师是在海外也相当活跃的著名研究专家，他经常出席电视台的 UFO 特别节目。”岩岸大声介绍着，可听众却没有反应。若是对 UFO 狂热的学生倒暂且不谈，这寒酸的中年研究者在年轻的女性群体中可没有太多的人气。

在岩岸进行介绍期间，身穿厨师服的三名男子进进出出了好几次，并开始整理餐桌了。雪白的餐盘、闪着银光的刀叉陆陆续续地摆好。刚才还恶鬼似的互相责骂，现在却以一副轻松淡然的表情默默工作，甚是好笑。每当他们进出时，背后的木纹门便开开关关，这让和夫的后背冷得受不了。果然是下座啊。和夫稍稍有些后悔，要是坐在嵯峨岛旁边的空座上该多好啊。

“老师们的介绍就到这里，接下来就是剩下的各位了——”岩岸继续介绍着，“草吹老师旁边那位是她的秘书。”

话没说完，短发的女子便在恰当的时机站了起来，说：“我是早泽麻子，是草吹的秘书。请多多指教。”

她毕恭毕敬地行了礼，说话的口吻是那种习惯了待人接物的温和语气。哦，是畅销作家的秘书啊——和夫不由得感到佩服。她动作麻利，一眼就能看出有能力。事实上，和夫对这种才思敏捷的女性非常没有抵抗力，心里的好感度又上升了一个等级。

“接下来是这两位小姐，她们是我的熟人。我说要招待几位有名的老师，她们便软磨硬泡地央求我让她们一起来。最终我还是败下阵来，哈哈哈——你们做下自我介绍吧。”

“好。”站起来的是矮个儿的丰满女生。

"我叫小平由美，听说今天能见到星园先生和草吹老师，便让社长带我来了。请多多指教。"

她急忙点头行礼，说话的语气嗲得发腻。长长的直发散落下来盖住了脸，她单手整理头发的动作让人感觉到了一丝顾及男人目光的妩媚。自我意识似乎很强啊——和夫想着。

接下来，星园对面座位的高个儿站了起来，笑眯眯地说："嗯……我是大日向美树子。今天能见到名人，我非常感动。请多多指教。"她的浓妆让人觉得是花了两个小时化成的。

岩岸接着她的话继续说道："今天的招待是工作的一部分，我本不打算带她们来的。可她们实在是太缠人了，一不小心就——不，我觉得这次的企划很需要年轻女性的意见，所以她们便作为消费者代表而来。两人都是一边上大学一边晚上打工的苦学生，拜托大家多多照顾她们。"

胡说——和夫险些就脱口而出。哪门子的苦学生会穿这种衣服？她们身上所穿的衣服是意大利的高级品牌，这连和夫也看得出来。岩岸多半是在女大学生酒吧或别的什么地方吹嘘自己的工作，结果下不了台才带她们来的。

"这是我们公司的财野，之前已经给大家介绍过了。"

岩岸说完，财野立刻站了起来，无言地鞠躬。

"嗯，财野旁边的则是星园老师的跟班。"

岩岸说得非常干脆，于是和夫慌慌张张地站了起来："我是杉下。"和夫差点儿以为自己被无视了，结果还是受到了冷遇。

"介绍完了，那我们来干一杯吧？"岩岸一边关注着似乎很无趣地开始吞云吐雾的茜，一边说着，"不过也只有啤酒、红酒和威士忌。草吹老师，先来点啤酒如何？"

"我就算了，还要通宵工作，喝了酒会瞌睡的。"茜冷淡地回答道。

“哦，是吗？那真是太遗憾了。其他各位呢？要喝啤酒还是红酒？”岩岸大声地询问着。

“欸——我喝不了酒哎。”

“我也是。”

由美和美树子如此说道。结果是岩岸喝啤酒，其他人则用乌龙茶来干杯了。和夫原本也想喝啤酒的，但“老师”没有喝，自己也就作罢了。总觉得会是一场乏味的晚餐。

厨师给所有人分配好饮品后，岩岸率先兴奋地举起了酒杯：“总之请各位休憩一晚，切身体会此处的氛围。今晚大家就暂且将繁忙的工作抛诸脑后——我也有机会以这种方式走近各位著名的老师，让我们一起开心地度过这一晚吧。”

岩岸用没品的笑容盯着茜，笑眯眯地说着。这位大叔似乎跟追星的女生没什么两样，只是个俗人而已。

晚餐开始后，岩岸一杯接一杯地喝着酒，嘴上仍然不消停。

“总之，渡河里岳度假村这个名字有些不走心吧，土里土气的。这里又不是国民宿舍，必须得取个洋气点的名字。”

“确实，‘度假村’这个名字很逊耶，感觉跟乡下一样。”由美附和道。

“对吧，这没法打动年轻人。而且建筑的构造也不太好——喏，大家也都看到了，小屋与小屋之间离太远了。”

“咦？我没看到哎。”这次是美树子说。

“噢，你们到的时候天都黑了。”

“我看到了，”星园说，“虽然很宽阔，但小屋之间隔得太远了，让人感觉有些荒凉。”

“是吧？”星园的回答正中岩岸的下怀，“这种样式是为了方便房车横靠而修建成的，小屋斜着错位修建似乎也是为了便于汽车进入。”

原来如此，路上有积雪所以没意识到。如果没有积雪，汽车可以开到每栋小屋的前面——和夫理解了。

岩岸一边咕噜咕噜地喝着啤酒，一边说：“可是拥有房车的真正的有钱人是不会到这种地方来的，顶多就是一家子开着大篷车来吃烤肉——他们把经营预想得太乐观了。”

“不过，户外活动这个角度如何呢？”星园又摆出了将一根手指指向天空的手势，“现在不是很流行吗？即便没有钱也能够享受户外活动，如此一来顾客也会来这里了。”

“嗯，确实非常流行，”美树子附和道，“我也有朋友会去露营。”

“不对，话不能这么说。”岩岸将他的粗脖子左右摇了摇，“虽说是户外活动，但现在也会有顾客询问露营地的户外概念是如何展现的。城里人并不要求有真正的户外活动，他们讨厌蚊虫出没，觉得生火麻烦——总之就是赶潮流，只想要那种氛围就行了。”说完，他又开始咕嘟咕嘟地喝啤酒。

“或许是呢，就算是露营地，脏兮兮的地方也让人心生不快。”由美表示赞同。

料理陆陆续续地端了上来。盘子那杂乱无章的摆放方式传达着厨师们的迫切心意：赶紧吃完，我们好早点儿回去。料理姑且采用了西式正餐的形式，但实际上跟婚宴一个样：冷冰冰的法式清汤、干瘪的沙拉、清一色全是半只虾的奶汁烤虾仁、不知道是什么肉的硬邦邦的肉排。厨师全然不顾客人的用餐速度，一股脑儿地将这些菜肴全部端了上来。不一会儿，餐桌就被盘子摆得满满当当。然而，岩岸却对这事儿无动于衷，依然兴高采烈地说个不停。

“所以啊，这么不方便的地方采用一般的推销方式是不会有顾客来的。十二月初就有积雪，根本不适合作为露营地。谁乐意来这种没有电、没有水，还没有电话的山里呢？”

美树子抬头看了看天花板的日光灯，说：“哎？电灯不是亮着的吗？”

“不，这是我们自己发的电，地下有发电机。地下室很黑喔，待会儿要不要一起去看看？”

“不要！社长先生你真坏。”由美咯咯地笑着。

“自来水又是怎么来的呢？”

听到星园这么问，岩岸保持着龇牙咧嘴的笑容，说：“是涌泉。前面有一处地方有地下水涌出，将地下水净化后就能使用了。煤气自然用的是液化气。”

星园点了点头：“原来如此，可谓自给自足啊。”

“不过就连 NTT[①] 也没为这栋房子拉电线。罢了，大约两个月前买下这里的时候，这儿的红叶很美——喂，那是十月的事吧？”

岩岸向财野抛出了问题。从刚刚开始就没有插过话、默默地用着叉子的财野面无表情地抬起了头，说：“是的，十月和十一月分别来了一次。那时天气很好，当时我也认为这是一个不错的疗养地。”

“不过冬天一到就不这么想了，”岩岸皱起了眉头，“疗养地是很难经营的，必须要提出明确的特征并寻求差异化。听说前一任老板继承了这一带的土地之后，因为太喜欢登山才建造了

①即日本电报电话公司，日本最大的电信服务供应商。

这样的建筑。门外汉终究还是不行啊。”

“这么一说，这里也采取了山中小屋的建造方式呢。”美树子四处张望后说道。

“对，似乎是为了招揽喜欢登山的顾客——不过，这种粗糙的计划是不可能顺利实施的。这里远离登山路线，听说一开业就门可罗雀。当地的商人向我央求，我便买了个现成的。我的公司在叶山、逗子和那须都经营娱乐设施，还是很有经验的。”岩岸自吹自擂，“像我这种经营者呀，如果不成天关注股市行情，是没办法在娱乐产业生存下去的。我平时都是使用电车出行。东京堵车太严重，开车太浪费时间了。”

岩岸声如洪钟的话音刚落，之前一直没有开口的茜突然说：“小麻，记下来。”

“好。”

麻子不知从哪里立刻取出了笔记本和笔，华丽的动作犹如变魔术一般。茜朝上空看了看，断断续续地说道：“我想想，美咲系列、男朋友的上司、一个劲儿地自吹自擂、不会察言观色、令人不爽的父亲、不懂他人的心。”

“这是什么啊？”岩岸那张国字脸上露出吃惊的神色。

“啊，不好意思，突然说了些怪话，”茜嫣然地送着秋波，“这是小说的构思。”

“噢，是小说啊。”

“对，如果想到什么点子不记下来的话，忘掉就太可惜了。”

“啊，原来如此。”岩岸好像没有意识到这是明显的讽刺，连连感叹道，“畅销作家果然不一样呀。”

“不，我只是太健忘罢了，总是被编辑和秘书责备。”

“哎呀，没有的事，一流的人是与众不同的。虽然这么讲有些冒昧，但我也有相似之处。一有什么主意我就立刻打电话，一有什么想法我就立刻和人联系——正因如此，无论是洗澡还是如厕，都能浮现一些点子。”

结果又变成自吹自擂了。茜疲惫地转过身去，由美则低头窃笑。

“就是这样想来想去我才想出了这个主意，希望各位老师能登场。”

岩岸“啪”地击了击掌。明明已经说过把工作的事放在一边，现在看来刚才的话已被他抛诸脑后了。

“我的计划大致就是让此处脱胎换骨，使得年轻女性能够轻松地来这里享受周末。这里离东京不远，又有停车的地方，有必要的话还可以开通迷你巴士。星辰与浪漫的UFO故里，嵯峨岛老师，这个概念如何呢？”

一开始就一言不发、阴森森地埋头戳着盘子的嵯峨岛无心做出回应。岩岸却并不在意对方的反应，说：“给人的感觉是暂时忘却都市，洗涤身心，沉浸到浪漫的心境之中。不对，太远离都市也不行，会很荒凉的。幸好这里能俯瞰秩父的夜景。眺望星辰与城市的灯火，仰天等待UFO——如何？”

岩岸似乎有些醉了，洪亮的声音越来越富有激情。

由美饶有兴致地问：“咦，是通过星园先生的形象来进行宣传吗？”

岩岸心满意足地回答：“当然了，宣传手册上会印上大头照片，还会让星园老师帮忙写推荐——对了，我之前还不知道怎么处理呢，不如把二楼改成瞭望室怎么样？二楼目前是空的，之前是老板一家住的地方——哈哈，这是天然的星象仪啊。播放星园老师的星座解说，让客人们聚在一起观赏天体吧。”

“什么嘛，星园先生本人来解说才更好呀。”

由美娇滴滴地说着。岩岸拍了拍膝盖：“喔，这个主意不错嘛。如何，星园老师？在其中一个旅行套餐中加入这一条路线怎么样？”

“怎么说呢，这样一来我就得随时来这里了啊。”

“不，只用周末来就好了——如果还不行的话，那就每月做一次特别策划。”

“能不能经常过来要看我的日程安排呢。”

岩岸见星园含糊其词，便说：“对噢，老师也是很忙的。好吧，具体细节我们今后再仔细讨论，请您考虑一下。”

“呃，看情况吧。”星园暧昧地点了点头。

一旁的由美说道：“好棒！到这里来只用给住宿费就能听星园先生的现场讲解了。”

“不，这不好说呀，而且岩岸先生也有自己的考量。”

“当然了，”岩岸说道，“选择这个套餐价格就会相当昂贵了。”

“什么嘛，好狡猾。”由美闷闷不乐地说着。

这时，美树子突然说道：“啊，对了对了，星园先生，今天为了你，我做了指甲。”她把双手水平摊开。

“请看我的指甲。”

“指甲？”

星园装模作样地换了换二郎腿的姿势，仔细看了看。除了似乎没有兴趣的嵯峨岛外，其他的人也都一齐探出了身子。

美树子一边摆弄着双手，一边说：“看，很漂亮吧？”

指甲漆黑，长得离谱。珐琅般的表面上，月牙和星星的形状正闪耀着金色的光辉。

“这是美甲用的假指甲，有各种各样的颜色，还有好几十种款式。今天我戴了见星园先生专用的特别版本。”

美树子高兴地说着。这么说来，她的耳环也是小小的星形。由美在一旁说道：“美树子好狡猾。我的指甲长得太长了，做不了美甲，会伤到的。”

仔细一看，由美的指甲比美树子的假指甲还要长，足足有两厘米，简直就像泰国的民族舞蹈艺人。粉红的指甲油散发着人工制造的光芒，给人一种不卫生的感觉。麻子的指甲又如何呢？和夫偷偷看了看对面。麻子手握着乌龙茶的杯子，樱蛤似的指尖清爽而干净，修剪得整整齐齐。和夫的心情稍微平缓了一些。

“哈哈哈，年轻人的想法真是独特呀。”岩岸拿起美树子的手仔细端详，“我实在是想不到，指甲竟然也能成为时尚的一部分。”

岩岸的目的与其说是看指甲，不如说是吃豆腐。被油腻腻的岩岸摸来摸去的，美树子很不舒服。

茜突然说道：“小麻，记下来。”

麻子眨眼之间就取出了笔记本。美树子趁机用力地摆脱了岩岸。

“日向子的死对头、女大学生、情敌、美甲、大胆的时尚品位。”茜断断续续地说着，麻子则迅速地挥舞着笔尖。

美树子将嘴巴张得大大的：“哎，草吹老师，这是以我为原型吗？”

由美说道：“哇，不是吧，好棒。”

“不，还没确定好。”茜苦笑着，点燃了香烟，另一只手则像大叔一样挠着头，“只是记下来而已，要不要使用就得看当时的心情了。现在仅仅是个想法。”

“不过还是很感激呀，如果在某部作品里登场了，可够我吹嘘好一阵子了。”美树子闹腾腾地说道。

“对了，草吹老师，我有一个问题想问您。”由美展现出了抵触的感觉，插嘴道，“现在正在连载的《Sharon》，后续怎么样了啊？浩司和美香就那样分手了吗？我好想知道啊。”

由美目光炯炯地问茜，可茜却斜着身子，妩媚地吐出一口烟气说：“后面的剧情我根本没有想过，现在在忙其他的作品。”

“欸，这样啊。”

“嗯，没到连载的截稿日我是不会构思剧情的。”

“好厉害！您就是这样写出那么有趣的作品吗？老师真是天才。”由美用嗲得发腻的声音感叹着。

“对了，说到小说啊——”岩岸挺了挺身子插进来说道，“如果可以的话，能否以这里为舞台写一部小说呢？”

“以这里为舞台？”就连茜都退缩了。

“对，故事以这里为舞台，在山中小屋内就着美丽的星空熊熊燃烧起来的爱意。”

“这稍微有点难啊。”

岩岸如此的不害臊，让茜皱起了眉头。一直谨言慎行的麻子也说道：“作品的内容必须要跟编辑商量。如果作品宣传了特定的地点，出版社方面也不好办啊。”

“噢，这样啊。那这个事情今后再讨论吧。”岩岸大言不惭地说，“我以为是个好主意呢，在远离人烟的山中小屋展开浪漫的故事，而且还有UFO出现。嵯峨岛先生，UFO会在这里出现吧？”

“会的。”嵯峨岛抬起他那张酷似猴子的脸，干脆地回答道，“秩父山脉深处有 UFO 基地，UFO 当然会经过这里。”

他还真是言之凿凿啊。态度那么斩钉截铁，说得就跟汽车会来加油站似的。众人目瞪口呆，瞬间就冷场了。

由美打着圆场：“对了，星园先生相不相信 UFO 的存在呢？”

“呃，怎么说呢？”星园就像舞台剧演员似的，浮夸地将一根手指抵在下巴上，“很遗憾——虽然这对嵯峨岛先生有些抱歉，但我不太相信。外星人从宇宙来到地球这种事还是有点不太现实。瞭望星空，我们能够感受到，在某个星球的某个地方说不定也有人跟我们一样在仰望着星星，这种浪漫与梦想是更为重要的。当浪漫驰骋于宇宙的神秘中时，想象的翅膀会翱翔到星空的哪里去呢？我认为，当夜空的美丽烙印在心里、震撼着灵魂的那一刻，人们才能真正地寻回自由和闲致。”

完全变成“工作”的口吻了。

“哇，好棒喔，星园先生真的很有梦想呢。”由美沉醉地仰视着星园那大理石雕像般的侧脸。

“但是星园先生，我刚刚也说过，现在已经有很多目击者了。”嵯峨岛阴沉着脸说道。气氛被破坏了，由美恶狠狠地盯着嵯峨岛，可他却毫不介意。“听好了，我们所处的银河系有两千亿颗恒星。据推测，宇宙还有一千亿个银河——两千亿乘以一千亿，如何？恒星的数目都有这么多，每一颗恒星还有一定数量的行星，这个数量可以说是无限的。”

嵯峨岛就像突然想起怎么说人话似的，唠唠叨叨说了一大堆。美树子恶心地斜眼看着他，说：“我说星园先生啊，恒星是什么呢？”

“所谓恒星啊，”星园缓缓地说道，“就是像太阳那样自己散发光和热的天体。围绕恒星转动的就是行星——就像地球、金星、火星一样。我们所看到的夜空的星星几乎都是恒星，它们自己在发光，所以在这么远的地方也能看得到。”

“嗯，也就是说有很多像太阳一样的星星吧。”

见美树子似懂非懂，嵯峨岛继续道：“是的，在无数的行星之中应该也有很多行星跟地球一样拥有碳、氢、氧、氮等生命必需的元素。这些行星之中，拥有文明和科学的智慧生命存在的可能性很高，这也是现在天文学的一般说法。”

嵯峨岛叽叽咕咕地说着，那声音似乎饱含黑暗的怨念。

“这类智慧生命肯定也有探索精神，也跟我们地球人一样有智慧的好奇心。我们相信宇宙中有其他的生命，便在旅行者号内装载了留言用的铜质圆盘唱片，并在莫纳克亚天文台的射电望远镜上接收宇宙传来的信号。我们通过这些手段设法与外星生命取得联络，而对方应该也在观测着地球。若是科技发达的文明，肯定会来观察我们的情况，这便是 UFO 了。”

“可是嵯峨岛先生，”星园又将手指竖起来，指向天花板，“你听过这种学说吗？从上古海洋的蛋白质中诞生出生命的概率近乎为零。”

“听过，就是加德纳的原始生命概率假说吧。”嵯峨岛还是一副阴暗的眼神。“该假说认为，从遍布‘原始汤’的海洋中诞生出原始生命的概率为十的四十次方分之一。”

“对，是的，十的四十次方分之一的概率近乎于零。所以，就算全宇宙有类似地球环境的行星，上面也是不可能诞生出生命的。因此我认为，地球才是宇宙中唯一的奇迹行星。生命从几乎为零的可能性中诞生并进化，终于形成了丰饶的自然和许许多多拥有智慧的生命。这种偶然的概率让人恍惚，我深信这才是浪漫。”

星园说完，嵯峨岛便反驳道：“这个假说仅仅是纸上谈兵的概率论而已。现在已经有很多不明飞行物飞到地球上，所以也无法否认地外生命的存在吧。比如，你听说过地球的卫星轨道中分散并漂浮着巨大的 UFO 母舰碎片吗？”

“噢，这我倒不清楚。”星园说道。

“UFO 的残骸在哪儿啊？”美树子表现出了兴趣。

“就漂浮在天空的更上面。这是一九六七年苏联的天文物理学家谢尔盖·博西克教授所发现的。地球的卫星轨道上有十个大型的人造物体在绕地运转。当然，这并非人造卫星或火箭的碎片。毕竟美国航空航天局（NASA）、北美空防司令部（NORAD）、苏联航空航天局（CCCP）已经全部掌握了地球发射物的情况。该人造物体并不是地球上的任何一个国家所发射的。于是，博西克教授通过轨道计算而发现了惊人的事实：十个碎片原本属于一个巨大的物体，此物于一九五五年十二月爆炸后解体。如何？很令人惊叹吧。众所周知，世界第一颗人造卫星是苏联的斯普特尼克一号，发射时间为一九五七年十月。换言之，该物体在人类成功发射人造卫星的两年前就已经在地球的卫星轨道上运行了。而且，此物体爆炸前的大小为三十米乘以六十米，相当于五层楼房的大小了。如此大的人造物体为什么在地球上空呢？这该怎么解释？只可能是 UFO 了吧。恐怕是正在监视地球的 UFO 母舰遭遇了某种事故而爆炸解体成了十个碎片。如何？除了 UFO，此物还能解释成什么呢？那时地球上还没有人造卫星的制作技术啊。”

嵯峨岛自信满满地说着，可由美却有些不以为然：“可是这种事我们都没听过啊，也没在电视或报纸上看到过。”

“当然是因为这些事向普罗大众隐瞒了啊。”

“隐瞒？被谁？”

“MIB，Men In Black 的首字母，意为‘黑衣男子’的神秘组织。”

“神秘组织？”

“对，别称 Silencer——沉默者，是一个来路不明的地下组织。他们胁迫目击过 UFO 的人，威胁他们不要把目击之事说出去。这群家伙打扮怪异，大概就像以前的黑帮电影中出场的人一样，身穿黑衣、头戴软帽。他们没有预先通知就拜访了目击者，并威胁他们——”

“他们是怎样的人啊？”这次是美树子发问了。

“来路不明啊。所属组织和目的都不明，唯一清楚的事实便是对一般民众隐瞒 UFO 是真实存在的。”

“总觉得很可疑。”由美不加掩饰地说道。当然，由美的意思是对嵯峨岛说的所有话的真实性都存疑，但他却似乎并没有这么理解：“是很可疑。那些家伙为什么要隐瞒 UFO 的存在？又是在谁的指示下暗中活动？这些都不清楚。而且他们力量强大，甚至有一种说法认为他们也参与了刺杀肯尼迪的行动。”

“刺杀肯尼迪吗？那还真是不得了啊。”就连岩岸都惊呆了。

嵯峨岛一点也不介意，继续说：“对，肯尼迪总统为了对抗苏联而强力地推进阿波罗计划。人类登月计划让那群家伙感到不快，他们便想要除掉肯尼迪这个眼中钉。因为月球上有 UFO 的基地，他们不想让其他人看到吧。”

嵯峨岛就像叙述历史上的既定事实似的断言着。餐厅内的气氛进一步沉闷。岩岸的单人演讲只是让人觉得厌烦，嵯峨岛则让人萌发出远胜于此的感觉——喂喂，这大叔没问题吧？

“呃，草吹老师有何看法呢？”岩岸似乎是为了打破这奇怪的气氛，故意大声地说着，“您相信 UFO 的存在吗？”

“不好意思，我也不相信，”茜悠闲地吐着烟气回答道，“总觉得这不太现实。其他的恒星系统进化出的生命跟地球的生命一样具有智慧，这点我是有些无法接受的。因为需要适应跟地球完全不同的环境，正常情况下会进化成地球人完全无法理解的、与人类判若云泥的生物吧。说得极端些，不是物质，而是气体生命或是情报生命之类的——啊，说着说着就变成科幻元素了。所以我才讨厌 UFO、妖怪之类的东西。”

“啊，您写过相关的随笔吧。我读过。”美树子插嘴道，“文中写到您不相信妖怪呀，灵异现象呀，UFO 之类的。咦，是哪篇文章来着？”

“类似的文章我写过不少。我总觉得那些所谓目击者是在撒谎，完全暴露出了他们的自我显示欲——乔治 · 亚当斯基这个人真可笑，说什么见到了来自金星的绝世金发美女。”茜说的话似乎是在挑衅嵯峨岛。看来她已经睡意全消，明显是在逗趣和调侃了。“其他的也是，‘像小矮人似的外星人’呀，‘高个儿的帅哥美女’呀——净是些缺乏想象力的人所编造的话语。”

“是小灰人[①] 和昴宿星人[②] 吧，”嵯峨岛似乎很不高兴，“可是其中也有人目击过爬虫人[③] 之类的，这是从爬行生物进化而来的种族。此外，一九九〇年一月苏联新闻通讯社主办的 UFO 圆桌会议上，天体漂浮物研究科学技术中心的马尔克 · 米利希肯尔

①小灰人（Grey Aliens），在外星人研究学中也叫罗斯威尔外星人、Grey 或 Reticulians。首次目击报告在一九六一年九月十九日，也是一种外星人或外星生命的通称。

②昴宿星人（Nordic Aliens），在外星人研究学中指的是类似于北欧斯堪的纳维亚人外形的外星人。

③爬虫人（Reptilian Humanoid），也叫外星爬虫人或蜥蜴人，目击事件中出现的外星人之一，时常与外星人绑架事件及阴谋论相提并论。

所长明确表示，宇宙中有四种生命的变种，其中三种是非蛋白质的原生质形态。如何？外星人并非都是您所讨厌的人形。”

“可是目击者的证词一般都是些银色的小人或是包在光芒里的人之类的啊。”茜懒洋洋地吸了口烟，“要我说呢，这些遭遇或目击过 UFO 的人，他们的心理才更为有趣。这些人就算是说谎也想要引人注目。”

“您是说所有目击者的遭遇全都是谎言吗？”

嵯峨岛有些面露愠色，但茜却轻描淡写地搪塞过去了：“哎呀，我可没有说‘全部’喔。不过，其中也有人把伪造的 UFO 照片卖给杂志，或是觉得引发骚动很有趣便制作了假照片——对了，就跟尼斯湖水怪一样。”

“确实有虚假的 UFO 遭遇经历，”嵯峨岛皱了皱眉，“不过也有很多人的证词值得信任。一九八〇年柯特兰空军基地中，紧急起飞的美国空军飞行员目击到了 UFO，这件事明确地留在了空军记录中。此外在一九六九年，阿波罗十号的宇航员在月球附近用十六毫米胶片拍摄到了 UFO 的样子。”

茜说：“咦，我都没有看过这段影像。”

嵯峨岛回答道：“NASA 将它隐藏了起来，未对普通民众公开。NASA 也承认，实物被保管起来了。所以说，目击案例并非都是虚言。”

“不过，就算不是谎言，很多时候也只是看错了吧。”

茜说完，将手肘靠在了餐桌上。这次则是星园说道：“据说有很多案例都是把照在低空云层的汽车灯光、飞机信号灯，以及陨石或人造卫星落下时的火球看错了。特定的气候条件下也能看到月亮和金星散发着不可思议的光芒。”

“此外，我不相信的是 UFO 来自其他行星。这是非常基本的问题，从这儿开始我就抱有疑问。”茜实际上也表现出了些许怀疑的样子，“离太阳系最近的恒星是半人马座 α 星，距离应该有四点三光年。天狼星是八点六光年，天琴座的织女星是二十五光年，而猎户座的参宿四则有五百光年之远。”

茜滔滔不绝地叙述着，让和夫赞叹不已。作家这类人连这种知识都储备到了大脑里吗？这种记忆力是一般的成年人所无法想象的。

“光的速度为每秒三十万千米，一光年就是光传播三百六十五天所到达的距离——三十万乘以六十乘以六十再乘以二十四，所得结果的三百六十五倍就是——”

茜顿了顿，旁边的麻子说：“我算算，是九千亿——不对，是九万四千亿千米。”作家秘书的心算能力也非同寻常。

“有这么远吗？好吧，一光年都有九万四千亿千米——这是无止境的距离啊。最近的半人马座 α 星也有四点三光年，所以——啊，小麻，不用再算了，太麻烦——总之，这个距离可以说是无限的遥远吧。我无法相信会有生命乘坐 UFO 那种圆盘状的物体从那么遥远的地方飞过来。”

“不，所以说最开始就是乘坐巨大的母舰来的啊。而且 UFO 的推进装置——”

嵯峨岛还没说完就被岩岸打断了：“哎呀，还真是出人意料啊。草吹老师写了那么浪漫的小说，没想到还是现实主义者啊。”

茜冷淡地回答道：“作品和作者本人是不一样的。”

“你们呢？认为 UFO 存在吗？”岩岸问由美和美树子。

“怎么说呢，我原本是相信的，”由美扭了扭身子，“但星园先生和草吹老师都说没有，我又觉得不太相信了。”

美树子说：“我觉得是可以有的。”

嵯峨岛语气强烈地反驳道：“什么叫‘可以有’，是本来就存在。事实上，美国海军调查研究所的防卫促进调查计划局现在也对 UFO 的——”

话没说完，又被岩岸打断了：“好了好了，这些也请您写到宣传手册上。不管有没有，嵯峨岛老师的名声也不会变，我保证它能成为宣传的卖点。”说完便龇牙咧嘴地笑着。嵯峨岛好像很生气，不再开腔了。这时，咖啡恰到时机地端了上来。厨师兴致勃勃地将盘子撤得差不多了。

“那么，差不多就到这里吧。”岩岸依依不舍地清空了啤酒杯，“今晚大家都各自住在小屋里——喂，小屋可以正常使用吧？”

“是的，清扫、暖炉、被褥——我已经给埼玉分公司下达过指示了。”财野回答道。

“唔，正因为是那些家伙才不靠谱。罢了，如果有什么不周到的地方请老师们随时吩咐财野。还有，那边的后门外面有炊事房和厕所，但现在都结冰了，我就没有通水，所以两个房间没办法使用。请麻烦各位使用管理栋里的厕所。夏季用的露营地太不方便了，真让人头疼。”

岩岸刚一说完，穿厨师服的中年男子便露了个脸说：“晚餐结束了，我们就先回去了。”

“哦，辛苦了。”岩岸大声地说完，中年男子便退下了。

“我去烧洗澡水。”财野悄无声息地站了起来。

7

【晚餐结束后迎来了第一个夜晚。房间的分配并没有凶手的特别意图，因此不需要过度解读。】

财野出去后，岩岸说："接下来是房间的分配，每一间小屋都可供各位自由使用。"

"我怕冷，想要离这儿近一点的房间。"茜说道。

"这样啊。那草吹老师就住正门出去后最近的那栋小屋吧。如此一来离后门最近的小屋就让——哎，这么表述有点麻烦啊。对了，扫雪的道路刚好有两条，为求方便就取上名字吧，这样说起来会快些。嗯……从这里看，正门方向位于右侧的称为'右侧大路'，后门方向则称为'左侧大路'。草吹老师的房间就在右侧大路的最前面。瞧，通俗易懂吧，哈哈哈。老师，这样安排可以吗？"

"可以。"茜无所谓地点了点头。

"我要离星园先生或草吹老师近点。"由美说道。

"啊，好狡猾。我也要。"美树子也说道。

大家七嘴八舌地争论了之后，房间分配情况如下：右侧大路从前到后依次是茜、由美、美树子、星园，左侧大路则依次是麻子、岩岸、嵯峨岛（见图三）。财野似乎是住在管理栋的员工房间里，听说那里之前是工作人员休息的房间。至于和夫，则被随意地应付掉了："你啊，就住被褥收纳间吧。"

被褥收纳间！又不是留宿在花街柳巷，没想到竟然会睡在这种地方。小屋明明还有空的，看来还是被彻底差别对待了。

财野回来了，面无表情地告诉大家："洗澡水马上就要烧好了，需要泡澡的请按顺序去吧。"

外面传来了汽车引擎声，随后渐行渐远。穿厨师服的那群家伙终于解放了。

"那就解散吧，"岩岸击了击掌，"请尽情享受夜晚的氛围。

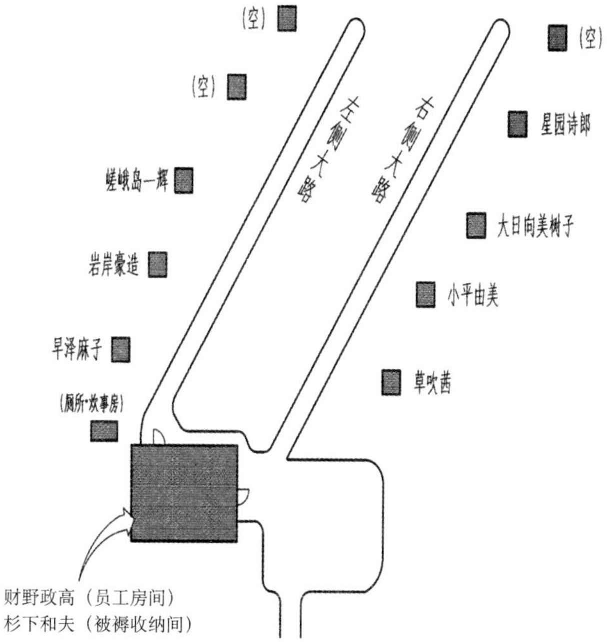

图三 小屋分配示意图

明早开个短会，中午就下山吧。早餐八点开始如何？”

“好。”由美像小学生似的举起手回应。她的这个动作成了解散的信号，大家纷纷起身。由美和美树子立刻围到星园身边，叽叽喳喳地说了起来：

“请帮我签下名，朋友拜托我的。”

“星园先生，我们聊会儿天吧。”

就算是被两人抱着胳膊，星园也维持着他那愚蠢的姿势。

岩岸大声叫道：“小屋里是双层床，睡上铺会比较好。温暖的空气会聚集在上部的。”

嵯峨岛慢吞吞地将书夹在腋下，走了出去。财野用他那忍者似的身姿靠近岩岸，向他报告着什么。岩岸含糊其词地回应之后，对起身的茜说："草吹老师，要不要奢侈一下，一边赏雪一边喝酒呢？我想跟您喝上一杯，增进下感情。"

"不好意思，我有份稿子明天就到截稿日了，待会儿得开始赶稿了。"茜不留情面地拒绝了。

岩岸尴尬地笑了笑："哎，毕竟老师很忙嘛。其实我也有必须要做的工作，酒局就等我们回到东京后再慢慢约吧。老师的酒量应该还不错吧。"

对于岩岸的纠缠不休，茜果断地没有理睬："小麻，行李就拜托你了。打字机太重了。"

"好的，老师。"

主仆二人一齐走了出去。这时，和夫想起了自己的工作，便吞吞吐吐地问星园："对了，请问待会儿有什么事吗？"像麻子那样称呼星园为"老师"，和夫是无论如何也叫不出口的。

"嗯，待会儿能到我的小屋里来吗？"星园摆出做作的姿势说道。由美挽着他的胳膊，盯着和夫，眼神像是在说"这小哥是怎么回事啊"。

"现在有点忙，要陪小姐姐们聊天。"

"哇，好开心。"

"我说星园先生，我们去能看星星的地方吧。"两人立刻开始叽叽喳喳地喧闹起来。

真蠢——和夫直接离开了餐厅。

被褥收纳间就在楼梯的前面。原来如此，确实是"被褥收纳间"。和夫莫名地接受了。比起"房间"，"被褥"占有更大的比重。毕竟只是个“存放被褥”的“房间”。六叠[①] 左右的空间正中有一条狭窄的通道，两边是被褥架。所谓被褥架，其实就是拆下了门板的大壁橱罢了。大部分被褥都被拿了出去，所剩无几。除开和夫使用的一床，剩下的就只有两三张毯子了。这情形进一步地烘托出了此处的阴寒与凄惨。房间内放有一台专用的暖炉，至少算个安慰了。

和夫把行李放到架子上，点燃暖炉后便坐在了架子的上层。悲惨的感觉愈加严重了。他原本以为能住到小屋里，结果竟落到了这般田地。

我在这种地方干些什么啊——可悲可叹，可笑至极。被分配了一个巨大的壁橱，做的工作还毫无尊严可言。简而言之，和夫担任了文化偶像的监督人。

昨天，在前往电视台的电车里，Culture Creative 部的河坂部长向他下达了密令。

“星园老师的人气都源自女性的支持，实际上他并没有忙到需要经纪人随时跟在他身边的地步。但是，他将来确实有可能成为我们公司的摇钱树。对于这种人来说最害怕的是什么呢？你知道的吧，就是绯闻——和女性的绯闻，这是最需要警惕的。他现在还是单身，又有很多女生围着他转，随时都有机会泡到妞。虽然现阶段他还很慎重，但未来人气更高了后风险就会增加，这要是被娱乐记者嗅到了，我们长久以来的努力就打水漂了。社长说让你去跟他，一定也是担心这种事发生。但还是要瞒着他本人，毕竟不悄悄监视就没有意义了嘛。我在此千叮咛万嘱咐地拜托你了。”

---

①衡量房间大小的单位，一叠就是一张榻榻米的大小，约合一点六二平方米。

换言之，和夫现在的工作就是盯着美男子小白脸类型的文化偶像，保证他身边没有害虫跟着。我就是蚊香啊——这并不是正经的年轻人该干的工作。

尽管感到厌烦，和夫还是从被褥架上爬了出来。虽说很傻，但工作就是工作。危险的虫子有两只，若是顺利地做完工作，或许还能早点回归制作一线。

和夫离开被褥收纳间，前往大厅。不过，此时大厅里并没有人，行李不知何时已经放到了沙发上，此外还有印象中见过的星园的旅行包，以及由美和美树子的手提包。他们应该还在这附近吧。

和夫去了浴室，但并没有人在淋浴。餐厅里也没有人影。朝厨房里瞅了瞅，发现财野一个人正在洗生菜。

“请问，你在做什么啊？”

和夫向财野问话，财野用犀利的眼神看了看他，毫无感情地说：“准备明天的早餐。”真是个难打交道的人。

“我来帮忙吧。”

“不用了。”

“好吧……请问您知道星园去哪儿了吗？”

“应该在二楼。”

“噢，是吗？那打扰了。”

和夫鞠了一躬离开了此处，而对方未做任何回应，只是摆出一副锋利如刃的侧脸。

正在爬往二楼的途中，和夫就听到了星园的声音。

“正是因为在冰冷而清澈的空气中仰望星空，冬季的星座才显得美丽。冬季将星辰的光辉化作宝石，撒在了夜空的天幕上。我们只消站在满天繁星之下，就会有虔诚与纯正的感受，灵魂的深处都被净化了。”

照例是那副装腔作势、令人作呕的说话方式。

和夫蹑手蹑脚地爬上楼梯。正面的墙上有个没有门的入口，房间的深处能够看到星园和两名女生的背影。星园紧贴在玻璃窗上，抬头仰望着夜空，由美和美树子则紧贴在他的两侧。

“真的超浪漫耶。”

由美轻声细语地对星园说着，那声音就跟娇喘似的。和夫为了不让三人发觉，偷偷摸摸地在入口处窥视情况。

“看，那是猎户座，对面是金牛座的毕星团、毕宿五及昴星团。法国诗人特尼沃尔有诗云：‘你是否也在抬头仰望／猎户座的那三颗明星／我却不愿仰望／那耀眼的光芒／我以猎户群星之名许下的愿望／是否能如愿以偿／抵达你的床旁’。特尼沃尔仰望着冬季的夜空，诗兴大发。”

星园那朗朗的声音在空荡荡的屋子里回响。

“星园先生，猎户座下面那个星座是什么呀？”美树子陶醉地询问道。

“哪个？”

“就是在猎户座下面一点点，银河旁边那颗巨大的星星。”

“噢，那是大犬座的天狼星。关于大犬座的起源，有一个凄美的故事呢。从前有一位年轻的牧羊人，跟狗一起在森林里迷了路。日暮时分，他在森林深处的湖畔邂逅了一名美丽的少女。年轻人一见倾心，打算把少女带回村里。然而，少女却承受着湖中邪恶妖精的诅咒，只要夜晚没有美丽的星星，可怜的少女就会溶解在湖水里。她只能在星空之下维持人形。于是，年轻人打算解开诅咒。”

和夫听着星园口若悬河地说着话，心里却想着完全无关的事：如果把星园的真名告诉那两名飘飘然的女孩会怎样呢？

“星园诗郎”这个莫名其妙的名字就跟昭和歌谣的歌手似的，当然这只是个艺名。河坂部长悄悄地告诉和夫：“千万别在他面前叫他的真名，会让他不爽的。”

不过照目前的情形来看，就算是知道了真名，两人的反应说不定也只会是“好典雅”“好可爱”。星园本人在的话，他的名字无论是什么都不会引起两人的关注了。毕竟希腊雕像似的活生生的真人就在眼前。

顺带一提，星园的真名叫桶谷留吉。

“然后，女神阿尔忒弥斯觉得狗狗很可怜，便将死去的狗狗招回天上化为了星座。于是狗狗便拥有了宿命，要永远地在天空中守护着这对不幸的恋人。”

“那只狗好可怜，代替主人而死。”

“不过故事很优美呢。”

由美和美树子都心荡神驰了。

“由美小姐，你是什么座的？”

“我吗？我是双子座的。”

“哦，双子座在现在这个季节也能看得很清楚。瞧，双子座的北河三和北河二——”

“啊，星园先生，又有流星了。”美树子欢呼着。

“真的哎。流星别称彗星、飞星、落星，其他的称谓还有星星出嫁、扫帚星等。”

“星星出嫁这个名字真好听。”由美说道。

“对啊，所以古人才会对流星许愿。你们俩都听说过吧，在流星消逝之前将愿望念三遍就会实现。”

“听说过。”

“好，待会儿又有流星的话，我们就一起许愿吧。许什么愿好呢？”

愚不可及——和夫悄悄离开了现场，全身上下都起了反胃的鸡皮疙瘩，让人想挠得慌。看来这种感觉是永远都无法习惯的。

罢了，害虫有两只的话就会相互牵制，不会有不得了的事发生——做出如此判断后，监视就到此为止了。和夫准备下楼，却又注意到另外一个入口，不由得向那边靠近。入口安装了门。为了不打扰到里面的三人，和夫悄悄地打开门钻了过去。突然，和夫吓了一跳——麻子正站在那里。

“啊，杉下先生。”

麻子有点受惊地回过头。噢，她记得我的名字——和夫内心惊惶失措，反手把门关上了。

和夫问道：“你在干什么？”

麻子的头型与短发很相称。她微微歪了歪头，说：“我在看星星。我虽不像杉下先生身边的老师那么专业，但来到这附近，星空果然能看得很清楚呢。”

“你不去问问详情吗？天然星象仪的试行版就在那边哦。”

“我对那种东西不太感冒。”

麻子眯起溜圆的眸子，笑了起来，流露出难以形容的魅力。她果然和庸俗的女大学生不一样。再度确认了这一点，让和夫有些开心。

“待在这儿不冷吗？泡过澡了吗？”

“噢，虽然这么说有些抱歉，但那浴室实在让人没有进去的欲望。那两个孩子——是叫由美和美树子吧——也很嫌弃。大家都说，今天一天不泡澡还是可以忍受的。”

“哦，这样啊。”

和夫点着头，不经意地站在了麻子身边。身材娇小的麻子身着晚餐时那件大红色的柔软毛衣，楚楚动人的样子让人想把她捧在手心里。

窗外是一片雪野，小屋星星点点地亮起了灯。正面的山峰黑影耸立，夜空中布满繁星。繁星闪烁，绽放着无数的金色光芒，如同玻璃珠一般撒满了天空，好似一副都市夜景的俯瞰图。星空美丽得令人窒息，灿烂得令人恐惧。

“天哪，好漂亮。”和夫不禁喃喃地说。

“嗯。”麻子也简短地回应道。

两人乐此不疲地眺望着上天准备的灯彩。喂喂，这氛围可不得了啊——和夫一半的心绪都被旁边的麻子给吸引了过去。

“麻子小姐。”

良久，和夫开始搭话。能够顺利地直呼其名，是因为星空下只有他们两人吧。虽然如同星园所说，让人有点不爽，但确实很浪漫。

“你跟草吹老师很久了吗？”

“嗯，快五年了。”麻子看着窗外回答道。回应的方式也是跟陌生男子待在一起的平和而自然的状态。这或许也是星空在起作用吧。

“五年——有那么久了啊。”

“从短大毕业后，立刻就在她身边工作了。”

“也就是说，二十五岁了？”

“是的。”

“咦，看不出来啊。我还以为更年轻一些呢。”

麻子身材娇小，看起来很像孩子。

“大家都这么说。”麻子调皮地对和夫笑了笑，“我跟茜老师不一样，长得不太成熟。”

“不不，我不是这个意思。”和夫慌了，“该怎么说呢？麻子小姐活力四射，给人朝气蓬勃的感觉。”

看着和夫惊慌失措地辩解着，麻子扑哧一笑：“没关系，我已经习惯了。”

“对、对不起。”和夫挠了挠头，心里却想着一些冒昧的事：比我小两岁啊？年龄刚刚好……

“草吹老师好像很忙哪。”

见和夫转换了话题，麻子认真地点了点头：“嗯，确实很忙。我总是担心她身子会不会坏掉。”

“是啊，她写了不少作品。”

“茜老师是工作狂。她二十岁左右就出道了，听说那时没有多少单子。受此影响，如今她还经常说，如果不持续工作心情就会不舒畅，觉得稍微偷一下懒就又会变得像当年那样接不到工作。”

“但是她已经成名了，不会再发生那种事了吧。”

“嗯，我也这么跟她说过，让她稍微休息一下，可她已经是彻彻底底的工作狂了，根本不听我的话。她现在就在写书呢。”麻子注视着下方的小屋，“今天来的时候她也是睡眼惺忪，对吧？昨天她通宵工作，只在电车上睡了一小会儿。”

“噢，真了不起。可是，她这种人为什么要接下这次的工作呢，没必要帮忙宣传别人的度假设施啊？”

“她是还人情。别看茜老师表面很冷漠，她在交际中是决不欠人情的。她出道那会儿颇为照顾她的小出版社的赞助商跟山冠公司有关系，山冠公司托此门路找上来，她不好拒绝。”

“唔，太不容易了。”和夫说，“啊，对了，草吹老师为什么会叫你小麻呢？”

“噢，老师的真名叫朝子[①]，茜是笔名。我是‘天麻’的‘麻’，老师是‘朝夕’的‘朝’。这容易搞混，所以老师便叫我小麻了。”

“哦，原来如此。当作家的秘书很忙吧？”

“很忙。其他人我不知道，老师这边对外的事务几乎都是我来负责。”

“比如？”

“与编辑联络和碰头、会计事务、档期调整、资料收集。最近茜老师还拜托我进行校正完毕前的校本勘对工作。”

“哇，好厉害。”和夫毫不避讳地表示佩服，却不由得有些沮丧。这应该是自卑感作祟。她在第一线工作，而自己却负责监视大理石老兄的下体。

“你在星园老师身边待了多久呢？”

“嗯——其实昨天才开始。”

“昨天？”麻子眨了眨眼。

“对。不知道你还记得不，昨天在TX电视台的走廊上跟你见过一次。那时我也才第一次见到老师。”

“TX电视台的走廊上吗？”麻子困惑地问道。

“嗯，我在走廊上撞到你，弄掉了你的书。”

“那是发给观众作为礼物的新书。啊，那位就是杉下先生吗？不好意思，我完全不记得了。哇，还真是奇遇呢。”

和夫希望对方说出的是“缘分”这个词。

“对，后来我就被引见给星园老师了，今天便跟他过来，进

①日语中“朝子”与“麻子”发音完全相同，都读作“ASAKO”。

行第一次工作。”

“那你之前是在做别的工作吧？”

“嗯，关于这件事，其实——”和夫简要说明了殴打课长助理事件的原委，他觉得在麻子面前装门面是没用的。他变得非常坦率，想把自己的一切和盘托出。这或许也是星空的魔法在起作用吧。

“他这个人之前风评就很差。大家在喝酒的时候也说过什么时候揍他一顿。可一旦自己动了手，却一点也不畅快。事后我感觉不太好，很厌恶自己，后悔得不得了。”

“哇，你好厉害呀。”麻子发出了感叹的声音。“厉害”是什么意思呢？

“不过，你没想过要辞职吗？之后会很尴尬吧。”

“当然想过，但是毕竟有社长在——我们公司的蟑螂头社长。”这次则开始谈论起自己的人生楷模，也谈到了他很尊敬社长，希望未来能够在社长的直接指挥下工作。和夫把一切都说了出来，想消除上周以来的阴郁情绪，或许还有向麻子撒娇的心理在起作用。她一定会理解所有的事吧——和夫的内心如此期许着。这就是一见倾心吗？

“所以我想多少忍耐一下，然后回到制作部去。”

“哇，那位社长很了不起呢。”

“你知道吗？”

“知道啊，毕竟是从大型公司出来单干的呀。”

“嗯。”

“大公司的人往往会忘记，外人屈服的是他们的地位和后盾的实力。他们过于相信，别人靠近自己仅仅是因为自己的力量。所以，有不少人独立出来后就不行了。可是你们公司的社长却成功了，而且还扩张了事业，这是十分难得的。”

麻子用理所当然的表情说着，这让和夫重新感受到她的脑袋很灵光。和夫越来越中意这种立刻就做出回应的感觉。和夫对自己的想法感到羞耻，便将目光从麻子身上移开，投向了窗外：“嗯，但同样是社长，也有人俗气冲天。”

“你是说岩岸社长吗？”麻子也将目光投向窗外，咯咯地笑了起来。“他确实很俗，但眼光还是非常敏锐的。把深山里的便宜小屋整个买了下来，稍微利用了点名人效应就准备做生意了。”

“确实可以这么说。”

只要通过名人的推荐，游客们就会蜂拥而来。和夫也为创造出此类想法的工作而倾注了心血，非常理解取悦这些人的关键所在。岩岸的计划就是充分瞄准了关键。

“改建这里需要大量的金钱吧。他选择了其他的方案，仅将宣传作为主力，不用改建就能赚到钱，手段果然老练。”

“嗯，再加上还能认识名人，可以满足游客们的小市民心态。”

“如此看来，还真是不容小觑啊。”

“削减经费或许是上策，可让人没想到的是，今天的晚餐应该也砍过价了吧。”

听和夫这么一说，麻子扑哧笑了出来：“被招待了还说这种话，这不太好哟。”

“你说得没错，我们得感谢招待我们的老练社长。”

托他的福我才能跟你相遇——这句话果然还是太性急了。和夫默默地仰望着夜空的群星，那璀璨的光芒让人觉得触手可及。麻子也静静地抬头看着闪烁的星星。和夫一边偷瞄着麻子的侧脸，一边想：嗯，并非都是坏事。我也真是个势利眼啊。

8

【和夫不经意地站在小屋前偷听。这纯属偶然，并非蓄意所为。这时，和夫误会了一件事，不过后来就弄清楚了。】

和夫本想去泡泡澡，但最终还是放弃了。镶着旧瓷砖的浴室里，昏暗的电灯泡孤零零地贴在天花板上，由于没有窗户，气氛无比阴森，给人的感觉像是农家乐里的家庭浴室。浴室的里面没有锁，取而代之的是棍棒似的门闩，粗糙得可怕。浴槽的瓷砖滑溜溜的，出水有问题，而且还不带喷头。此外，浴槽的水是温的，无论往哪边拧都热不起来。怪不得麻子和由美她们会敬而远之。

泡澡时间长的话洗澡水反而会冷掉。和夫迅速洗完，回到被褥收纳间，哆嗦着换好衣服准备出门。星园吩咐过，让他稍后过去一趟。

和夫穿过后门，走下三级台阶，站在了白雪茫茫的大地上。寒风扑面而来，被温水弄得发凉的身体里，体温渐渐流失。耳朵和脸颊冷得发麻，和夫不禁弓起了身子。

夜色中星星点点地亮着小屋的暗淡灯光。整个度假村的电力似乎都由发电机来供给，但并没有看到电线杆，线应该是埋在地下的。

即便管理栋漏出的灯光和小屋自身的光亮不至于让人迷失方向，但视野仍相当黑暗。这让习惯了都市夜晚的和夫感觉到，这深邃的黑暗是浓厚而细腻的。深灰色的雪野交织在黑暗中，陡峭的山峰耸立在前方，星空如坠落似的触手可及。月亮也许是躲在了山的背后，看不到身影。

和夫在黑暗与寒冷中行走在扫过雪的路上。冰冷的寒气从足底蹿了上来，将身体箍得紧紧的。呵出的气息凝结成了白色的一团。

星园的小屋应该是第四栋，从里面数是第二栋。最里面那间是空房——既然有空房，明明可以让我来使用的。算了，我仅仅是跟班而已——和夫边走边嘀咕。不过他的心情并没有比白天的时候更低落，或许是因为竟意外地跟麻子尽情聊上了天。

我数数看，第二栋、第三栋，是那栋小屋吗——和夫来到了道路的中途，停住了脚步。他意识到了自己的失误。道路左侧有一排小屋，隔着雪地的对侧也有一排小屋——咦？这边是左侧大路，走错路了。

和夫泡过澡，换好衣服后无意中又走向了浴室方向，之后便直接从后门出来了——这就是他走错路的原因。从后门出来是左侧大路，从正门出来则是右侧大路。星园的小屋在右侧大路的第四栋。

啧，搞错了——和夫咂了咂舌，本打算直接穿过雪地移动到右侧大路，可还是打消了这个念头。没有必要特地踏进冰冷的雪地，鞋子里进了雪可就倒霉了。虽然麻烦，但没办法，还是绕路吧——和夫转身就开始往回走。

就在此时，他听到了说话声。

“说些什……任性的……”

随风传来的说话声断断续续的。

“……种借口是行不通……真的厚颜无……”

和夫不由得竖起了耳朵。像是女人的声音。应该是情绪激动了，女人歇斯底里地尖叫了起来。

声音源自左侧大路的第二栋小屋——应该是岩岸的房间。

小屋上的窗户就像是将深邃的黑暗切出了一块长方形，清晰可见。一道灯光从微微拉开的窗帘缝隙中射出，如箭矢一般打在雪地上。

“别说些……的话……我只是你的……”

这次是男人的声音。粗哑的嗓音一听就知道是岩岸。

“不是说过……吗……说过……胡思乱想罢了……”伴着风声，岩岸的声音听起来破碎不堪，谄媚得令人肉麻。这声调像是在安抚对方，平复对方的心情。

“我会为你……别赌气……让我这么为难……”岩岸的声音与风声交织在一起。与此同时，窗帘的缝隙里映出了他的身影。岩岸的身体右侧朝着和夫，伸着右手，动作像是要把某人揽在怀里。接着，他走掉了，消失在和夫的视野里。应该是朝向屋里的那个人走过去了。

哎呀呀，精力真旺盛——和夫觉得很傻，便离开了那里。他们在打情骂俏。虽然听不出是谁的声音，但多半是他带过来的其中一位女生吧。本以为那两位女士是来错地方了，但其中一位却是色狼社长的姨太太或情妇，是打着出差的幌子被带了过来——这是常有的事。另一位必定是烟幕弹，所以才让她同行的。若是只带一人过来，周围人立刻就会对他们的关系起疑心。和夫如此想象着，便兴趣全无了。他不关心别人的八卦。

和夫回到了后门，沿着管理栋的屋檐前往右侧大路。这是他傍晚四处溜达时走过的路线。

右侧大路的每栋小屋都亮着灯。一、二、三——下一栋就是目的地了。和夫在右侧大路的途中停下了脚步。从大路到小屋之间没有路可走。透过黑暗仔细地看了看，雪地中星星点点地延伸着星园走过的足迹。足迹被黑暗吞噬，看得不太清楚。

和夫踏着雪地靠近小屋。这是一栋廉价的小型建筑，很像游乐园的售票亭。虽然想努力地营造出小木屋的格调，无奈只有四个角的柱子才使用了关键的圆木，颇为小气。剩下的地方就跟管理栋一样，镶着木板。小屋也是干栏式的，台阶也有三级，入口浮在空中。

和夫登上台阶，敲了敲门，说道："我是杉下。"

"噢，进来吧。"里面传来了星园悠闲的回话声。

和夫打开门，由于从黑暗中步行而来，日光灯的光亮有些晃眼。

小屋内部的墙上贴着壁板，左右两侧各摆了一张大的双人床，让人有强烈的压迫感。双人床给人的印象是塞满了整个房间，上铺都快要贴到天花板了。两张床的旁边各有一扇窗户，窗户上挂着皱巴巴的淡绿色窗帘。房间给人的感觉仅仅是为了睡觉，与其说是山中小屋的风格，不如说就是货真价实的山中小屋。正面墙壁的装饰品进一步增强了山中小屋的氛围。墙壁上接近天花板的高度装饰着登山工具，从左到右依次是登山锹、煤油灯以及扎成轮胎形状的一束登山绳。工具都挂在钉子上，一眼便看得到。煤油灯是古色古香的圆柱形，登山迷看到它会觉得颇有一番风情，但其实却不成样子，寒酸至极。

入口左侧是拼装的衣柜，两张床之间的狭小空间里摆着一张小桌和四张凳子。桌子附近放有暖炉，星园就坐在那附近写着东西。老式的煤油炉上，老式的水壶正冒着热气。这是为了加湿吧。水壶采用的是更久之前，体育大学橄榄球部的用品赞助商所提供的那种庸俗的样式。

"打扰了。"

和夫走到了桌子旁，无意中窥到了打开的笔记本。

“本周狮子座的运势有点下跌。如果太任性，说不定会被他讨厌喔。所以本周要忍耐再忍耐。老老实实地一直忍耐的话，下周的运势会有所好转。不过，变得消极就更不好了，穿上自己喜欢的衣服，打扮得漂漂亮亮的上街去吧——”

无聊透顶——也许是注意到了和夫的视线，星园“啪”地合上了笔记本，然后瞄了一眼和夫：“请坐在那里。”

“好的，失礼了。”

和夫按照吩咐一屁股坐到了小凳子上，桌子对面是星园那贵公子般的端正容颜。他眼窝深邃，不像日本人，长长的睫毛弯曲地翘了起来。

“杉下君。”

星园抱着胳膊，背部稍微向后挺了挺。只看外表，活像一幅欧洲贵族的肖像画。

“你的事我略有耳闻。”

“哦。”

反正也不是什么好话——和夫含糊地点了点头。

“你总归是要回制作部去的，但在此之前应该是跟我一起行动。所以，我想要加深对彼此的理解，不然的话，以后做各种事情都会不好办的。”

暖炉将星园那棱角分明的脸庞照得通红。

“就像我无法从他人的口中理解你一样，你应该也没能充分理解我。”星园用意味深长的口吻缓缓地说着。

和夫心想：我是要打算充分理解你的。

“杉下君，你有梦想吗？”星园突然说出了些令人不舒服的话，而且还附带着那个装酷的姿势——将一根手指竖起来，指向天花板。明明没有其他观众，这家伙在耍什么帅啊？

“哦，梦想吗？”和夫不耐烦地说道。

这男的该不会是打算要洗我的脑，把我变成那两个女大学生一样的粉丝吧？

“我是有梦想的——不，或许可以称作‘目标’，但也并不是什么远大的目标。看来还是称之为‘梦想’更为妥当吧。不过啊，为了实现这个梦想，有一种东西是必要的。杉下君，你知道是什么吗？”

“不知道。”他该不会又要说“浪漫”啦，“爱”啦之类的肉麻话了吧？真是的，别让人再起鸡皮疙瘩了。

“杉下君，那就是——”星园正脸对着和夫，“钱。”

“啥？”

平淡无奇的答案让和夫不由得没了兴致。不过对方并未在意自己的反应，严肃地说：“是钱，而且是取之不尽、用之不竭的钱。杉下君，我为了接近这个梦想，即便是牺牲我那卑微的自尊也在所不惜。我下定了决心，不在意被别人蔑视，也不关心别人是怎么想我的。所有的一切都是为了实现这个远大的目标。”

星园深邃的眸子直勾勾地盯着和夫。瞳孔的色泽清澈无瑕，就像漆黑的湖水一般。和夫惊于对方的气势，小心翼翼地问道：“这个目标是什么呢？”

这时，星园的眼神温柔起来，他反问道：“杉下君，九年前你在做什么呢？”

“九年前吗？应该是在辛辛苦苦地备考吧。”和夫没有明白问题的真意，提高了句尾的声调。

“是吗？我那年刚好大学毕业。”

这次，星园移开了目光，眺向远方。这跟钱又有什么关系呢？星园没有理睬一头雾水的和夫，继续凝视着远方，断断续续地说道："那年——九年前，冈山县远宇部郡的一个乡村发生了一起案件。远宇部郡字东野——一无所有的小山村。对，就像这附近一样，是个僻静的旮旯地儿，什么都没有。"

星园的语气宛如被拉回到了遥远的过去，伴随着一种怀念的感觉。

"那是一起强盗杀人案。村郊的一栋屋子里，一名独居老人惨遭杀害，寥寥无几的积蓄被抢走了。在那种地方，这可以称得上空前绝后的残暴事件了——不过，当时的情形有些奇怪，案发现场是完美的密室。"

"完美的密室……"

"对，也就是所谓不可能犯罪。听说是在极其费解的情况下发现的尸体。这起难案让警察大伤脑筋，结果案件却很轻松地就解决了——在动机层面最有嫌疑的人于案发后自杀。结果，嫌疑人由于死亡免于起诉，搜查便就此结束。"

话题变得意外沉重，和夫正了正坐姿。过去的残暴案件跟星园存钱有什么关系呢？和夫没有头绪，但他被沉重的语气所感染，自己作为倾听方也严肃了起来。

"然后，"星园为了让和夫的心情平复下来，露出了温和的微笑，"我的户口现在还在那边——冈山县远宇部郡字东野，我的故乡。"

"哦——"

"我对警察做出的判断抱有疑问。杉下君，被视作凶手而自杀的那个人，我相信他并不是凶手，所以我无论如何也想要证明他的清白，洗刷他的冤屈。"

与充满决心的话语相反，星园的语气很平静。

"不过，案发当时我已经到这边来上大学了。案发后我匆忙回了趟老家，想要获知详细的情报，但是警察不会轻易地向一介平民公开搜查信息，村民们都冷眼旁观，那时的我可谓孤立无援，实在是束手无策。所以，我需要力量来说服当地的权贵、软化警察或村里的案件相关人士的态度，并且能够在墨守成规的村子里自由地收集信息。而在任何时代，催生出力量的都是金钱。听好了，杉下君，我没迁户口也是因为这个缘故，你能明白吗？”

“不太清楚——”

对于和夫极其不靠谱的回应，星园不焦不躁地说：“是税收。那个村子的人口也并不例外地在朝稀少化的方向发展，导致村子的财政困窘。如果我在这边挣到了不菲的收入——”

“啊，就会缴纳大量税金。”

看到和夫理解了，星园便绽放出了炫目的笑容：“就是这么回事。在地方上，缴税大户会成为当地的名人，所以村长一般是有钱人。只有成为当地的缴税龙头，才能在村子里拥有强大的力量，来撬开警察或村民的嘴巴，这样就算重提九年前的案件也没有谁能忤逆。换言之，就是要把整个村子买下来。然而，这需要巨额的收入。而强盗杀人的时效是十五年——我已经没有时间了。还有六年——在真凶逃脱法律的制裁之前，我必须要把村子给买下来。我没有时间去在乎体面，没有时间来选择方法。你能明白吗？”

星园那平静的话语让和夫颇为震惊，同时茅塞顿开：他为什么要做观星家这种神神道道的工作？是为了金钱。星园是明白的。他了解了所有的一切才干这份工作的。

和夫终于能理解了。装模作样的姿势、甜蜜得肉麻的话语、只有女性粉丝的冒牌文化人的人设、愚蠢地扮演着傀儡艺人——这个男人是在获知一切的情况下扮演着星园诗郎这个角色而已。

他将自己的美貌和口才当作商品，为了最大限度地利用它们才选择了文化偶像这种愚蠢的形式——这是买卖，是为了金钱才如此果断的。只要能当上偶像就能赚不少钱，能一下子赚到源源不断的出场费。勤勤恳恳地劳动一生都赚不了这么多钱——星园看透了这一点，便将其作为买卖而从事着这份工作。既然有时间限制，就没有其他的方法能够如此有效地利用星园的资质了。这个人就是如此果决。

不赶紧赚钱就来不及了。这促使他选择观星家这种让人觉得可疑的职业。不抓紧就来不及了。

九年前发生在冈山县偏僻山村的案件中，被刻上凶手烙印的人，恐怕就是星园身边亲近的人吧。若非如此，星园就没有理由如此蛮干，也解释不了警察和村民冷眼对待他的原因。正因为凶手是他身边的人，周围人的反应才会这么冷淡，而他才会相信此人的清白。星园就是为了此人，才做着这种愚蠢的工作来赚钱。也许是亲人、挚友或是恋人吧。当然，和夫不会问出这么冒昧的问题来确认，但这份热忱现在已经铭刻于心了。

冈山县远宇部郡字东野。这个地方他没去过，连名字都是头一次听说，但有一种莫名的预感：总有一天，在不远的将来，时效期满之前，和夫说不定会同星园一起踏上那片土地，揭示九年前密室杀人案的真相。

和夫偷偷看着仿佛集阿佛洛狄忒的祝福于一身的星园那端正的容颜，深切地感到：人都有不为外人所知的一面。如此信口开河的骗人勾当背后，竟然隐藏着这么沉重的一段过往。在了解情况之前，是无法判断人的本性的。这么说来草吹茜老师也是，性格出乎意料地果断和现实，却在写浪漫小说。人真是复杂的生物啊。这位大理石雕像般的老兄，并非世间的男性观众所认为的那种华而不实的蠢货。被年轻的女生叽叽喳喳地讨论、被正经的成人嗤之以鼻，这一切都在他的计算之内——当然，他也预料到了和夫从昨天开始就从内心瞧不起他。想到这儿，和夫感到羞愧万分。仅凭外表来判断一个人并轻视他，结果对方却完全看透了这一点。一想到昨天接触星园时的态度，和夫脸上就火辣辣的。他恨不得找个洞钻进去，不巧的是狭窄的小屋里并没有洞能给他钻。于是他站起来，深深地鞠躬："对不起，我误解您了。我不知道有这样的隐情，想了很多失礼的事情，非常抱歉。"

和夫自责得满脸通红，头都不好意思抬起来。

"你理解我就好了，来，快坐下吧。"

星园的声音很平和，这让和夫觉得有些安慰。他重新坐下，憋在胸口的闷气一下子就抽走了，非常爽快。

"接下来我们两人会一起行动，别人是什么想法都无关紧要。两人单独相处的时候，我也不喜欢拘束的氛围，所以我才想让你过来听我讲这番话。我们就别再谈论严肃的话题了。说了这么久的无聊事儿，还请把它忘掉吧。"星园微笑地说着。

在电车里郁闷的不只是和夫。本以为那只是星园迟钝，其实自己才更像傻子。

"你该早点这么跟我说的啊……心眼太坏了。"羞愧的感觉还没完全消失，和夫难为情地发着牢骚，"昨天告诉我就好了啊。"

"不，昨天河坂部长也在，他完全不知道我的事。"

"啊，原来如此。"

"他似乎觉得我就是他眼中那样的人。"

“所以才说那些无聊的奉承话。”和夫与星园四目相对，默默地笑着，就像是共犯之间默契的笑容一样。

“那我的任务几乎就不存在了。”和夫愉快地说道。

“任务是指？”

“嗯，是部长命令我监视你，以防有害虫靠近。”

“哈哈，因此才给我安排经纪人吗？”星园似乎立刻就明白了情况，扑哧一声笑了起来。“不过，你应该也知道没有那个必要吧。”

“我知道的。”

这个欺骗着全日本电视观众的厉害家伙，是不会做出有损自己商品价值的行为的。

“你是不可能这么做的，毕竟跟岩岸社长不同。”

“岩岸社长怎么了？”

“刚刚在这里——”和夫将方才在小屋前偷听到的事情原委说给了星园听。

“哎呀，那家伙也不容小觑呢。”星园夸张地耸了耸肩。

“嗯，应该就是两名女大学生的其中之一吧。”

听到和夫这么说，星园将一边的眉毛微微上扬：“应该是吧。”

“如果我们得相互理解的话，那么这次就该轮到我来讲了。要听吗？”

“你说吧。”

星园点了点头，和夫便打开了话匣子。内容与刚刚对麻子讲的大同小异，说起来不费力。与星园那艰辛的故事相比，和夫的便是微不足道的烦恼，在这一点上就很轻松了。一想到今天是个互谈身世的夜晚，和夫就觉得有点滑稽。星园默默地听和夫讲述，伴随着宽容的笑颜，又重重地点了点头。和夫觉得肩上的担子都卸下来了。

告别星园的小屋，和夫向管理栋走去。冷风无情地拍打着和夫的头发，可他还是觉得心情变得轻松了。

途中，他仰望天空。夜空中是触手可及的群星之美。格外清澈的微小光芒密密麻麻地遍布在星空之上。这是一幅静谧、清洌、庄严而又神圣的画卷。

一颗流星划过。

要是能许下愿望该多好啊。希望能快点回到制作现场去——这句话太长了，没办法说三遍。和夫独自苦笑着。希望跟星园一起去冈山的旅程能够早点儿实现——也太长了。突然，他想起了麻子的脸。如果要向星星许愿的话——不，等等，明明才刚认识，我怎么在想如此大胆的事啊。和夫又露出了一丝苦笑。

和夫迈开脚步后，心中突然又阴云密布。他再次停了下来。在岩岸的小屋前听到的那个女人的声音，说不定是麻子的。房地产开发公司的社长和作家秘书的组合——

怎么可能——和夫摇了摇头，奔跑起来。他的头上洒满了群星的光芒。

9

【一夜之后，尸体被发现了。杀人方法就如文中所述，并未使用不自然的诡计。】

风声惊醒了和夫。

从被褥收纳间的窗户可以看到洁白无瑕的雪野蔓延在拂晓

那神清气爽的微光之下。和夫没有发现朝阳的影子，便觉得时间尚早。天空阴沉沉的，即便如此，玩具似的小屋稀稀落落地散布在雪白的大地上，那悠闲的景致活像童话中的一页插画。作为背景的山峰之上，森林的轮廓蜿蜒起伏。狂风呼啸，树木快要被吹跑了似的左右舞动，树梢大幅度地摇晃。这情景看着都觉得冷。

和夫慢吞吞地爬出了被褥架，伸了个大大的懒腰。被褥有点薄，身子下面硬邦邦的，导致背部有些许酸痛。不过，或许是太累的缘故，昨晚倒头就睡着了，大脑现在很舒畅。睡在壁橱的上层总觉得有点奇怪，但整晚都没惊醒过。

和夫又伸了个懒腰，一只手拿着牙刷向浴室走去。先去洗个脸，再上个厕所吧。水刺骨般地冰冷，果然跟城里不一样。

来到餐厅，嵯峨岛正独自一人看书。那是昨晚看的那本洋文书。

“早上好。”

和夫向他寒暄，这位酷似猴子的UFO研究专家迟钝地微微收了收下巴，表示回应，目光却没有离开书本。真是冷淡的大叔啊——和夫一边想着，一边向厨房探去。财野正麻利地准备早餐，动作丝毫不拖泥带水。房间里洋溢着咖啡的芳香。

“早上好，有什么需要我帮忙的吗？”和夫说道。

财野面无表情，用理所当然的口吻说：“哦，咖啡泡好了，端给嵯峨岛先生吧。”

和夫已经逐渐习惯了冷遇，没有抱怨地遵从了吩咐。将咖啡杯递给餐厅里的嵯峨岛后，麻子进来了。她几乎没有化妆，脸上绽放着健康的光芒。她见到和夫后微微一笑，轻快地致以清晨的问候。真是个神清气爽的早晨啊。

接着，麻子也提出要帮忙，三人便一起忙活。麻子煎蛋的手法相当娴熟，和夫对此大加赞赏。麻子频频害羞的样子也煞是可爱，这让和夫大饱眼福。

早餐大致准备好时，由美、美树子和星园也来了。餐厅立刻热闹起来。

“好困。我都好久没有这么早起过床了。”由美不停地揉着眼睛，娇滴滴地说着。

“星园先生，昨晚睡得好吗？”美树子问道。她跟昨晚一样，大清早的就化着浓妆。

“嗯，也许是比在东京更接近星空的缘故吧，我睡得很香。”

“我害怕风的声音，都没怎么睡。”由美闹别扭似的诉着苦。

和夫端起咖啡壶，从厨房探出了头：“老师，要喝点咖啡吗？”

“唔——”星园的眼神透露出些许惊讶，但立刻就浮现出了爽朗的笑容，点头说道，“噢，谢谢，那我就喝一点吧。”这位老师将所有的事都果断地告诉了和夫。

和夫正在倒三人份的咖啡时，美树子突然发疯似的叫道：“哎呀，这是什么呀？由美，你的衣服弄脏了。”

“哎？什么？”

“喏，就在背后。”美树子指了指由美的背后。

“哎，在哪儿在哪儿？”由美拼命地扭着脖子，想要看自己的背后。“讨厌，真的哎。这是什么污渍啊？我才买的衣服。”

由美的纯白色羽绒大衣背后黑了一片，浅浅的污渍就像是淡墨水涂上去一样。由美夸张地吵嚷，刺耳的声音中还带着一丝狐媚：“真是的，这下就没法穿着出门了啊。”

“噢，那是炭灰啊。”财野端着装有沙拉的碗，来到了餐厅里。

“炭灰？”

“对。你把衣服挂到小屋的墙壁上了吧？”

“嗯，墙上有钉子嘛。”

“墙上的污渍沾到衣服上了。听说前一任经营者曾经在小屋里放过柴火暖炉，炭灰就是那时留下的吧。据说他非常注重山中小屋的风格。”

财野冷冰冰地说着，像是在撇清责任。原来如此，昨晚在星园的房间里看到的登山锹和煤油灯，也都是注重山中小屋风格的装饰吧。

“真是烦死了，干洗店洗得掉这个污渍吗？”由美嘟着脸抱怨道。

“没事儿，这种程度的污渍不显眼。”星园插嘴道，“对于你来说，世上的男性总是会紧紧地盯着你的身材和长相，他们可没闲工夫去关注这种污渍。”

“哇，星园先生，你说的是真的吗？”由美的心情立刻就变好了。看到自家的老师勤于工作的样子，和夫忍不住偷偷地笑了起来。神奇的是这次他并没有起鸡皮疙瘩。嵯峨岛则对这场骚动漠不关心，似乎在忙着翻书。

早餐摆到桌子上后，还不见岩岸和茜的身影。大家都坐在了昨晚的位子上，里面的两个位置空着，显得空落落的。

“草吹应该还在睡觉。”麻子客气地说，“昨晚她工作到很晚，大家不用在意她，先开始吧。”

财野也说：“是啊，社长估计也睡过头了。早餐比较简单，还请包涵。大家请用餐吧。”

早餐开始了。煎蛋和火腿沙拉，酸奶配上烤得恰到好处的法式面包、牛奶和咖啡。虽说简单，但对独自生活的和夫来说，这顿早餐丰盛得令他瞠目结舌，尤其是麻子做的煎蛋非常美味。

也许是昨晚的冒牌套餐让人不过瘾，大家都展现出了旺盛的食欲。就连体态贫弱、食量看起来很小的嵯峨岛也大快朵颐。曾在野外搭帐篷进行过实地考察，或许跟外表不同，他出人意料地是个硬汉。

岩岸不在，由美和美树子掌握了谈话的主导权。两人在星园身边像小鸟似的喋喋不休，可星园还是一一进行了详尽的答复。维持人气真是辛苦。

“早泽小姐，怎么才能当上作家的秘书呢？我有点向往这种工作。”

面对美树子的疑问，麻子毕恭毕敬地回答：“这个嘛，如果不先考取秘书资格证就不太有利。”

由美嘲讽道：“哇，美树子，你要当秘书啊？”

“因为比普通的白领更有前途啊。”美树子轻率地说着。这孩子在不久的将来就有机会接触到社会严酷的一面了吧。

早餐在一片祥和的气氛中结束，茜和岩岸却还没有起来。

“原本预定在早上碰个头的，但现在这样就没办法了。非常抱歉，请大家先在这里稍事休息，我们按原定计划中午下山。”财野规规矩矩地鞠着躬，不过口吻跟之前一样冷淡，让人感受不到歉意。

和夫和麻子负责收拾，由美和美树子则是一副客人的样子，似乎不打算帮忙。然而这让和夫感到庆幸，因为这样他就能跟麻子尽情地闲聊了。

嵯峨岛埋头看书，财野则心不在焉地吞云吐雾，由美和美树子继续在星园旁边喋喋不休。大家各干各的事，时间就这样流逝掉了。在温暖的暖炉旁边无所事事，这对大家来说也并不算坏。

途中，由美说：“哎，星园先生，那边有游戏室哟，我们去看看吧。”

“啊，好狡猾，我也要去。”

三人结伴而去，可没过多久就垂头丧气地回来了，甚是好笑。

于是，两位大学女生也没了话题。正当陷入沉默之时，茜终于起来了。她身穿全黑的衣服，跟昨天从车上下来时一样，睡眼惺忪。

“小麻，我终于在天亮时完稿了。在这种地方果然没办法专心工作，完全不在状态。”

茜满脸倦容地挠着她的波波头。挠头的那只手依次下行，经过了脸庞、后颈、胸口，最后到达腰部。抠脚大汉似的动作和埃及艳后般的容貌形成了强烈的反差。

麻子笑眯眯地慰劳道：“辛苦您了。这下福池先生就不用哭了。”

“福池啊？那家伙可阴暗了。‘老师，六点真的是最后期限了。时间过了的话我会被总编给杀掉的’。”

茜哭丧着脸，应该是在模仿某人吧。麻子呵呵地笑了起来。

“那家伙的阴暗真不是盖的。哎呀，我的肩膀都酸了。”茜说到这儿，一屁股坐到椅子上，点起香烟，像个大叔似的扭动着脖子。

“老师，要不要吃点早饭呢？”麻子问道，半个身子都已经探进厨房了。

“不需要了，我没食欲。”

“还是只喝咖啡吗？”

“嗯，要浓一点的。”茜这次则挠起了大腿。神奇的是，这动作格外妖艳。

“老师，不好好吃饭是不行的喔。我一不留神，您一天就只吃一顿。”麻子在厨房里抱怨着。

“嗯。”茜含糊地回应着，睡眼惺忪，爽快地吐着烟气。

“社长也太慢了吧。”

财野站了起来。受此影响，和夫看了看表，已经快十一点钟了。

“我去叫他起床吧。”财野说到这儿，用他那忍者似的身段打开厨房旁边的门，走了出去。

真的太慢了。虽说是在旅途中放松心情，但组织者睡到这么晚也太没责任感了。和夫打开窗户，打算到阳台上去，他想看看岩岸会以怎样的表情走出小屋。凛冽的寒风顿时扑面而来，耳朵都冻僵了。和夫将身子探出阳台的铁栅栏，放眼望去，小屋散布在雪地上。财野朝着小屋步行的背影看起来小小的，他蹒跚地前行在没有脚印的白雪覆盖的广场上，任风吹打，双脚被雪地绊着，走得十分费力。财野摇摇晃晃地前行，纯白的幕布上星星点点地印下了脚印。

“打开窗户好冷啊。”由美在背后噘着嘴抱怨道。

“啊，不好意思。”和夫赶紧回到室内。一关上窗户，暖炉的温度就缓缓地开始包裹身体。

“老师，咖啡泡好了。”麻子将冒着热气的杯子交给了茜。

“嗯，谢谢。喔，好幸福，我算是活过来了。”茜呷了一口咖啡，老气横秋地叹了口气。

星园说：“看起来很好喝啊。麻子小姐，我也能喝一杯吗？”

“啊，我来。”

“你好狡猾，我去。”

由美和美树子争先恐后地向厨房跑去。

“真不错。我也能喝一杯吗？”嵯峨岛罕见地发了声，但完全被无视了。没办法，为了确保嵯峨岛也有咖啡喝，麻子走进了厨房。

两人的咖啡泡好了。星园正准备将咖啡送到嘴边，这时，财野迅猛地飞奔进厨房。他狠狠地摔上背后的门，门上的磨砂玻璃哗啦啦地震动着。和夫有一瞬间觉得玻璃都要震碎了。财野脸色大变，已全然不顾沉着与冷静，惊恐的脸上血色尽失。

“怎么了？”星园惊奇地问道。

“不、不好了！”财野的下巴颤抖着，“社长——岩岸他死了，好像是被杀掉的！”

和夫一时没能理解财野在说什么，愣住了。下一个瞬间，本以为财野是在开什么玩笑，但他的态度又并非如此，和夫茫然不知所措。

“你说什么？他被杀掉了？”嵯峨岛的声色一反常态。他那表情就跟装有猴子的惊吓箱似的，甚是滑稽，但没人笑得出来。

财野竭尽全力地说：“是、是的，脖子被勒住了。”

“呀！”

美树子发出了不合拍的尖叫声。茜把咖啡杯“嘭”地一放，问：“真的被杀了吗？”

“大概是的——不，确实是被杀了。”

财野说完，茜冷不防地站了起来说：“一起去吧。”

一声令下，餐厅中的所有人都飞奔而出。和夫当然也跟着。他不由得想起了昨晚岩岸和某个人的说话声。歇斯底里的尖锐声色——这跟杀人是不是有什么关系呢？

然而，现在的首要问题是去确认清楚情况。和夫跑了起来。一行人在狭窄的走廊上鱼贯而出，来到了后门。飞奔出后门时，和夫不知撞到了谁，一个趔趄让他险些踢飞门旁的小型灭火器。

和夫跳下三级台阶。风粗暴地吹过，让他有些站不稳。冰冷的寒风如刀割一般。和夫准备跃向雪地时，茜制止了他："等等。"回头一看，茜打头阵，财野、星园、麻子和嵯峨岛在台阶上站成一串儿。由美和美树子似乎没有跟来着。

星园问："怎么了啊，草吹老师？"

茜一只手插在头发里，另一只手指着雪地上说："这些脚印是财野先生刚才留下的吗？"

雪地上有两组脚印。脚印交叠在一起，但都笔直地指向第二栋小屋——这是往返岩岸的小屋时留下的。

"没错，是我留下的。"财野点了点头，面色苍白。雪由于夜晚的寒冷而凝结成了粗粒状，雪地上的脚印轮廓也很鲜明，看上去确实是刚刚才留下的。

茜似乎接受了，说："知道了。我们走吧。"

一行人走上雪地，顺着财野留下的往返脚印在风中前行。星园的中长卷发在风中凌乱。

走了一会儿，一行人来到财野的脚印与其他脚印交错在一起的地方。几组脚印以最短的路线连接着离管理栋最近的小屋和左侧大路扫雪的痕迹，与财野横穿雪地的脚印垂直相交。

"那栋小屋是谁的？"星园指了指面前的小屋。

麻子明确地回答道："是我的。"

茜说："那这就是小麻的脚印了？"

麻子点点头："对。有今天早上的脚印，也有昨晚几次往返时留下的。”

“跟早泽小姐的脚印没有关系。”财野激动的心情还未平复，他没有停下脚步，有些急躁地说：“我经过的时候就已经是这样了，而且这些脚印也只是直接往返于道路和小屋之间的。”的确，麻子的脚印只是连接着自己的小屋和左侧大路，确如财野所说。

又走了一会儿，众人来到岩岸的小屋，抵着强风登上三级台阶。财野打头阵，将手搭在门上转过身来：“里面的情形会让人不太舒服，女士们还是别进来了。”

没有人回应。一行人紧张地吞着唾沫，风呼啸着穿过众人之间。

财野打开门，和夫提心吊胆地跟着星园走进了小屋。温暖的空气和些许的异味包裹全身。陈旧的木头气味和轻微的铁锈味——像是血腥味，不过也可能是错觉。神经都紧绷起来了。和夫觉得喉咙干涸，肩膀上似被一股怪力按住。

室内装潢跟昨晚造访的星园的小屋几乎一样。铺着木板的墙壁和双层床，两张床之间的狭小空间摆着桌子和凳子。入口左侧装有衣柜，右侧双层床的前面有一个古旧的暖炉。暖炉还点着，房间里异常温暖。和夫突然感到额头上沁出了汗珠，这是热气捂出的汗还是冷汗就不得而知了。

房间里原本就没有凌乱的物件，给人以井然有序的印象，就只有横躺在小桌和右侧双层床的间隙里的物体显得异常（见图四）。

那是岩岸的身体，头朝里，就像是要钻进狭小的间隙中似的横卧在那儿。健壮的背部和臀部朝着门口，看起来就像是在奇怪的地方睡着了，或许是因为脸朝着另一边，只看得到后脑

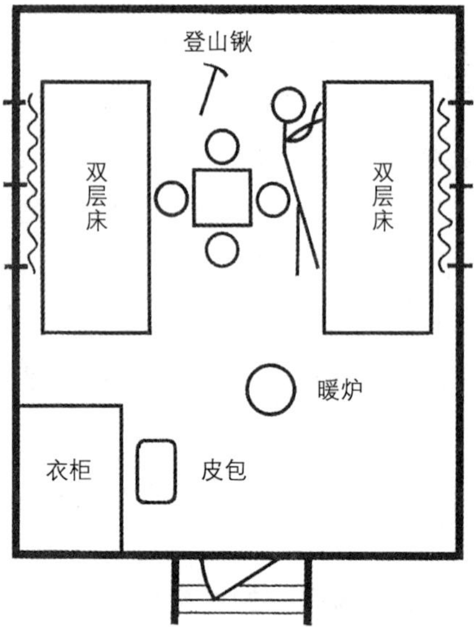

图四 案发现场的小屋

匀。然而，脖子上缠绕的绳索表明他并不只是睡着了。绳索的一端系在双层床下铺的床脚上，情形十分诡异。

“这就是现场。”财野回过头，眼中浮现怯意。

“他死了吗？”嵯峨岛紧紧贴在和夫的背上，战战兢兢地说。

“如大家所见。”财野回应的话语中伴随着回响，似乎想要把自己所发现的异常情况分担给所有人。

“似乎是被勒死的。”星园说着靠近桌子，踮起脚，瞥了一眼倒在地上的岩岸。和夫也战战兢兢地跟着看了看，嵯峨岛则从他背后窥探。

四名男士像叠罗汉似的观察着桌子那头的岩岸。不过茜和麻子下不了决心进来，便在入口处观察情况。

和夫慢慢地调整视线，让尸体能够进入视野的边缘。他还没有勇气去正面直视尸体。当然，这并非他第一次见到死人，不过之前看到的都是躺在棺材里的、已经整理好遗容的尸体。不用说，这是他第一次看到惨遭杀害的尸体。即便如此，和夫也非常清楚，躺在那儿的就是一具死尸。他感受不到一丁点儿的生气。虽然是人类的外形，但却是一具失去了生命的空壳。

那具空壳无力地伸出双手，夹在床和桌子之间。身上穿一套老气的灰色运动服，两手的袖子挽了起来，却不见一道伤痕，看起来就像是睡着的样子。不过，和夫发现朝向天花板一侧的头部硬邦邦的，头发奇怪地隆起了一块。他意识到这是血液凝固的痕迹，脸色一下子变得刷白。他赶紧移开视线，膝盖开始不停地抖动。

“老师，头上有血。”和夫用颤抖的声音说着，捅了捅星园的后背。

“嗯，我也注意到了。”星园心不在焉地点点头。

和夫回过头，与担忧地站在门口的麻子四目相对。麻子向和夫投来询问的眼神，像是在问“情况怎么样”。和夫缓缓地摇了摇头。麻子皱着眉头，视线朝下看去。

“应该是用那个东西殴打的吧。”财野指了指左侧双层床的旁边，不太自信地说。床边掉落着一把登山锹，跟昨晚在星园小屋内见到的一模一样。是装饰在墙壁上的那玩意儿吧。和夫这么想着，抬头往正面的墙上一看，只见一盏煤油灯孤零零地悬挂在正中间靠近天花板的位置。煤油灯的左边钉有钉子，登山锹估计就是从那儿取下来的。看来这里采用了跟星园的房间同样的装饰。此外，煤油灯的右边也有钉子。和夫回想起来，这里本应该挂着登山绳才对。他再次看了看岩岸的尸体，缠在他脖子上的就是那根尼龙登山绳。卷成圆环的那部分被塞进了床底下。登山绳像是表演印度的绳索魔术似的从床底延伸出来，在岩岸的颈部绕了两圈，又系到了床脚上。

星园稍稍回头，没有说话，只是用眼神示意了一下本应挂有登山绳的墙壁和尸体的位置，看来是跟和夫想到一块儿去了。和夫默默地点头回应。

财野指了指登山锹，说："看，那上面是不是有血啊？"和夫向前探身仔细一看，木柄和金属部分的交界处、登山锹的侧面部位能看到暗红色的痕迹。虽然不知道是谁干的，但他深切地感受到，凶手还好没有使用尖端的部位来殴打。若凶手如此做了，那么此时此刻呈现出的情景便会惨不忍睹，大家一定不会像现在这样走进来了吧。

星园低沉地说："没错，确实是血迹。如财野先生所说，应该是用登山锹殴打过的。"

"啊！"

就在这时，房间里响起怪鸟似的叫声，与此同时还伴随着咣当一声，音量之大就跟落雷似的。

和夫惊得跳了起来，浑身缩成一团，连胆都快吓破了。只见嵯峨岛蹲在暖炉旁边，右手捂着左手腕，身边翻落着一个大水壶。

"哎呀，暖炉还很烫，疼死我了！"嵯峨岛抬起扭曲的面庞，声色因惊慌而变了调。

财野靠近他，说："烫伤没？"

"嗯。没想到竟然会这么烫。"嵯峨岛像是在找借口。看来他是碰到了还烧着的暖炉，结果把暖炉上的空水壶给踢翻了。

真是个爱添麻烦的大叔。和夫的心脏现在还扑通直跳。

“烫得好严重，都起水泡了。得马上冷却一下。”财野说话的语气里几乎没有同情之意。

“你还在干吗？”站在门口的茜怒喝道，“还不到外面去冷却一下？把手伸进雪里就好了。”

被茜说了之后，嵯峨岛便飞奔出去。

目送着嵯峨岛的背影，和夫的脑中闪过了一个念头。嵯峨岛刚刚那变调的声音在他的耳中复苏。说不定是误会了。误会——和夫一直以为昨天偷听到的说话声是女人的声音。然而，考虑到刚才嵯峨岛的声音，男性若是情绪激动的话，是不是也会发出那种尖锐而刺耳的声音呢？那声音的主人或许就是殴打岩岸的头部并勒死他的凶手。岩岸安抚着情绪激动的凶手，而自己却误以为这是打情骂俏。这么想来，断断续续听到的谈话内容也并不一定就是打情骂俏。这样的话，那个声音的主人既有可能是男人，也有可能是女人。我听到了凶手的声音吗？不过我想不起来这是谁的声音，甚至连男女都分辨不清楚。和夫暗忖。

“这毫无疑问就是杀人。”星园说道：“先去报警吧。”

“对，我们先回去吧。还得处理嵯峨岛老师的烫伤。”财野也点了点头。和夫跟着两人走出了小屋。

“把暖炉灭掉吧。”茜哆哆嗦嗦地站在门口，说，“不然会很危险的。”

财野说道：“是啊，要是起火了可就糟糕了。”说完便返回小屋，准备关掉暖炉。

“啊，可是——”

和夫突然制止了财野。他想起了“保护现场”这个词。

然而，茜回过头，那眼睛细长而清秀。她直白地说道：“你是担心指纹吗？反正也不会有的。现在这个年代不会有凶手笨到留下指纹了。而且，大家也都是带了手套来的。”

和夫有些震惊。“大家”指的果然就是在场的人吧。和夫精神恍惚地走下了台阶。

“杉下君，你看看这个。”星园对和夫说道，“看，这是脚印哦。”

不言而喻，现场留有脚印。脚印从众人所站的位置笔直地延续到左侧大路，刚好有三组。

星园指了指脚印，说：“看来是很早之前留下的。”

似乎确实如此。也许是风的作用，踏进粗硬的雪中形成的脚印磨损掉了，形成了椭圆形的凹槽。这跟众人刚刚留下的脚印截然不同。如此一来便无法得知鞋子的尺码和特征了。

“哇！”

耳边传来了令人窒息的奇怪声音。抬头一看，又是嵯峨岛。嵯峨岛坐在雪地上，手插在雪里，脸上仿佛写着“惊愕”两个大字。他瞪着双眼，注视着小屋的左侧。

小屋左侧有奇特的痕迹。雪地上是直径一米左右的圆，那痕迹就像是把圆形的重物放在雪地上，再移开后留下的。

“神、神秘怪圈。”嵯峨岛目瞪口呆地嘟囔着，“通、通、通道线也清晰地留了下来。”

不可思议的圆圈印在小屋的左边，圆圈中延伸出一条宽约二十厘米的直线，直线在途中弯折，然后在台阶处消失了。这条线像是某种东西通过时留下的痕迹（见图五）。

这是什么啊？和夫纳闷了。其他人似乎也是同样的想法，眨巴着眼睛盯着神秘怪圈。只有嵯峨岛瞪大了他那充血的双眼，

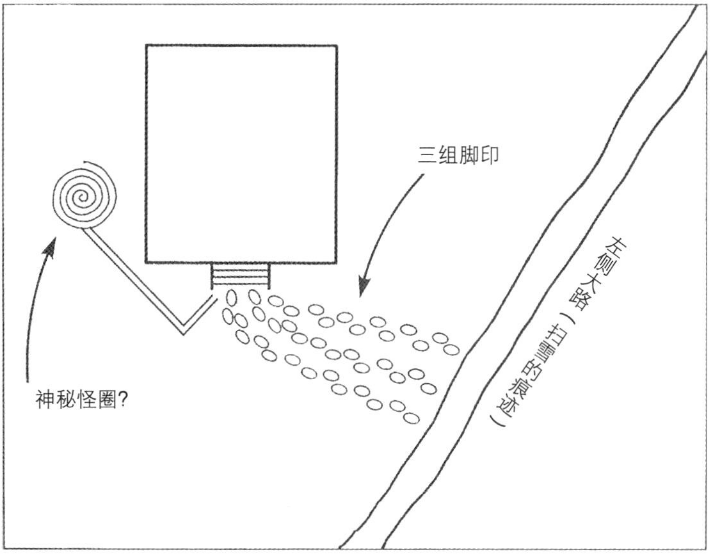

图五 现场外的雪迹（发现时的足迹已省略）

继续嘟囔道："太棒了！神秘怪圈！这是屠牛事件啊！"

10

【麻子处理嵯峨岛的烫伤，财野跑去报警，嵯峨岛对于发现神秘圆圈很是兴奋，星园邀请和夫进行调查。】

大家一齐回到管理栋，进入了餐厅。由美和美树子似乎已经等不及了，弹跳般同时站起了身。

"情况怎么样？岩岸先生真的被杀了吗？"美树子怯生生地问道。也许是妆化得太浓，她的脸色没有太大的变化。

“对，是真的。”星园难得地进行了简短的回答。

旁边的茜补充道：“殴打了头部让他昏倒后，还很仔细地勒了脖子，就像这样紧紧地勒住——”

没必要描述得那么准确啊——和夫这么想着，果不其然，只听“啊”的一声，由美双手捂着脸颊，发出了夸张的尖叫声。到了这个地步，她的动作也还不失妩媚。或许是没看到现场，所以才没有什么真实的感受吧。

“找到急救箱了。”

不知道是什么时候消失的财野拿着白色的塑料箱出现了。看来他已经平静下来，又恢复成他那忍者似的毫不拖泥带水的身姿。

嵯峨岛说：“哦，谢谢了。”

麻子从财野手中接下了急救箱，说：“我来吧。”她让嵯峨岛坐下，立刻从箱中取出了药。

“那就拜托你来处理嵯峨岛老师的伤口了。我要马上去山脚通知警方。”

“什么，要去山脚吗？打电话不就行了吗？”

由美嘲讽般地嘟起了嘴唇。财野并不在意由美的语气，顿了一会儿，说：“没有电话啊。”

“什么？没有电话吗？”

“没错，”财野一脸冷淡，“所以我要开车下山去报警。”

星园问道：“你一个人没问题吗？”

“嗯，警察来了后还会录口供，大家就待在这儿不要动了。反正我也是会回来的。”

“风很大啊，开车请小心些。”

“好的，我会慢慢开的，两三个小时就能回来。”

说完，财野便快步走了出去。不一会儿便传来了引擎发动的声音，声音缓缓地向远方逝去。

“喂，如果刚刚那人是凶手的话——”茜扑通一下坐在了椅子上，取出了香烟，“我们可就是让凶手逃跑了啊。”

“哎？是那个家伙干的吗？”美树子神色吃惊地问道。

茜吐了一大口烟气：“虽然不能断定，但那家伙是被害人身边的人啊。”

星园点了点头：“原来如此，我和草吹老师都是第一次见他，从动机层面来考虑，他是最有可能性的。”

由美慌忙说道：“我们也几乎不认识社长先生啊，就只是在店里聊了两句，对吧，美树子？”

“嗯嗯，对的。”

“这样的话——”星园摆出了将一根手指指向天花板的做作姿势，“平日里在被害人身边行动的就只有财野了，最容易萌发动机的也只有他一人。草吹老师，您是这个意思吧？”

“对的。”茜冷淡地说道。

“讨厌，那家伙是杀人凶手啊。”由美蜷缩着身子，表现出很害怕的样子，“不过让他逃掉也挺好的呀，之后警察会去追捕他的。”

原来如此，说得非常有道理。不过还是有点不负责任的感觉。

“话说回来，”嵯峨岛突然提高了嗓门，满脸兴奋地说，“各位都看到神秘的怪圈了吧？”

美树子茫然地问：“那是什么呀？”

“是神秘怪圈，清楚地留下来了。”

这次是由美狐疑地问道：“神秘怪圈又是什么啊？”

“什么？你不知道神秘怪圈吗？听好了，所谓神秘怪圈——”嵯峨岛探出身子，舔了舔嘴唇，“就是UFO着陆的痕迹。一般是野草或麦子呈旋涡状倒伏，或是芦苇、水稻从中心向外呈发散状倒伏，从而在地面上留下了圆形的图案。著名的例子便是在稻田的土壤上发现了倒伏的水稻被压平所形成的图案，应该是受到了来自上方的相当强大的压力——像这样留下的清晰圆圈便是神秘怪圈。”

嵯峨岛不太安分，这让为他包扎绷带的麻子甚是费力。

“往早了说，十七世纪的英国文献中有对神秘怪圈进行调查的记载。也许是近年来受到了关注，也有了大量的目击报告。所有报告的痕迹都为圆形，是野草或麦子完全倒伏后所形成的。”

美树子惊奇地问道：“这次的这种神秘怪圈又是在哪儿发现的呢？”

“在雪地上哦。大约三年前，加拿大温尼伯的雪地上发现了神秘怪圈。据推测，神秘怪圈附近就有UFO的起降基地。该起目击报告非常具有冲击力——半夜，有人在白雪覆盖的麦田上空目击到了蓝色和金色的发光体，即所谓昴星团4型UFO。发光体缓缓下降，在地面上盘旋了片刻后就飞走了。恐怕这是在采集雪块或是雪下的土壤吧。翌晨，目击者来到了事发地点，发现雪地上有直径三米的圆形痕迹。这起案例在我们研究人员之间非常有名，美国权威UFO研究杂志也曾刊载了报道。这次的UFO大概是同一种类型——看到了吧？”

和夫被嵯峨岛从正面盯着看，便随意地点了点头：“哦。”雪地上确实留下了圆形的奇怪纹路，但也不能说这就是UFO的着陆痕迹啊。在发现了杀人案后竟然兴致勃勃地讨论这种话题，实在不知道这个大叔的脑回路是怎么回事。

“这次的痕迹有些小，直径只有一米左右，一定是单座侦察机。神秘怪圈中大的直径会长达三十米，在这么大的面积下野草被完全压平是非常壮观的。我们研究者认为，这应该是 UFO 重力控制装置的磁场旋转所造成的痕迹。”

“可神秘怪圈又不是等离子体，不会对磁场产生反应。”茜似乎并不觉得有趣，插嘴道，“而且还有可能是恶作剧。我之前看过报纸，说是半夜里制作神秘怪圈的是失足中学生。”

“这种例子也是有的，但以偏概全这种行为并不科学。”嵯峨岛板着脸反驳，手也在乱动，让麻子难以包扎。

“那刚才的痕迹又是什么东西？神秘怪圈里笔直延伸出了一条直线。那可不是人类通过的痕迹。”

“噢，那是通道线。”嵯峨岛并不在乎茜的攻击：“所谓通道线，就是从神秘怪圈中突出来的棒状的痕迹。神秘怪圈的目击报告中有一半都带有通道线。而多个怪圈出现时，通道线还会贯穿怪圈，就像丸子串似的。恐怕这是 UFO 发动时沿着磁感线方向留下的痕迹。”

看着嵯峨岛自信满满的样子，茜觉得没法跟他交流，便把头扭向一边抽着烟。

“嗯，包扎好了，不过有点难看。”

麻子站了起来。绷带在嵯峨岛的左手上包了一圈又一圈，一直缠到指尖，就跟木乃伊似的。

“没有的事。谢谢你，帮了大忙了。”

嵯峨岛不停地鞠躬致谢，美树子问道：“昨天是有 UFO 降落到这儿了吗？”

“是啊，没看到可真是遗憾。”

“是来干吗的啊？”

“说不准。不过我觉得大概是屠牛事件吧。”

“屠牛是什么鬼？”

由美正准备询问，茜弹了弹烟头：“等等，这是什么声音？”

“什么？声音吗？”

星园将一根手指顶着下巴，歪着脑袋。和夫也竖起了耳朵。确实能听到声音，是汽车的引擎声。可是财野离开还不到二十分钟，不会这么快就把警察带来。

星园靠近窗户，用优雅的姿势向外看了看：“哎呀，是财野先生的车子啊。他回来了。”

由美提心吊胆地说道：“不要啊！为什么他会回来呀？那家伙可能是杀人凶手啊！”

不一会儿，财野进来了。或许是风吹的缘故，他的头发乱糟糟的。

“真不走运，没办法了。”财野的语气透露着无奈。

“怎么了？”星园问道。

“就在前面不远处，雪从山体的坡面上落了下来阻断了道路。应该是风的影响吧，发生了轻微的雪崩，过不去了。车子陷进雪里，差点儿就动弹不了了。”

财野不快地抖了抖沾湿的袖口，鞋子和裤管口也被泥水弄得湿漉漉的。这副模样说明他经过了一番鏖战，才努力将陷进雪里的车推回了道路上。

“不好意思，我去换换衣服。”财野没等其他人回话，就迅速出去了，只留下众人面面相觑。

美树子泄气地说：“我们被困在这里了。”

茜回应道：“看来是的。”

麻子说：“但是必须跟警察取得联络啊。”

和夫也赞同道：“对，得赶快。”

“但这里没有电话啊，”由美像是在闹情绪似的，“要怎么联络警察？”

茜说：“只能步行下山了。”

“什么？到山下距离不近，而且风又很大，谁来下山呢？”美树子表示不满。

嵯峨岛从一旁说道：“滑雪下去如何？这样的话就算有雪也不影响速度。”

茜说道：“不好说啊。这儿是露营地吧，会有滑雪用具吗？”

星园弹了个响指：“对了，我们来的途中有别墅区吧。去那儿可比下山到镇子里要方便多了。去别墅区借个电话就行了。”

“哇，星园先生好聪明。”

正当由美欢呼着时，财野悄无声息地回来了：“很遗憾，现在这个季节别墅区应该是没有人的。那儿是避暑地。”

“什么？没人吗？”由美立刻就气馁了。

星园又说道：“不，就算没人，只要有电话就行。虽然门是关上的，但照现在这种情况可以解释成紧急避难，不会被追究非法入侵的。”

“这恐怕也不行——”财野一边在炉子上烤着手，一边说，“没有通电话线。昨晚社长说过，这里既没通气也没通水，那附近也是没有通电话线的。通信公司是不会专门照顾如此偏僻的别墅区的。”

“没通电话线，那别墅里的人该怎么办呢？”

由美的语气像是在责难似的。财野仍然面无表情：“好像是在用手机。从这儿也能看到秩父的街道吧，距离也不远，应该是有信号的。所以不是特别不便的话，也不用特地拉电话线过来。”

茜问道：“小麻，我的手机呢？”

麻子一脸抱歉的样子：“在事务所。您说过，不想在旅途中被电话骚扰。对不起。”

茜咬了咬嘴唇：“噢，我说过这种话啊——抱歉了。”

美树子说：“喂，由美，你没带手机吧？”

由美回答道：“怎么可能带嘛，又不是高中女生。”

高中女生会带手机，大学女生就不带吗？和夫一边想，一边攥紧了口袋里的传呼机。这是前天 Culture Creative 部发给他的，但在此时，这玩意儿毫无用处。

“不过，财野先生，”星园还没放弃，“会不会有手机忘在别墅里呢，或者有其他的什么东西放置在那儿？是不是值得去找找看呢？”

可是，财野摇了摇头：“行不通吧。云层这么低，风又这么大，这附近信号不好，打不通电话的。”

“没有滑雪用具吗？”嵯峨岛也不肯罢休。

“没有。”财野爱搭不理地说道。

星园皱了皱他那漂亮的眉角：“也就是说，我们没法与山下取得联系吗？”

美树子茫然地说：“我们被困在这里了？”

“很遗憾，是的。”财野回答道。

和夫毫无办法，只得抄着胳膊。没有电话，汽车作为唯一的交通工具也开不了。看来只能步行下山了。这里距离东京市中心明明只有两个小时的车程，但众人却身陷囹圄，无法将眼前发生的杀人事件通知警方。这情形活脱脱像一出愚蠢的喜剧。

茜打破了许久的沉寂，幽幽地说：“这是遇险吧？我们现在遇险了啊。”

“遇险？”由美吃惊地重复道。

原来如此，除了“遇险”，或许没有其他更合适的称谓了。房间点上了暖炉，暖洋洋地，几乎没有紧迫感，但这种情形确实是不折不扣的遇险。

“呃，倒也没有那么夸张啊。”茜苦笑道：“小麻，稿子要在今天之内交给福泽吧？”

麻子回答道：“对，在傍晚六点前？他会带着稿子直接去印刷厂。”

星园露出了微笑：“对啊，事务所应该也清楚我的日程表。”

“我也跟公司说过会在下午返回。”财野赞同地点了点头。

美树子惊讶地说：“哎？你们是在说什么呀？”

“所以，大家预计会在今天下山的。”茜耐心地解释道：“如果没有回去，外面会大乱的，尤其是对我的执念深似幽灵的那位阴暗编辑。”

“啊，是这样啊。到时候他们肯定会来接我们的。”由美像发现了新大陆似的。

“就是这么回事。当地的消防队会开着除雪车来，或者是自卫队开着直升机来——毕竟我们是遇险了啊。”

茜说完后，美树子松了一口气：“什么嘛，真是的。草吹老师说什么遇险嘛，害得我心里七上八下的。”

“不过，回去后情况肯定会很糟糕啊，”茜甚是厌倦，用男性的声色说，“又是遇险，又是碰到了杀人案，他们多半会对我说‘老师，请以暴风雪山庄为舞台，融合冒险等悬疑元素，写一部浪漫的爱情故事吧’。”

麻子也叹着气：“您是在说奇想社的鹤木先生吗？他似乎会

这么说的，毕竟很重视作品的话题性。”

“小麻，记下来。”

“好。”

“鹤木先生来电话的话，就暂时跟他说我不在家吧。这种廉价的设定我是绝对不愿意写的。”

“好。”麻子像变戏法似的拿出了之前那本笔记本，在上面奋笔疾书。

由美说：“草吹老师，您之后会很辛苦吧。电视台和报纸杂志一定会追着您转的。”

“对啊，暂时是不能出门了。”

茜正说着，星园便微笑地向和夫递了一个眼神。自家的老师总是可以偶然增加表现自己的机会。

财野说：“看来等到傍晚会比较好。与其强行下山，等待救援或许还更快。”

由美托着腮说：“没办法，就忍到傍晚吧。”

嵯峨岛也阴沉地说道：“确实——不过，实在是对不起你们的社长了。”

好不容易回避了这件事，没必要再次提起吧——也许是跟和夫想到一块儿去了，由美露骨地皱着眉头，盯着嵯峨岛。

不过，警察一时半会儿来不了，杀人案也确实是个问题。

星园若无其事地从椅子上站起身：“杉下君，你跟我来一下。”

和夫也站了起来，追随着那迈向大门的修长身姿。

11

【和夫与星园一同再次调查现场。希望读者这次也来寻找一下线索。星园断定，两组脚印是凶手留下的。这种说法完全正确。】

和夫与星园一起来到了岩岸的小屋。狂风丝毫没有要停止的迹象，发出尖锐的声音从耳畔呼啸而过。星园站在小屋的入口，回过头来。深邃的眼窝里，那冰冷的目光炯炯有神。

“杉下君，我一个人可能会看漏东西。你能否也帮忙看看，有没有值得注意的线索？”

“好的。”

和夫什么也不过问，只是点了点头。从餐厅出来时他察觉到，星园想要寻找解决这起突发事件的线索。星园并非警察，作为一介平民，或许不可能查得出杀人凶手的真面目，但他却准备直面困难。于是，和夫也抱有一丝淡淡的期待。他期待着星园凭借那奇特的思考能力——一眼就看出和夫邀请女孩子去居酒屋——发挥他的想象力，能够发现蛛丝马迹。如果可能的话，就算是当个侦探助手或是跑腿的，他也心甘情愿。

“好，走吧。”星园说着，从口袋里掏出了手套，“为了以防万一。”

“指纹吗？”

“对，虽然刚才没戴手套就进去了，但并没有碰什么东西。我们不能再留下多余的痕迹了，不然会干扰警方办案的。”

说完，星园就戴上了手套。和夫也效仿着。本来是为了防寒带来的，没想到竟然在这种地方起了作用。

星园哧溜一下敏捷地钻过了门的缝隙。和夫在后面跟随着他。

此刻，和夫正眼看到了尸体，这让他战战兢兢地移开了视线。无论看多少次也没办法习惯的。这并非恐惧，而是不敢直视。这是一个物体——一件有着人类形状的物体。昨晚之前还活蹦乱跳的，现在却纹丝不动。这让看到它的人感到不安。究竟是对死亡这种现实感到原始性的恐惧，还是害怕将他人变成这种状态的行为和意识呢？然而，和夫突然怒火中烧。和夫的眼角瞥着岩岸那横跨在地上的足尖，一种类似于丹田怒火的热意难以抑制地喷涌而出。虽然这位大叔很难给人留下好印象，但没人有权利这么做。尽管不知道是谁，但自己绝对无法原谅干出这种荒唐行径的家伙。不知不觉间，和夫更觉得窝火了。

“杉下君，别傻站着了，你也来调查一下吧。这种地方我可不愿久待。”星园一边探视着桌子下面，一边说。

于是和夫也行动起来。不可思议的是，恐惧感减轻了。也许是怒火平息的缘故，身体的颤抖也停止了。室内残存着暖炉的温度，暖暖地，但不会像刚才那样捂出冷汗了。

两人开始进行调查。调查的范围不大，毕竟小屋空间有限——左右两张大的双层床，中间的桌子和矮凳，入口左手边的衣柜。

床是木质的，样式朴素，几乎没有什么装饰。结构上差不多就是由圆形的四根支柱和两张木板组成的。左边的双层床上下两层都只是光秃秃的木板，只有右边上铺放有被褥。和夫攀登到梯子的一半，头差点撞到天花板。他掀开被子，里面只有人睡过后留下的一点点凹陷，并没有血迹或是凌乱的痕迹等引人注目的发现。

床外侧的窗户上挂着淡绿色的窗帘。窗帘之间留有些许空隙。昨晚，和夫从空隙中瞥到了岩岸的身姿。这么想来，那是他最后的样子了，可和夫想不起岩岸当时是什么表情，这让和夫感到有些遗憾。

里面的墙壁正中间靠近天花板的位置，钉子上挂着一盏老式的煤油灯，煤渍将玻璃熏得浑浊不堪。煤油灯的两边还有几根钉子——原本应挂在那里的东西，如今都分别放在了地上。其中一个是沾有血迹的登山锹，另一个是登山绳。绳子就缠在岩岸的脖子上。

“老师，绳子上的结，”和夫示意着绳子末端绑在床脚处的位置，“会不会有什么线索啊，比如特殊的打结方式之类的？”

“啊，你说的是水手结吧。独特的打结方式可以成为查明凶手的线索。”星园蹲在登山锹前，微微抬起头，“但你仔细看看，这只是普通的死结，任何人都能简单地打出来，似乎不能成为线索。”

“啊，是呢。”

确实是普通的打结方法。看来星园早就看穿和夫的想法了。

“对了，杉下君，你去查看一下地板，看看有没有什么可疑的东西掉在地上了。”

“地板上吗？”

“对，悬疑剧中经常会有口红或隐形眼镜掉落到地上的桥段。”

“会有这么凑巧的东西掉在地上吗？”

“只是打个比方啦，当然不会有这种东西掉在地上。无论什么东西都行，就算是一根线头，说不定也能成为线索。”

和夫按照星园的吩咐匍匐在地上。他磕磕碰碰地来回爬行，也钻到了床底下，但还是没发现什么。地上就只有嵯峨岛刚刚踢飞的水壶以及散落在床边的岩岸的鞋子。鞋子里连一丝灰尘都没有。看来现实的调查并不像电视剧中那般顺利。

“什么都没有。”和夫站了起来。

“是吗？太遗憾了。”

星园说完，打开了衣柜的门。里面只挂着一件岩岸昨天穿的双排扣大衣。衣柜的前面放着一个旅行包。星园将目光投向旅行包，说：“杉下君，我们看看里面有什么东西吧。若是一个人打开，后续可能会有些问题。两个人在场就没关系了。”

“擅自打开没问题吗？”

“要做好被警察训斥的准备喔。”星园迅速打开了旅行包。

“希望只是被训斥一顿就完事。”

和夫探出身子，可里面并没有什么特别的东西：换洗的衣服、洗漱用品、电动剃须刀——就只有这些了。这些行李很适合男士进行两天一晚的旅行，没有一件东西能成为线索。

“什么都没有啊。”

“是啊。”星园拨弄了一下挂在衣柜里的大衣，“我这边也毫无收获。”

上衣和裤子挂在同一个衣架上。口袋里有钱包、名片夹、钥匙扣、卡包、手绢、纸巾，并没有什么值得注意的东西。星园机械地打开了钱包。

“这么做合适吗？”

“一不做，二不休。杉下君，你看。”

星园将钱包展示给和夫看，里面虽然没有巨款，但对和夫这样的普通上班族来说，钞票还是挺多的。

“噢，果然是有钱人呢。”

“不，问题不在这里——凶手并没有把钱拿走。”

“那就不是谋财害命了？”

“没错。你瞧，卡片塞得满满的，也没有被抽出来，所以不是偷盗——不过，在这深山老林里根本就不会有强盗出没吧。”星园说完，将取出的东西正确地放回了之前的口袋里。

“什么发现都没有啊。”

和夫说完，星园便装酷地耸了耸肩，懊悔地说道：“虽然我有所预料，但果然还是白跑一趟。凶手做事相当谨慎，连一条线索都没留下。”接着又说，“这里的搜索看来可以停止了。杉下君，我们回去吧。”

和夫叫住准备走出小屋的星园：“老师，那个该如何处理啊？”

“哪个？”

“躺在那边的岩岸先生。”

就这么任凭尸体躺在地板上，总觉得有些难以接受。至少要把他放在床上吧。

“是啊，你的心情我理解，”星园伸出一根手指左右摇晃，“但也没有办法呀。如果对尸体多管闲事的话，那可不是被警方训斥一顿就能了事的了。”

“也是。”

伴随着一丝牵挂，和夫与星园一起走出了小屋。突然，狂风迎面扑来，星园那微微的卷发被风吹得凌乱。

走下三级台阶，也许是对搜查上了瘾，和夫无意地看了看地板下面。然而，地上只有裸露出来的土壤。回廊的下面并没有积雪。里面只塞着几片壁板，也许是修补工程时忘记的，连一块垃圾也没有留下。

星园被风吹得眯起了眼睛。他抬起头，注视着雪地上留下的脚印。他伫立在雪中，将一根手指抵在眉宇之间，专心致志地思考着什么，那样子与名匠倾注心血雕琢出来的风貌相得益彰，宛如在欣赏着美原高原美术馆[①] 的明信片。

“杉下君，仔细看看这些脚印，”星园用老练的声音说道，“一共有三组。”

“嗯。”

这些脚印刚刚看到过了。三组脚印连接着小屋和左侧大路扫雪的痕迹。

“哪些是过来的、哪些是返回的，你看得出来吗？”

“不，看不出来啊。”和夫回答道。脚印受到风化作用而变得干瘪，几乎成了椭圆形的凹槽。别说大小和鞋子的特征了，就连前后也难以区分。凶手恐怕已经预料到，脚印到了早上就会变成这副模样，于是便若无其事地留下脚印走了。这家伙真冷静。

“看不出来，对吧？也就是说，这些脚印是我们发现惨案的很久之前，即昨天深夜留下来的。新留下的脚印会更加清晰，明显不是这样的。”星园又像老样子，将一根手指竖在脸前指向天空，装模作样地说着。

“老师，只有我们俩的时候能不能别这样呀？没必要在我面前立人设啊。”

“嗯，什么？”

和夫示意着星园竖向天空的那根手指，说：“就是这个呀。”

星园赶紧将手缩了回来，难为情地说：“不好意思，已经成

---

①美原高原美术馆位于日本长野县上田市海拔两千米的美原高原上，是一座户外雕塑花园。这座露天美术馆占地四万平方米，拥有三百五十件户外雕塑。

习惯了，一不小心就……”

“这是职业病啊。”

“对—— 一不小心就开始耍帅了。”

“一个人在家的时候也会这样吗？”

“嗯，回过神时已经摆好姿势了——哎呀，就别在意这个啦。”星园清了清嗓子，掩饰着他的脸红。“不过关键在于脚印哦——从这种状态来看，已经过了相当长的时间了。”

星园不安地说着。大理石雕像一般的美男子那副不好意思的样子甚为有趣，但继续追问他也太可怜了。和夫就此打住，干脆地赞同道：“确实如此。”

“有一组脚印应该是岩岸留下的。”星园似乎还是很难为情，“昨天分配小屋之前大家在用晚餐，所以他只有在回屋睡觉时才经过了这里，有且只有这一次。”

“是的。”

“岩岸先生只经过了这里一次，没有再出来过，所以只留下了一组脚印。”

“这样一来，剩下的两组脚印就是——”

“对，肯定是凶手留下的。凶手过来时以及行凶后返回时留下的脚印。”星园似乎找回了状态，自信满满地说着。

“可是老师，会不会有诡计之类的呢？”

“诡计？”

“对啊，虽然现实并不是电视剧里的情节，但剧里也会有在雪地足迹上捣鬼的桥段吧。”

和夫说完，星园便问道：“捣鬼？比如用怎样的方法呢？”

“嗯，比如说踩着已有的脚印再走一次，往返就只留下一组脚印了。”

“杉下君，你仔细看看，脚印重叠的痕迹在哪儿呢？再怎么小心翼翼也是在伸手不见五指的黑夜里行走，连一个错位的脚印都没留下，这也太不自然了。这些脚印都是干净而笔直地连接小屋和左侧大路的，你说的诡计是行不通的。”

“确实如此——那么使用高跷或雪橇就不会留下脚印了啊。”

“也是行不通的。这里有留下一丁点那种可疑的痕迹吗？只有脚印啊——我可以断定，一组脚印是岩岸先生留下的，另外两组脚印则是凶手留下的，没有错。”

星园更加自信地说着，如此一来和夫便也没有异议了。诡计只是一时的想法而已。这里没有可疑的痕迹，三组脚印之中有一组是被害人的，那么只能断定另外的两组就是凶手留下的。既然没有其他的脚印，那就没有别的可能了。

和夫说：“老师，那我昨晚听到的声音果然就是凶手的了。”

星园稍微放松了嘴角：“噢，那场打情骂俏吗？”

“不，我觉得不像打情骂俏。当时我一心以为那是女人的声音，不过这应该是我的误解，也有可能是男人的声音。到底是男是女我并不清楚。”

“特征呢？认不出是谁的声音吗？”

“没办法，我想不起来。”

和夫从刚才开始就一直努力回想那个声音的特点，但是无论如何也办不到。越是回想，就越是与记忆之网擦身而过，这让和夫很是心烦。

“真可惜。如果知道是谁的声音，案件一下就能解决了。”

“嗯，我也很着急。那绝对是岩岸跟凶手争执的声音。但很抱歉，我的记忆很模糊。”

“你没必要道歉，我又没有责备你。想不起来也是没办法的事啊。”星园掷地有声地鼓励道，“不过，当时的脚印是什么样子呢？如果我的想法正确的话，你无意中听到争执的时候应该有两组脚印，即岩岸先生和凶手去小屋所留下的。”

“嗯，不过这我也不知道。天色太暗，我看不太清楚脚下。”

那时，岩岸会把谁带进小屋，和夫并不感兴趣，所以他也没想要去观察脚印。事到如今，和夫感到后悔，要是当初再仔细瞧瞧该多好啊。

“那太遗憾了。不过天色太暗，这也正常。”星园又安慰道，“总之，昨晚造访此处的肯定就只有一个人了，这些脚印就是证明。”

“是我听到的那个声音的主人吧。”

星园一本正经地点点头：“不错。”

和夫望着管理栋，说：“应该就是在那儿的某一个人吧。”

星园说：“没错。刚刚财野先生发现尸体的时候，只有凶手装作一副吃惊的样子。此人若无其事地混在其他人中演戏，内心却在阴笑啊。”

“真是过分的家伙。”

和夫的胸中再度燃起了怒火。星园默默地眺望着管理栋。从他端正的侧脸，能看到愈加敏锐的眼神。他跟和夫一样，正在压抑心中的怒火吧。风撩乱了柔顺的头发，让它翩翩起舞。

短暂地沉默之后，星园嘟囔道：“我们走吧，杉下君。”

沉静的声音随风而逝。

12

【星园的询问开始了。他确认了所有人的不在场证明。当

然，只有凶手在说谎。之后，和夫被委任了一件麻烦的差事。】

两人暂时没有返回管理栋，为保险起见，决定调查一下其他小屋的脚印。如果凶手在昨晚大家解散后从自己的小屋里出发的话，那就得多留下一组往返的脚印。和夫的这项提议被采纳了。

然而，他们却徒劳无功。就像发现尸体的骚动时所看到的麻子的脚印一样，每个小屋前的脚印都是昨晚和今早的混在了一起，没办法分清哪一个脚印是什么时候留下的。

“看来凶手连这一步都算好了。”星园苦笑着，和夫也难掩失望之情。

他们放弃了，回到管理栋的时候，在后门处回望雪地。雪地上留下了凌乱的脚印，对面能够看到岩岸的小屋。小屋左侧是穿行在雪地上的圆形痕迹。那是神秘怪圈。

和夫问道：“老师，那神秘怪圈是什么东西啊？”

星园皱了皱他那漂亮的眉头：“目前我也不清楚啊。为何做出这种东西呢？”

“不过，这是凶手做的吧？”

“估计是的。如果岩岸先生没有看到雪就想要画圆圈的习惯，那么除了凶手之外就没人会这么做了。”

“凶手这么做有什么意义呢？”

星园一筹莫展地耸了耸肩：“怎么说呢？或许去问问嵯峨岛先生会比较好，毕竟他是这方面的专家。”

餐厅里，嵯峨岛一群人无所事事地围在暖炉前。乍看之下这是一派悠闲的景象，可以印在宣传手册上，写下“远离城市的喧嚣，悠然自得地放松心境”的宣传语。然而，每个人的脸上都阴云密布。从冰天雪地的外面回来的星园与和夫迅速加入他们之中。被冻僵的身子缓缓放松开来，非常舒服。

由美嗲嗲地问：“星园先生，你去哪儿了呀？”

星园含糊其词地说：“呃，稍微有点事。”

茜静静地吐着烟圈：“没必要藏着掖着的吧。你去小屋看过了吧？如何，有什么新发现没？”

“非常遗憾，什么都没发现。凶手似乎没有留下线索。”

听到星园的回答，财野困惑地叹了一口气。

和夫没见到麻子，便往厨房里瞅了瞅。厨房里，一个身材娇小的人正踮着脚往大锅里看。

和夫问道：“你在做什么？”

麻子隔着热气，笑眯眯地回过头说：“啊，是杉下先生啊。我在准备午餐。”

这么说来，从刚刚的骚动开始就没有留意过时间，现在早就已经过了晌午了。原本打算中午就离开这里的，可现在早已抛诸脑后了。就算是处在杀人事件引发的混乱之中，活下来的人肚子也会饿——虽说是理所当然的事，但想想还是觉得有点可笑。

“只有这些东西了，真是抱歉。”麻子遗憾地摇了摇方便面的袋子。杀人事件和方便面——总觉得这种组合有点滑稽。这是社会派推理小说中常出现的那种平淡无奇的杀人现场。和夫苦笑着，麻子则在他的眼前将面饼扔进了大锅里。

简单而朴素的午餐结束后，等待麻子分配咖啡的间隙，星园开口道：“其实我有一项提议，大家能否听听看？”

“是什么？”财野问道，似乎并没有太大的兴趣。

“嗯，不管怎样，救援来临时应该都是傍晚过后了，而且警察恐怕要到天色暗下来之后才会抵达。所以，作为案件相关人员，在警察来之前我们最好还是整理一下信息。警察的搜查若是烦琐的话，我们可就回得更晚了。”

美树子感到很意外，说道：“案件相关人员——我们是相关人员吗？”

嵯峨岛似乎感觉事不关己。“从现在的情形来看，我们毫无疑问就是案件相关人员。”

茜懒洋洋地挠了挠脖子：“是的，或许就像星园君说的那样，与其之后被问这问那的，还不如果断地早点儿整理清楚，这样才不麻烦。”

“警察会审问我们吗？”事到如今，美树子都还能说出这么优哉的话。

“那不是当然的吗？美树子，我们可是杀人案的相关人员啊。”由美说道，眼睛偷偷地瞄着财野的神色。方才茜说过，财野是凶手的可能性很高。这让由美很在意。

美树子不服气地说：“不要！明明跟我无关的！”

由美又注意着财野，说道：“你要是这么说的话，那跟我也无关哦。”财野从刚刚开始就面无表情，只是一言不发地坐着。从他冷峻的侧脸完全看不出他在想什么。

“好了好了，你们俩，到底有没有关系我们之后会讨论的——那么，我希望大家配合，稍微整理一下情况。”

星园说完，由美和美树子终于噤了声。

“首先，如同大家所见，岩岸先生是被凶手拿登山锹打晕后，用登山绳勒住脖子杀害的。”

“啊？登山绳就是登山时使用的那个东西吗？”由美迅速打断了星园的发言，“我的小屋里也有登山绳，就挂在墙上。”

“啊，我那儿也有。”美树子也说道。

由美接着又说：“登山绳就是那根绳索似的东西吧，跟登山锹和老式的煤油灯一起装饰在墙壁上的。”

“对，就是用了那根绳子。”茜从一旁插嘴道，“我那儿也挂有登山绳，估计岩岸先生的小屋里也是一样的。凶手好像就是用了它。”

于是，住在小屋的所有人都确认之后，如同和夫所想的那样，所有的小屋确实都采用了同样的装饰。

“凶手是在昨晚使用绳子行凶的，”星园说，“问题在于时间。如同大家所见，现场留有脚印。我认为脚印是凶手留下的——但凶手是几点钟去岩岸先生的小屋的呢？”

“是要确认我们的不在场证明吗？”茜明白了星园的意思，“如果调查清楚所有人的不在场证明，说不定就能知道凶手是谁了——你是这个意思吧？”

“没错，话是这么说没错，”星园有些闪烁其词，“但是，我并不愿意怀疑大家才确认大家的不在场证明。所以，如果——我是说如果，万一我们之中真的有杀害岩岸先生的人，那么能否开诚布公地自己说出来呢？我既非警察，又非检察官，并不打算定罪。可以的话请诚实地告知我们，如果是因为什么缘由而不得以为之，我也会竭尽全力地拥护你。我会对警察那没有分寸的审问发起抗议，如果有量情减刑的余地，我也乐意站在法庭上做证。怎么样？现在为时不晚，是可以自首的。能否请你站出来呢？”

没有人回答。由美又偷偷地瞄着财野的表情。星园好像有点沮丧：“行不通吗？没有办法坦白啊。”

“看来对方并没有那么天真。”茜露出了嘲讽的冷笑——并非对星园，而是对没有站出来的那名凶手。

“没办法了。星园君，我们来确认吧。包括所有人的不在场证明在内，我们把情报整理清楚后交给警方吧。”

“对啊，没办法了。”星园似乎有点若有所失，“首先是岩岸先生的行动——晚餐应该是在九点左右结束的吧。”

“是九点刚过。”麻子补充道。

“是吗？是九点刚过啊——之后有没有人见过岩岸先生？他马上就回小屋了吧。对不对，财野先生？”

被星园这么一问，财野缓慢地抬起了头：“嗯，他应该是直接回小屋了。”他的语气冷冰冰的，从刚才开始态度似乎就很冷淡。明明或许能够查明凶手，但却感觉不到他积极参与的热情。这么说来，方便面也是托付给麻子准备的。不过，仔细想来，自己公司的社长被杀了，就算他不是那种会震惊或是悲伤的人，一想到后事处理的麻烦，他也会觉得头疼吧。尤其是财野还常伴社长左右，后续的全部事务说不定得由他一个人来妥善处理。满脑子都是这种事的话，展现出现在这种态度也是可以理解的。不过，这是建立在他不是凶手、不会战战兢兢地担忧何时会暴露的前提下。

“其他人呢？有没有在晚餐后见过岩岸先生？”星园扫视着所有人。

“我不知道。”由美回答道。嵯峨岛和茜也摇了摇头。

“那么，岩岸先生就是晚上九点多回到小屋的了。所以，行凶时间就在昨晚九点多到今天早上天亮之前的这段时间了。天亮后行凶是不可能的，毕竟有可能被其他人看到。我认为定在六点左右是没有问题的。那么，岩岸先生就是在昨晚九点至今早六点之间被杀害的。有人有其他的意见吗？”

“应该没错了。”茜代表众人回答道。

“那么接下来，我将要询问各位在这段时间内都在哪里、在做些什么。关于不在场证明，我希望各位都各自陈述。估计警察也会讯问的，咱就先汇总一下吧。”

听到星园这么说，和夫暗自窃喜。他非常佩服星园的手腕。和夫在岩岸的小屋前听到争执是在十一点左右——本来为了确认不在场证明，只需询问十一点前后的行动即可，但星园却是问个大概，并没有限定时间。凶手应该不知道和夫在偷听，星园将此按下不表而询问大范围时间内的行动，容易让凶手漏出破绽。星园一定是这么考虑的。表面上是若无其事的美男子，做事却出乎意料的无懈可击。

“那从我开始吧。我这边比较简单。”茜率先开口道，“晚餐结束是九点多吧。之后我就立刻回到自己的小屋工作了，结束的时候应该是清晨五点前，然后就睡觉了。总觉得像小学生写作文似的，但真的就仅此而已。”

“非常明晰，很不错。”星园说道，“你在晚餐后就一直待在自己的小屋里了，对吧？”

“嗯，你不信也可以，但我还是希望你能把我从候选的嫌疑人名单中排除。”

“没有，我并不打算寻找候选嫌疑人——算了，也罢。那你有没有注意到什么特别的呢？”

“完全没有。今天是截稿日，我很急，无暇顾及周遭的事。”

“我明白了，就这样吧。接下来是财野先生，这段时间你做了什么呢？”

被星园这么一问，财野面不改色地说：“晚饭后，我便开始准备今天早上的早餐了。去泡澡的时间是十点左右吧，之后就在房间——我自己的员工房间里看书。睡觉时已经过了十二点。”

“你没见过岩岸先生吗？”

“是的。”

“这样啊……那你有没有注意到别的什么？”

“嗯……没什么特别的。半夜有点冷，风声吹到耳边把我吵醒了。我也不知道这是几点钟的事。”

财野说完后，嵯峨岛用阴沉的声音嘀嘀咕咕地说道：“我这边也很简单。晚饭后我立刻就回到了小屋，在看这本书。”他指了指桌子上的外文书，“大概是凌晨一点前上的床。我感觉有点感冒，所以没去洗澡。就这些了。”

“嵯峨岛先生，你就在岩岸先生的隔壁吧，”茜说道，“你有没有注意到什么？动静或是惨叫之类的声音？”

“没，我完全没有注意到。我睡觉都睡得很死。”嵯峨岛视线向上，不安地回答道。

“那接下来轮到我了。只用说明昨天晚上做了什么就可以了吧。”美树子似乎充分理解了要领，开始自行陈述，“我想想，晚饭后我跟星园先生和由美一起在二楼聊天，星园先生给我们讲了很多有趣的事。我们聊到几点来着？”

“应该在十一点前吧。”由美回答道。

“对，是十一点十分之前。”星园也说道。

美树子满不在乎地说：“所以，十一点十分之前我一直在二楼，然后就回自己的小屋睡觉了。就是这样。”

由美接着说：“我也差不多，回到自己的小屋，然后就睡了。”

星园问：“没去洗澡吗？”

由美皱起了眉头，不客气地说："那里又脏又臭啊。"

看到由美说得那么不留情，茜苦笑着："你们俩各自回到小屋就直接睡了吗？"

"对，没错。怎么了啊？"

茜弹了弹烟头，说："没。我只是有些在意罢了。"

和夫也觉得有点意外。这两人给人的感觉像是在修学旅行，会折腾到深更半夜的那种吧。这么看来她俩的关系或许也并没有好到那种程度。

"那么，接下来就是我了。"麻子客气地说，"晚饭后，我把行李搬到了茜老师的小屋，然后就回到了这儿。九点半到十点半之间我在二楼。跟星园先生他们不同，我是跟杉下先生在一起的。"

星园扬起了一边的眉毛，向和夫投来揶揄的神色，好像是想说：干得不错嘛，杉下君。和夫回瞪着：哪儿有工夫开这种玩笑啊，老师。

"之后，应该是快到十一点的时候吧，我又去了茜老师的小屋。正确的时间我记不清了。老师，您记得吗？"

"啊，这么说来小麻是来过的。不过我怎么可能记得时间嘛，当时我正窝在打字机前啊。"

"对的——时间大概是在十一点前。我放下咖啡壶后，询问茜老师还有没有什么事，之后就直接回自己的小屋了。回去后我就睡了，后面的事情我就不知道了。我也没有注意到什么特别的或是古怪的事。"

麻子说话相当干脆利落，没有停顿。和夫暗地里看着麻子的态度，并不觉得她是在说谎。

"那么接下来该轮到我了。"星园做作地竖起一根手指说道，“我跟由美和美树子待在二楼的时间是在十一点十分之前，这与她们俩的证词是一致的。然后我就回了小屋，写了一些东西。十一点过一会儿的时候杉下君来找了我。”

“是的。”和夫点点头。

“我跟杉下君聊了会儿天，他在接近十一点半的时候回去了。之后我就跟大家一样，睡着了，什么也不知道。”

茜问道：“星园君，你也没去洗澡吧？”

“嗯，这个季节一天不洗也没关系的。不是自己家的浴室总会让人平静不下来。”星园微笑着回答道，“这是我的习惯。那么最后就是杉下君了。”

“好的。”和夫被催促着，开了口，“我想想，晚饭后，我在自己的房间里稍微休息了一会儿，然后就去了二楼，发现麻——早泽小姐在那儿，于是我们两人便站着聊了会儿天，时间大概是九点半至十点半，跟早泽小姐说的一样。之后我就去洗澡了。我并没有见到财野先生，跟他错过了。然后我去了星园老师的小屋，时间是十一点刚过，待了三十分钟左右，没有错。后来我就回到这里睡觉了。我没有注意到什么奇怪的事。”

没有人提问。星园深深地叹了一口气：“这样看来，没人有完整的不在场证明啊。十一点之前有些人可以明确地确认彼此所处的位置，可之后大家都各不相同了。”

“不用想也知道这是理所当然的啊，毕竟是在大半夜嘛。”由美毫不掩饰地说道。

不过，可以确定的是一定有人在说谎。十一点左右，和夫偶然听到的那个声音——从刚才的发言来看，谁是声音的主人都不足为奇。嵯峨岛和财野都表态说，晚饭后一直都是一个人待着的。由美和美树子在十一点十分之前就从二楼下来了，分别采取了不同的行动。麻子在快到十一点的时候去茜的小屋露了面，而在那之后，两人都未必没有去过岩岸那里。所有人在那段时间都是一个人待着的，谁去岩岸的小屋都不足为奇。确实有人说了谎，隐瞒了自己独处时去过岩岸的小屋这一事实。和夫悄悄地扫视桌旁的一张张脸，当然，不会有人将自己说谎的事实写在脸上。

“如果各位所说的话属实，”星园不慌不忙地抱着胳膊，“那么，昨晚我们之中就没人去过岩岸先生的小屋。”

“大家说的都是真话，当然如此喽。”茜说道，言语之中透露出反讽的意味。

“可是，草吹老师，”星园撩了撩他柔软的头发，“凶手说不定真的不在我们之中。”

“没错，我也想这么说。”嵯峨岛突然用阴沉的声音插嘴道，“凶手是从外面来的吧。”

由美问：“外面？从哪儿？”

嵯峨岛抿嘴一笑，歪扭着他那张猴子似的脸：“从天上来的。可别忘了神秘怪圈哦，那是 UFO 着陆的痕迹。”

茜惊讶地问：“你是说凶手是外星人吗？”

嵯峨岛冷静地说：“有这种可能性。这是屠牛事件啊。”

美树子丈二和尚摸不着头脑：“屠牛？这是啥？你刚刚也说到过。”

对啊，方才还说过这事儿。屠牛事件是什么啊？不过这位大叔为什么会在这种时候有这种想法呢？他是脑子坏掉了吗？和夫目瞪口呆，无言以对。其他人似乎也是同样的想法，瞠目结舌地盯着这位寒酸的中年男子，仿佛他才是外星人一样。就连精神涣散的财野也一脸茫然。

“所谓屠牛事件，就是外星人进行的活体实验。”房间里的气氛一样子降到了冰点，可嵯峨岛并不在乎，一本正经地说，“最近，美国的俄亥俄州和艾奥瓦州相继发生了怪异的事件：农场的牛被杀了，而且还是格外诡异的方式。比如，有一头牛的侧腹部被开了一个圆洞，肚子里的内脏全都从洞里掏了出来。洞的切口干净利落，就像是用激光刀切开似的。而且尸体上没有留下一滴血。这种屠杀方式以人类的科学技术来说简直是无法想象的。怎么样，很有意思吧？”

嵯峨岛询问大家的感受，可是并没有人回答。他并不在意听众的反应，进一步探出了身子说：“有的牛只有全身的皮被剥了下来，有的牛只有舌头被拔掉了，有的牛只有耳朵和眼皮被割了下来，还有的牛就像从高处坠落似的，只有四根腿骨粉碎——尽是些稀奇古怪的屠杀方式，共同的特征是全身的血液都被抽干了。”

“这是外星人干的吗？”美树子胆战心惊地问。她究竟是害怕嵯峨岛讲的话，还是害怕他本人呢？

“当然喽。人类是没办法采用那种屠杀方式的，而且也没有必要这么干。此外，现场周围没有留下人类的脚印或是汽车的胎痕等任何一种痕迹。而且，事件发生的夜晚一定会有消息说在现场附近的上空目击到了 UFO。”

嵯峨岛的语气开始渐渐地充满执念：“来到地球的外星人中，有仅为调查地球生命及生态而来的非常友好的种族，也有称不上友好的种族。这类种族冷酷无情，会毫不犹豫地夺走地球上的人或动物的生命。不过在他们看来，地球人只不过是低等的实验生物罢了，就像我们把小鼠或兔子用于动物实验那样。毕竟地外智慧体所具有的文明形态跟我们根本不同，我们不可能完全理解他们。他们的伦理观和宗教观与我们也有着云泥之别。”

“所以不止屠牛，外星人也会杀人吧？”助兴的已经只有美树子一人了。

“当然也有这方面的报告。一九四三年发生在新西兰的事件中，两名农夫被外星人烧死在玉米田里。事件发生在大白天，外星人从降落到田地的 UFO 里出来了。据说它们打算将农夫带到 UFO 里，但却遭到强烈的抵抗。它们便用安装在胸口上的装置烧死了两人，尸体瞬间就化为一团焦炭。那个装置多半是使用了高纯度的钻石或其他矿物制成的红外线枪。此事被附近的农户目击。在大惊失色的目击者面前，外星人不紧不慢地乘上 UFO 飞走了。”

嵯峨岛用更为阴沉的语气接着说：“此外，也有案例跟本次的杀人案相似。一九七六年还是一九七七年——年份我有点记不清了——英国北部发生了一起事件。夜晚，农民夫妇正在睡觉，院子里突然传来强烈的撞击声和刺眼的强光。夫妇俩惊得一跃而起。来到他们房间的是身穿银色防护服、头戴头盔的外星人。它身高近三米，头盔中的面庞呈深紫色，这证明了它并非人类。跟新西兰的案例中一样，这名外星人也打算将丈夫带走，妻子便拿起猎枪进行抵抗。不过，子弹全部都被防护服弹开了。夫妇的抵抗非常激烈，外星人便判断带走丈夫是不可能的，于是它突然就勒住丈夫的脖子杀死了他。整个过程不足五秒，‘咔’的一下就结束了。也许是就此放弃了，外星人走出了屋子。接着，声音和光芒便消失在上空。英国的著名 UFO 研究者乔治 · 沃茨向幸存下来的妻子询问了情况，将事件写成了详细的报告。本次事件以妻子的名字命名，即杰西卡 · 里德事件。

此事件在我们圈子里面相当有名。怎么样，你们不觉得跟这次的事件很像吗？”

“我说星园先生啊，凶手会不会是从外面潜进来的呢？”由美果断地无视了嵯峨岛所说的话。嵯峨岛被人转移了话题，带着一副难以言状的怨念之情闭上了嘴。

“嗯……如果凶手不在我们中间，或许可以这么认为。”星园若无其事地坦然说道。

由美说：“嗯，肯定是这样。凶手在半夜里悄悄地潜了进来。”

茜说：“可是，要来这里必须得开车吧，况且这里又远离登山路线。汽车来了的话，我们就算是睡着也会有所察觉的。”

财野也说：“我没有听到这类声音。”

看来，大家都决定把嵯峨岛的话当成耳边风。星园将一根手指抵在眉间，耍着帅说：“这样如何——他在中途停了车，然后步行来的。如此一来，他就能不被任何人察觉地来到这里。”

“对、对，肯定是这样的。”由美举起双手赞同，“天色暗下来后就不会有人发现。他就是在半夜里潜进了社长先生的小屋。”

“要是像你说的这样，那他是如何知道岩岸先生的小屋是哪一栋呢？”茜噌噌地挠着头说，“我们是晚饭后才决定了每个小屋的分配情况，外面来的凶手应该不知道哪一栋小屋是目标。”

“老师，这样如何？”麻子客气地说：“我们在这儿用餐的时候他来到了附近，然后藏在了什么地方。傍晚，他确认了岩岸先生进入了哪一栋小屋，夜深人静之时便潜了进去。”

美树子佩服道：“哇，早泽小姐真敏锐，好厉害呀。”

星园点点头说：“原来如此，这种可能性确实可以考虑。这样的话，餐厅的那群厨师回去的时候说不定在路上看到了凶手停下来的车子。”

“星园君，这是行不通的哦。道路非常狭窄，只有一条车道。若是在中途停车，餐厅的人就回不去了。”

听到茜的反驳，和夫说：“不对，草吹老师。不用停到大路中央，只要停到别墅区的岔路就行了，这样的话就不会对道路的通行产生障碍。虽然距离很远，但昨天夜里风不像现在这么大，也不是没办法步行而来的。餐厅的车子经过的时候，他躲到路旁的草丛或是其他的藏身之处就可以了。”

“嗯，你这意见相当不错嘛。”茜妩媚地看着和夫，“不过啊，这就与刚刚小麻的说法矛盾了。岩岸先生回小屋是九点多，餐厅的厨师就是在这不久之前回去的。凶手此时正行走在路上，他又是如何看到岩岸进入了哪栋小屋的呢？”

“老师，这个问题我也解决了。”麻子说，“他并非晚上步行过来的，而是在白天就到了这里。凶手在我们到达之前很早就来了。他藏到了某个地方，确认了岩岸先生住哪一栋小屋。”

“非常精彩。我也是这么想的。”茜说完便嫣然一笑。看来她从最开始就都知道，只是为了试探大家才唱的反调。这位老师可不是省油的灯。

“与其想得这么复杂，”由美歪着脑袋说，“还有更简单的思路：餐厅的那群厨师就是凶手，他们在途中把车停好后折返回来。”

“哈哈哈，这我倒是没有想过。”茜有些吃惊，“太过于简单我才没有注意到，不过这个可能性也并不是零。可以认为他们之中的某个人留了下来。”

星园也点点头：“没有什么不自然的地方。”

麻子有点踌躇："不过还是有一个难点。无论哪种情形，凶手都必须在寒冷的雪地中一直等到作案的时间。"

"这并不难哦。"茜说，"登山家能够在距离珠穆朗玛峰峰顶只剩最后两成高度的地方野营。稍微熟悉登山的人应该是知道耐寒方法的。"

由美说："对，一定是这样。"

美树子不安地说："这样的话，此人就还藏在附近的雪中吧？"

星园竖起一根手指左右摇晃："不，没可能的。既然目的已经达到，他一定趁夜下山逃跑了。"

茜抱着胳膊，一副抠脚大汉的样子。"这个思路也是可以考虑的。企图杀害岩岸的凶手知道对方会来这里，便追到这儿来，或是抢先来到这里，等到他晚上落单的时候便杀了他——这个情节没有破绽。小屋轻易就能闯入，比在东京的人群密集之地行凶要轻松许多。财野先生，你有没有什么头绪？岩岸先生有没有被谁盯上，或是有什么仇家？"

"您突然这么说我也回答不上来……"

"从刚刚开始你就心不在焉的，一定是想过吧？肯定是有头绪的。听说你们家的社长先生做的生意都不太干净，比如骗取了人家的土地而让其全家人都自杀了。"

"这太夸张了，又不是什么因果报应的故事。"

财野无力地笑了笑，茜却穷追不舍："还是说你刚刚是在想别的事情，比如怎么从这里逃走？"

"怎么可能，请别开玩笑了。"财野困惑地盯着茜看，"您话说得太重了。我没有杀人，就算是——"

茜揶揄道："就算是什么？"

财野表情僵硬地低着头:“不,没什么。总之你们怀疑错人了,我是清白的,我没杀人。”

“这话像是在哪儿听过——不过,你要是这么理解的话我道歉,我并不是这个意思。”

茜漫不经心地说着。她不太愿意与对手周旋。由美和美树子对望一眼,把怀疑的目光偷偷瞄向财野。

星园为了缓解尴尬的气氛,用极为明快的语调说道:“算了,刚刚我也声明过,这是在整理案件相关人员的证词。在没有证据的情况下寻找凶手是无可奈何的事。不管怎样,我们有必要对周围进行搜查。凶手若是从外部进来的,就一定会留下痕迹。”

茜尖酸地指出:“也许这对彼此都会痛快点。”

由美担忧地说:“可是谁去呢?外面超级冷的啊。”

“是啊,狂风呼啸,很是危险,最好是年轻的男性行动吧。”星园若无其事地说道。所有人——除了嵯峨岛板着个脸外——都将目光投向了和夫。

和夫小心翼翼地问:“我吗?”

星园坦率地点点头:“你是最适合的了。嵯峨岛先生的烫伤还很不好受,财野先生也累了。”

“那老师呢?”

“我吗?我最怕冷了。”星园微笑着说。这里若是有电视台的摄像机的话,他那光芒四射的笑容会让全国的主妇一齐为之叹息。

老师,这怎么行啊?怎么能让我一个人去啊?和夫仰天长叹。当侦探助手也并不轻松啊。

13

【和夫出门去雪中进行搜查。天气恶劣，度假村与外界的交通中断了。一行人被困在了度假村里。】

“呀！”

“你没事吧？”

“啊——啊，我滑倒了，好痛啊。”

“来，我扶你起来。”

“啊，谢谢。”

“啊哈哈哈，麻子小姐，你跟雪人似的。”

“杉下先生，真是的，你太过分了。”

和夫将麻子小小的身躯从积雪里扶了起来。虽然隔着一层手套，但握着她那柔软的手让和夫的心情极度舒适。趁着一顿忙乱，和夫也顺便帮麻子掸掉了上衣的雪。麻子丝毫没有嫌弃的表情，就这样一直帮她掸雪也是不错的。

这场旅途出人意料地成了一趟愉快的搜索之旅。在星园的命令下，和夫正准备出发，麻子提出要同行。当然，和夫不可能有拒绝的理由。毫不夸张地说，他反而非常欢迎。

“没事了吧？”

“嗯，谢谢。我太不灵活了。”

“才没有的事，这儿本来就很容易滑倒。来，我们走吧。”和夫催促麻子继续前行。

狂风呼啸着拍打在两人的身体上，粗暴得令人胆战。冷空气从侧面和正面毫不留情地席卷而来，仿佛是要剜去他们的足底。脸庞被冷气冻得生疼，好像要结冰一般。

“我们要搜查到哪儿为止呢？”麻子问道。她微微耸了耸肩，为了抵抗猛烈的狂风而向前弯着身子。她头上戴的毛线帽子正好包住了耳朵，颇有一番北国少女的风情。

“总之，我们先去财野说的雪崩处看看吧。”为了不被风声掩盖，和夫大声地回答道。两人现在正沿着山路往下走。这条山路是连接度假村和外界的唯一通路。汽车轧过雪地的痕迹被风吹过后已变成了光溜溜的一片。被风刮到一起的雪堆结实地形成了一座座白色的小山。狂风呼啸、积雪覆盖，没有比这更难走的路了。

“雪崩或许是骗人的话。”

听到和夫这么说，麻子眨着她小小的眼睛，那睫毛长得令人惊叹。

“骗人的话？”

“嗯，你们家的老师也说过吧，财野有可能是凶手。他出于某种目的想阻止我们报警，便编造谎言说有雪崩。”

“这样啊。这我倒没有想过。杉下先生，你很聪明嘛。”

“没有的事。这谁都能想得到。”和夫开心地说。其实，在出门前星园还咬着和夫的耳朵说了悄悄话：财野是凶手的可能性并不能排除，因此要确认雪崩的痕迹。可是，这并没有必要向麻子说明，就算是得到了麻子的赞赏也没什么问题。

“对了，麻子小姐。”和夫一步一步地慎重前行，张开了冻僵的嘴唇，“你跟我一起出来，不会害怕吗？你没想过我或许是凶手吗？”

“杉下先生吗？”麻子没有停下蹒跚的步伐，歪着头说，“要说我从来就没想过这种事，那当然是骗人的。不过，如果你真是杀害岩岸先生的凶手，在这里把我也杀了的话很快就会暴露的。我跟茜老师打过招呼，说是跟杉下先生一起去搜查。”

“啊哈哈，你是有备而来呀。”

“不是的，我只是告诉她我接下来的行动安排罢了。况且，我也不觉得会被你杀掉。毕竟我们才刚认识，互相都不了解。”

“你就不懂了吧。别看我这样，我有可能是那种看到可爱的女人就抑制不住杀人冲动的变态喔。”

“你吗？”麻子扑哧一笑，“真是这样的话，由美和美树子可比我更容易被盯上。而且，你认为岩岸先生看起来也像可爱的女生吗？”

“不，那就另当别论了。有些变态也好下流的大叔这一口哦。”

“没有哪种变态会有这么广泛的狩猎范围吧。”麻子毫无顾虑地呵呵笑出了声。她的态度感觉不到戒备心。虽然无法判断自己的人品是否得到了麻子的信赖，但至少没被当成危险人物，这已经让和夫很宽心了。

“好啦，玩笑就到此为止。麻子小姐，你怎么认为呢，凶手在我们之中吗？”

“怎么说呢？”麻子的神色突然凝重下来，“我不知道。我们之中的某个人是凶手？这就跟小说似的，是真是假我不清楚，总觉得没有现实感，感觉大脑应付不过来了。杉下先生，你怎么想的呢？”

麻子用真挚的目光回看和夫。和夫无法看透这之中是否有假，他也不可能有这么出色的本事来看穿女人的谎言。就算如此，和夫也愿意相信麻子那不安的神色。

“我也不知道。不过，我们要是在这附近找到了凶手藏匿的踪迹，那也挺不错的。”

“是啊。”麻子安静地说着。两人又沉默着继续走路。

风愈加猛烈，狠狠地拍打着两人，仿佛要阻断他们的去路。云层又低又厚，右手边还有茂密的树林遮挡，虽是白天，路上也很昏暗。两人摇摇晃晃、步履蹒跚地默默前行。

走了还不到二十分钟，他们便来到了终点。与山峦相应的大弯道前方，道路被截断了。那条狭窄的道路被雪所形成的小山丘完全堵住了。

“太可怕了。”和夫嘟囔着。麻子也叹了口气，抬头仰望右侧的山脊。山峰向下凹陷，形成了“V”字形的峡谷。山头下半部分的地形刚好就像是扎进了山路一样，此处的积雪一下子崩塌到路中。山体表面有很大范围没有草木覆盖，地层裸露出来，使得大量积雪引发了滑坡。

形如小山似的雪块掉落到左侧的悬崖下面。这里确实发生过小规模的雪崩。

“看来是真的啊。这样汽车就没办法通行了。”和夫说道。

“是啊。你看，这里还有财野先生的汽车撞击的痕迹。”麻子指着尽头处的雪墙。车子撞到了雪坡上，留下了雪块崩塌的痕迹。整个车子冲上了雪坡，能够看到轮胎不停地空转时防滑链条所留下的痕迹。再往前面就全是积雪所形成的小山包，没有除雪车是无法前进的。

“另一头是什么情况呀。”

“我去瞧瞧。”

和夫踩在轮胎的痕迹上，尝试着登上雪坡。干瘪的雪坡上没有抓手的地方，在没有支撑的情况下雪坡很容易塌陷，非常难爬。麻子从下面推着和夫，和夫半个身子都快要埋进雪里了。他挣扎着在雪坡上匍匐前进。

“你没事吧？”

“嗯，没关系的。”

“要小心些哦，若是跟雪块一起掉下悬崖可就糟了。太勉强的话……”

“不，没事的，我已经看到另一边了。”

和夫像是在做俯卧撑似的支起上半身，看到了雪坡另一侧的道路。对面没有任何障碍物，山路平缓地向下延伸。突然，和夫产生了一种冲动，想要直接越过雪坡，就这样与麻子一起逃走。沿着这条路就能下到山脚下的镇子了。不过仔细一想，和夫也不知道是要逃离什么。他跟麻子一样，不觉得自己会被杀掉。而且，此处距离山脚还很远。在强风和严寒下行走，搞不好的话还会倒在路上。反正再过几个小时就有救援来了，就算现在下去也没什么两样。和夫这么想过后，便说：“雪坡的那头没事。只要能把这座雪坡挪走，汽车就能通行了。”

“可是雪太多了呀。”

“嗯，不过只要有除雪车或是挖掘机开来，这种程度的雪也不算——啊！”

和夫保持着趴在雪上的姿势，抬起头。风夹杂着雪，并不是飞雪一类的雅致情景，而是宛如冰箭的雪块伴随着轰隆的巨响席卷而来。山里的气候变化多端。和夫慌慌张张地从雪坡上滑了下来。

“不好，再在这里待下去就真的会遇险了。”

“我们回去吧。”

雪越下越大，风越刮越猛。碎雪飘落到麻子的白色帽子上，晶莹剔透地闪着光亮。在逐渐变得一片朦胧的白色景致中，两人不停地行走。新下的雪堆积起来，虽不用担心滑倒，但视野越来越差。猛烈的狂风，严寒的冰雪，回程还是上坡路。和夫这次已经没有了非分之想，拉着麻子的手前行。为了防止麻子摔倒，和夫自己的脚下都不太稳了。两人牵着手，互相支撑着维持重心，多多少少会轻松一些。

雪白的世界一望无垠。近处的山路、森林里的树木、远处的山峰均被鹅毛大雪所笼罩，逐渐变得朦胧，一片银装素裹。和夫与麻子吐出的气息也融入鹅毛大雪之中。

走了一会儿，麻子突然说道："茜老师表扬了你。"

"什么？"和夫回过头，只见麻子那漆黑的眸子正一心一意地凝视着雪路。

"你昨天跟我讲的事，我跟茜老师提了一下。"麻子只是抛出了这些话，"你昨晚说，就算引起了不愉快的麻烦，也要下定决心一辈子跟随社长先生。"

"'一辈子跟随'也太夸张了。"和夫的嘀咕声似乎并没有传到麻子的耳朵里。

"茜老师说，现在的年轻人一旦有什么不称心如意的地方，立刻就会跳槽，但杉下先生就非常了不起。她还说，这位小哥有着现在少见的男子汉气概。"

和夫还在等着下面的话，可麻子似乎就此打住了。仓皇之中，和夫突然感觉到手套里麻子那纤细的手变得火热起来。他并非因为受到称赞而动摇，而是惊慌于麻子特地将自己的事告诉其他人。跟其他人讲自己的事，至少意味着她对自己并不是不感兴趣。毕竟，对于毫不关心的人所讲的话，一般很快就会忘记的。她或许是为了让自己明白这点，才说出这种话的。和夫虽然觉得有点自作多情，但还是不由得惊慌失措。所以，在回到度假村之前，和夫便一句话也没有多说了。

度假村也伫立在一片雪白之中。管理栋与小屋上空，以及正面的山峦前，鹅毛般的雪花正漫天飞舞。

麻子轻轻地将自己的手从和夫的手套中抽走，说：“为保险起见，我们还是顺便绕一圈看看吧。若是有什么痕迹，被这大雪掩盖了可就麻烦了。”没准正是和夫的爱护让麻子有些害羞。

两人在大雪中绕着小屋群的外围步行。右侧的悬崖陡峭地向下延伸，越过一侧的矮山坡能够隐约地看到城镇的影子。远方的街道紧贴在山脚，由于暴风雪的遮蔽，连轮廓都变得模糊了。

“那么远啊。半夜里不可能有人悄悄地上山。”麻子一边用手臂遮挡狂风一边说。看来她并没有放弃凶手是从外部潜进来的猜测。

和夫回答道：“这么陡的悬崖是不可能爬上来的。”

沿着悬崖边缘前进，路的尽头是耸立于正面的山坡。平缓的度假村用地就像突然发生了什么骤变似的，坡度陡然上升而形成了一座山坡。树木丛生，杂草遍地，覆盖着白雪的山坡到处凹凸不平。

“这边也没人能够进来。”

“嗯，并没有这类迹象。”

接着，他们沿着山坡行走。茂密的树木和杂草之间没发现有人藏匿的踪迹。

度假村的左侧也一样，白雪自然地堆砌在原生林下方的地面上，连人走过的痕迹都找不到。隔着树的缝隙能够眺望对面流淌的小河。小河并不宽，河岸净是些尖锐的石头，水流也很湍急。流经露营地旁边的河流——若是夏季，这可是绝佳的选址条件，而寒冬腊月就算了吧。雪花纷纷飘落到冰冷的水面上融化，这情景看着都觉得冷。

“这边也不行。”麻子困惑地说道。

“嗯，没有人会特地藏到河的对岸去吧。”和夫附和道。凶手不可能躲在外面。如此一来，几乎就能肯定杀害岩岸的凶手在他们这群人之中了。

“我们走吧。”

麻子悄然迈开了脚步。和夫追着她，向小屋的方向前进。白雪皑皑的平原上能微微看到稀稀落落的小屋的影子。暴风之下，白雪缭绕之中，有人在岩岸的小屋附近。

麻子惊讶地说：“那是谁啊？”

“那人在岩岸先生的小屋附近干什么啊？”

“好可疑。”

两人开始靠近伫立在雪中的那个人。刚一走近，蹲在那儿的嵯峨岛便抬起了头。他的头发被风吹得乱糟糟的，上面还有积雪。嵯峨岛那猴子似的脸上露出了得意而恶心的笑容：“噢，是你们啊。山下的情况如何？”

“就像财野先生说的那样，下面被雪埋了。”和夫说，“嵯峨岛先生，您在这儿做什么呢？”

“我在采集雪样。”嵯峨岛扭曲着他的嘴唇，露出得意的笑容。他将一根小小的像是试管的东西举到眼前，展示给和夫看。管子里装满了半融化的雪。

“你采这些东西干吗？”

“噢，在 UFO 的着陆痕迹或是神秘怪圈中常能够检测出自然状态下无法想象的大量放射性物质。我想把样品带回去分析一下。”

嵯峨岛就站在神秘怪圈的痕迹上。神秘的圆形图案被雪所覆盖，已经渐渐模糊了。

麻子小心翼翼地指着嵯峨岛的试管，问："你经常随身携带这个吗？"

"嗯，我一般都会随身带着简单的检测用具。啊，对了，你们有没有带照相机？我把最重要的照相机给忘了，其他人也没带。我想趁着怪圈没消失，把它拍下来。"嵯峨岛俯视着脚下隐约残留的圆圈说道。和夫与麻子对了对眼神，不约而同地摇了摇头。

"是吗？那就没办法了。"嵯峨岛又蹲了下来，从口袋里掏出了一根新的试管。他已经不再理会两人，专心致志地继续采集雪样。和夫再次与麻子交换了眼神。唉，这位大叔真不让人省心。

离开嵯峨岛后，和夫说："我们干脆也去调查一下空置的小屋吧，说不定会有人在里面。"

麻子表示赞同："对，是有可能藏在那儿。"

两人挨个调查无人使用的小屋。左侧大路的里面两栋和右侧大路最里面的一栋是空屋子，可是这三栋都没有最近使用的迹象。屋里连暖炉都没有，跟外面一样寒冷。

关上了第三栋小屋的门，麻子简短地说道："不行啊。"

看来，凶手从外部入侵的说法已经不能成立了。周围没有其他人靠近的痕迹，路上也没有任何可疑的汽车防滑链痕迹或是脚印。聪明的麻子一定已经得出了这个结论，只是不愿意说出口罢了。

"果然如此。"和夫也仰望着厚厚的云层简短地说道。大雪下个不停，天色已有几分昏暗。

"会不会有人把凶手藏在了自己的屋子里呢？"

“就算是这样，我们也不好擅自去搜查。而且，真要把凶手藏起来可就成了事后从犯了啊。”

“也是。”

两人拖着沉重的步伐，沿左侧大路往管理栋方向走去。隐隐约约能看到嵯峨岛还坐在神秘怪圈那里。回到后门进入餐厅，只见美树子孤零零地站在窗边。和夫一边跟麻子一起在暖炉前脱下外套，一边问她：“你在干吗？”

“噢，我在看外面。”美树子微笑着，她的嘴唇涂成了浓浓的珍珠粉色，“都快到傍晚了，接我们的人还会来吗？”

麻子说：“现在时间还很早嘛，也就是我们能不能到达池袋的问题。”

“没事的，我最喜欢等待了。在等人的时候，我会想‘马上会到了吧’，四处张望，翘首以盼，心扑通直跳。”美树子说完，又注视着窗外纷飞的大雪。

麻子将湿漉漉的手套晾在暖炉上烘干时，门的那边传来了叫声。

“哎呀！来人哪！”

是由美的声音，语气非常急切。和夫跟麻子同时飞奔出餐厅，美树子则跟在他们身后。又有什么变故了吗？该不会又有人死了吧？

“不好了！不好了！都成这样了！”由美的声音回荡在大厅里。

“怎么了？”

三人冲进大厅，只见由美正在窗边的电视前闹腾。

“啊，快看快看，不好了啊。说是在秩父市。”

大厅里有一台电视机。昨晚忙于赏星，今天又是杀人事件引发的骚动，都没有人打开过电视的开关。

荧光闪烁的电视画面上是猛烈的暴风雪下的城镇景色。一名穿着臃肿的年轻男子单手拿着麦克风，正拼命地讲着话。

“如同各位观众所见，交通可以说是完全瘫痪的状……汽车缓缓前进，路上都看不到行人……民居屋顶的瓦片和店家的招牌都被吹飞了，情况十分危……我就这样站着，都快要被吹……据埼玉交通……的秩父观光巴士透露，公交车会暂停运行……”

狂风暴雪之中，男子的身体都倾斜了。

“真的不好了……”麻子捂住了嘴巴，“我去叫大家来。美树子小姐，也拜托你了。”

“啊，好的。”正愣着的美树子跟在麻子的身后跑了出去。

“真是的，这个破电视，画面放得清楚点嘛！”由美心急如焚，粗暴地拨弄着就像蜻蜓的翅膀一样接在电视机上部的天线。不知是空中的信号不好还是室内天线的接收能力低下，画面摇摇晃晃的，声音也断断续续的。

“……里是西武铁路的西武秩父站，下午三点二十分左右……输电线路被强风吹断的事故……饭能和西武秩父站之间的……完全处于停止……由于该起事故，电车的运行停止……目前，池袋……饭能之间的通行还暂无障碍……然而，暂不清楚何时能够恢……据西武铁路宣传部的公告称，输电线路的断裂事故现已波及六个……大面积延误……何时恢复还暂……”

错乱的画面上也能看出黄色的列车抛锚了。

“山下可真是不得了了啊。”

和夫一屁股坐到沙发上，死死地盯着影像。由美气不打一处来，变本加厉地摆弄着天线。

“……羽町的事故现场。倒塌的房屋下压着一名上了年纪的……还没被救出来。目前，当地的消防队和警察正协力进行救……风力太大，无法使用起重……倒塌事故发生已经……两个小时……是否安全……救援人员的焦急情绪越来越……

“……市中心的指挥部……今天的异常天气导致的受灾状况……申请自卫队进行灾害的救……目前，埼玉县境内的受灾范围以秩父市为中心……

“……变电站的变压器遭到雷击，情况非常……该起事故导致的停电已波及三千八百户……目前，秩父市民医院的……所以进行紧急电力供应……”

电视中一直轮播各地的受灾惨状。

“真惨哪。这下子别指望除雪车了，山下已经乱成一锅粥了。”

回头一看，原来是茜站在和夫的身后。她正隔着和夫的肩膀，睁大双眼盯着电视屏幕。

“这里只受到这种程度的波及还真是个奇迹啊。”茜惊讶地说道。在她身后，其余人都到齐了。

星园抱着胳膊，忧郁地说：“看来是指望不上救援了。”

美树子说：“直升机不会来了吗？”

财野面无表情地说：“在这种强风下直升机是无法飞行的。”

茜郁闷地说：“况且我们被困在这里的消息是否能传到救援指挥部也要打个问号。通信系统一定快瘫痪了吧。”

嵯峨岛把手插进他那干枯的头发里，挠着头说：“现在我们也不可能凭借自己的力量下山去了。”

星园回答：“天色已晚，走夜路很危险。”

茜补充道：“而且山下那么混乱，我们下去又能怎么办呢？”

“不要！之前不是说过只用忍耐到傍晚吗？”由美发着火，摇动着天线。

“……的低气压正往此处……来自大陆的冷空气来到……这是典型的冬季气压分布……但在这种时期，如此……相当罕见……异常气象……气象厅也……确实……情况很……”

电视的声音几乎全是刺耳的杂音了。茜从沙发间穿过，说：“这声音令人心烦。”说完，便无精打采地关掉了开关。突然，沉默降临大厅，仿佛压抑着身躯一般。大厅安静得让人觉得皮肤刺痛。

“看来我们只能等到天气转好了。”星园压低嗓音，好像是为了配合这份寂静。

茜敷衍地回应道：“似乎别无他法了。”

财野慎重地说：“水和燃料没有问题，但食物的储备量让人担忧。毕竟只打算住一个晚上的。”

麻子不太自信地说：“我来想想办法，贮藏室里应该还有东西的。”

嵯峨岛心里似乎没有底气：“是要闭门不出吗？”

由美愤然道：“为什么？不是说过傍晚救援会来的吗？我才不要！”她歇斯底里地叫了起来。在所有人都想说出这话的情况下，她的任性显得尤为突出。

“刚刚的情况你也看到了吧，大家都无能为力，只能放弃了。”

茜的口吻很强硬，由美只好闭上了嘴。她都快哭出来了，美树了同样哭丧着脸，紧咬嘴唇。茜噌噌地挠着头发，说：“罢了，放轻松嘛。这将是持久战，就当闭关了。”

和杀人凶手一起吗？这句话谁也没说出口，但沉闷的气氛却如实地诉说着众人都将这份恐惧埋藏在心里的现状。

“总之，我们还是要想得乐观些。”星园用明快的声音鼓舞着大家，“东京有好几个人都知道我们在这里，现在应该慌慌张张地联络埼玉的警察或消防队了。明天说不定天气就会转好，到时候救援就会立刻赶到的。”

“说得没错，放轻松些吧。”和夫勉强地附和着，却完全被无视了。大家都没有反应，受到的打击出乎意料的大。大家都相信只用忍耐一天，到了傍晚救援就会来，所以这也是合乎情理的。实际上连和夫自己都一蹶不振了。

“啊，对了，我的小屋里暖炉的油不多了。”茜说道，“原本里面就没放多少油。本打算只待昨天一天的，所以我也没有提。”

“真是抱歉。”财野似乎想起了自己的职责，深深地鞠躬，“我之前吩咐过让他们全都加满的。油还有，我去给您加吧。”

“啊，不用了，我自己去。你告诉我放哪儿了就行。”

“不，我来吧。”

“都说了不用了。放在哪儿的？”

“噢，就在员工房间前的杂物间里，知道在哪儿吗？”

“没事，我自己去找。”

茜说得很委婉，但还是明确表示出拒绝的意思。直截了当的拒绝似乎让财野有些扫兴。

“这样啊。那您请自便。”

“小麻，来帮下忙。”

茜叫上麻子一起走了。她说不定真的在怀疑财野。

财野感觉像是丢了面子似的，粉饰道：“啊，对了，发电机的油也不够了。杉下君，你能来帮下忙吗？”

“好的。”

“要往发电机里加油，不然半夜停电就头疼了。”

“好。”

和夫不情不愿地站了起来。事到如今还这么粗暴地使唤人。

财野打开了大厅前仓库的拉门，从里面拉出来两个大塑料桶。

“这是煤油吗？”

“是汽油。”财野露出冷淡的侧脸，简短地回答着，语气中感受不到一丝亲切。

和夫跟在财野身后，拖着沉重的塑料桶。正门入口旁边有通往地下的楼梯。地下室寒冷阴湿，有一股发霉的气味，感觉像是进入了外国电影中出现的地下墓地一样。跟财野两个人来到这种地方没关系吗？隐隐的不安涌上心头。为了消除恐惧感，和夫一边故意将塑料桶碰撞台阶，一边下楼。洪亮的声音回响着，财野瞪了和夫一眼。

地下是毛坯混凝土，恐怖而阴暗。墙边上是液化气罐，深处是巨大的圆柱形金属筒，像是电热水器。发电机就在它前面。铁管子和汽车引擎似的部件复杂地交错在一起，高度有一人高。发电机正发出低沉的轰鸣声。财野蹲在那儿，用毫不拖泥带水的动作摆弄着机器下方。突然，他回过头，神情严肃、毫无感情地叫道：“杉下君！”

和夫有些被吓到了：“在——”

“你没有看不起我吧？”

“什么？”和夫不知所云。

“听好了，我从昨天开始就陪着社长，回到公司还会管理三十多个下属。你在上着班，应该也知道，说起山冠公司总部财务科副科长，社会地位可是很高的。这跟被使唤的普通职员不同，无论到哪儿也不会丢人。你明白吗？”

“哦。”

“担任此处的管理员这种工作只有这一次。正因为我深得社长的信任，才能一个人跟着他来。我是绝不能被看扁的，你要是忘记这点的话我会很头疼的。”

“好。”

财野说完想说的话后，又重新回到了工作中。你说你会头疼，我才真的是头疼啊——和夫迷惑不解，只是发着呆。大概是从昨天至今的工作伤害到了他的自尊心吧，也难怪他会突然心生愤懑。和夫并不认为财野的自尊心已经极端到需要将此事特意说出来进行确认的地步，他一定是受到了案件的冲击而无法自制了。无论是财野还是茜，当然也包括嵯峨岛，大家都有些不正常了。和夫拼命告诫自己：不可以丧失平常心，过于神经质是不会有好事的。

14

【朴素的晚餐过后，和夫和星园召开了搜查会议。这之中埋有一个重要的伏笔，不要看漏了。】

从地下墓地爬出来后，只见其他人正无所事事地坐在大厅里。嵯峨岛自不必说，依旧阴阴郁郁地闭口不言，就连由美和美树子也默不作声，跟昨晚的差距太大了，让和夫觉得像是火被熄灭了似的。这两人至少该稍微闹腾一下，叽叽喳喳地谈笑也好。

外面已是漆黑一片，只有窗户被风摇曳着发出了声响。和夫与财野靠近众人，星园抬起了他那大理石雕像一般的脸庞，问道："辛苦两位了。对了，杉下君，外面的情况怎么样？"

和夫汇报了雪中的搜查结果："噢，非常遗憾，到处都没能找到有窃贼藏匿的迹象。"

星园嘀咕道："好吧，也就是说附近并没有人。"

由美大吃一惊："果然就在我们之——"还没说完就连忙打住了，应该是注意到了像影子似的站在和夫背后的财野吧。

这时，茜和麻子回来了。

"晚饭要怎么办啊？"茜懒洋洋地说，"既然要闭关，就得先保存体力，你们不觉得吗？"

"没错，断其兵粮也并非笑谈。"

听星园这么说，麻子回应道："我来准备晚饭吧，不过也只能做些粗茶淡饭了。"

茜点点头："那就拜托你了，小麻。"

麻子微笑道："好的。杉下先生，你能来帮帮忙吗？"

"好的。"和夫欣然接受了。

两人走进厨房，麻子所说的"粗茶淡饭"并不是谦虚或夸张的表达。厨房里应该并未备有鱼、肉和新鲜蔬菜，可麻子还是做出了"中式煎饼"这一道菜品。这道菜是将大量的小麦粉混合上剩余的鸡蛋，用芝麻油和酱油煎制而成，配料是金枪鱼和豌豆罐头。麻子感到惭愧，但也花了不少功夫。菜肴是在圆形的平底锅内煎的，不可思议的是，那形状就像是在可疑的照片中见到的 UFO 一样。

芝麻油香气四溢。菜肴摆进餐厅后，大家有气无力地坐到了餐桌前。

“喂，这里面没有下毒吧？”

由美的话相当不知轻重，就连麻子也面露愠色。完全不过来帮忙就算了，竟然还说出这种话。和夫抑制不住严厉的语气：“我可不觉得凶手会把我们所有人都杀了。”说完，便率先开始享用圆盘形的食物。

没有人谈笑风生，就这样安静地度过了晚餐时间。虽然还剩大量的酒，但没人愿意喝。大家似乎都没有食欲，只是机械性地来回动着筷子。看来只有嵯峨岛的思维运转方式跟常人不同，他正大快朵颐。

晚餐草草结束后，财野起身去泡咖啡。麻子拿来急救箱，开始给嵯峨岛换绷带。财野一边分着咖啡，一边面无表情、严肃地说：“虽然附近没有可疑人物，不会有什么危险，但为了以防万一，大家今晚还是一起待一宿吧。”他那眼神犹如忍者一般犀利，究竟是真的在担心还是另有所图，这就不得而知了。

“唔，怎么说呢。”茜一边挠着腰，一边说，“要不要一起过夜都没什么区别啊。对了，小麻，《小说女士》是什么时候截稿？”

“这周星期五，还有两天。”麻子将嵯峨岛的手指缠成了木乃伊的样子，果断地回答道。

“所以我必须得工作。反正也不会再发生什么怪事了。”

茜说完，由美表示赞同：“我也想一个人待着，不然总觉得有点害怕。”她的言外之意是在说自己不想跟杀人凶手待在一起。

嵯峨岛挠着干枯的头发：“没错，屠牛事件很少在同一个地方发生，应该没什么危险了。”他的语气迟钝，说的话又不具有说服力。

财野仍旧面不改色地扫视众人说："这样啊。如果大家都有这个打算的话那也没关系。"

总觉得气氛变得非常尴尬，没有一点凝聚力。大家似乎都在相互牵制，试探对方的葫芦里在卖什么药。要是之前给他们说山里发现了有人潜藏的踪迹，还至于变成现在这样，就算是骗骗他们也好。

"啊——啊，好想冲个澡。"美树子不耐烦地嘀咕着。这么说来，财野还没有说今晚要去烧洗澡水。服务已经明显不周到了。岩岸死后，这项计划反正也会破产，没必要讨客人的欢心了吧。

麻子处理完嵯峨岛的伤口，一边擦着消毒液一边说："老师，至少跟我待在一起吧。"

"唔，我想想……"茜思考了片刻，"算了，毕竟是在工作。你也知道，有人在旁边我就写不出来东西。小麻，你就安心睡觉吧。"

麻子不安地点了点头："好的。"

由美迅速站起身："我去看看电视，说不定会有新闻。"说完，便逃跑似的出去了。星园耸了耸肩，目送着她的背影。

结果，众人都决定各自过夜。大家都害怕着身份不明的杀人犯。这份恐惧逼迫着所有人，将他们三三两两地分散开来。

入夜后，和夫动身前往星园的小屋。风势不减，依旧猛烈地刮着，发出轰鸣的呼啸声。然而雪却下得不大，与山脚下的惨状相比，山里的平静简直是个奇迹。

和夫来到小屋后，星园似乎已经有所预料，露出洁白炫目的牙齿微笑着迎接他。两人在暖炉前围坐下来后，和夫立刻开口道："雪崩是真的，财野没有说谎。"

“是吗？”星园在暖炉前暖着双手，“也就是说，我们是由于不可抗力的因素被困在这里了。”

“这点是没错的。而且，从外面潜进来这一想法也是不切实际的。凶手果然只能在我们之中了。”

“对啊，这已经是既定的事实了。话说回来，杉下君，在你离开的这段时间，我也思考了很多。”

星园将一根手指抵在额前，像是在深思熟虑。那脸庞宛如名匠倾注心血所雕刻的石像，被暖炉的光亮照得红通通的。

“关于那些脚印，我在白天的时候进行过说明。不过，还有另外一种可能性。”

“还有另外一种可能性吗？”

“是的。三组脚印中的一组是岩岸先生的，这点毋庸置疑。但是，剩下的往返脚印并不是凶手的，而可能是你所听到的跟岩岸争吵的人留下的。”

“那不就是凶手吗？”

“嗯，或许是这样，但这里也存在另外一种可能性。”星园深沉地说，“那起争执或许跟你最开始想的一样，就是普通的打情骂俏，跟杀人案并没有关系。之后岩岸就被杀了，当事人也不好再站出来坦白。我指的就是这种可能性。所以，那些脚印说不定与犯罪没有关系，只是争吵者留下的痕迹。”

“可是老师，这样一来凶手的脚印又到哪儿去了呢？现场没有其他的脚印了，而且也没有使用诡计的迹象。凶手是如何前往小屋的呢？不留下脚印是不可能到得了小屋的。”

“对，问题就在这里。”

“人又不会在空中飞。你不会是想说凶手利用撑竿跳的方式，从道路跳到小屋门口吧？这太不现实了。”

和夫说完，星园苦笑道："我可不会这么说哦。不过啊，我们前往现场的时候就已经多了一组脚印了。"

"多了一组？"

"就是发现者——财野的脚印。"星园说道，"我们前往现场的时候财野先生已经留下了脚印。杉下君，听好了，从这里我们可以得出两种全新的可能。其一，财野先生就是凶手，他在半夜行凶后，留下了从小屋到管理栋的脚印——财野先生伪装成尸体的发现者，通过踩踏而消除了昨晚自己留下的脚印；其二，犯罪现场不在那栋小屋。"

和夫惊讶地说："小屋不是杀人现场吗？"

星园的语气仍然很平静："不，只是其中一种可能性。也就是说，如果小屋不是杀人现场，那么脚印是如何留下的就没有关系了。陈尸现场的登山绳和登山锹，可能也是凶手的把戏，让大家误认为小屋就是犯罪现场。"

"可是尸体就在小屋里啊。"

"对，是在小屋里——这里也认为财野先生是凶手——财野先生自称是去查看睡过头的岩岸先生的情况，这时，他把藏在某处的岩岸先生的尸体背起来前往小屋。接着，他将小屋伪装成案发现场的样子。怎么样？这样的话不用留下可疑的脚印也能佯装为尸体发现者。顺利的话，说不定还能制造出无足迹杀人这种无法解释的情形。不过，由于争吵者留下了脚印，使得这一企图没能实现。"

这个人尽考虑些奇奇怪怪的事。和夫惊愣道："您的想法很有趣，不过两种说法都不成立。"

星园惊讶地抬起了头问："为什么？"

"我当时看到了，财野在发现尸体前直接去了小屋。我是从餐厅的阳台处勉强看到的。财野两手空空，当然没有背着尸体。雪地也是崭新的状态，上面没有脚印。”和夫一边回忆财野前往小屋时的情形，一边说。财野当时顶着强风，在雪地上蹒跚而行。他的样子并没有可疑之处，而且雪地上除了财野留下的脚印外，再没有其他的痕迹了。

“原来如此，这个消息非常有用。”星园坦率地接受了，缓缓地抱起胳膊说，“那么，我撤回刚才的两种说法。看来那两组脚印就只能是凶手留下的了。”他跷着二郎腿，姿势很像速写的模特。

“到头来又回到原点了啊。我听到的声音果然就是凶手的吧。”

“似乎是这样没错，但是却没有任何的信息可以锁定声音的主人。”

星园说完，和夫也陷入了沉思。

“是啊，要是我能回想起来就好了，可还是完全想不起来。而且，白天的问话表明，所有人似乎都没有不在场证明。大家都表示十一点以后是一个人待着的。”

星园做作地在脸前竖起一根手指，指向天花板说道：“这样的话，接下来就只能从动机层面来进行考察了。”

“老师，这个姿势……”

和夫用责备的目光看着指向天花板的那根手指。星园赶紧把手收了回来。“抱歉，一不小心就——哎呀，更重要的是动机。杉下君，你是怎么想的？”

“动机吗？”和夫思索了一会儿，说，“我想想，就昨天在车站的情形来看，嵯峨岛先生和岩岸应该是初次见面，而且草吹老师也是这种感觉，那么早泽小姐更是如此了。”

“剩下的就是财野先生，以及由美和美树子两人组了。”

“嗯，那两人好像是在某个酒吧里认识岩岸的，是在那儿发生了什么纠纷吗？”

“顾客和打工的陪酒女之间发生了纠纷吗，比如说？”

“死缠烂打的示爱或是被人咸猪手？”

“会因为这种事就杀人吗？”

“不会，只是举个例子而已。不过，既然之前认识，这就意味着她们要比草吹老师可疑一些。”

“话虽这么说，但是现在这个阶段也只能暂时放一放了。情报太少，没办法做出判断。”

“不过，我还是觉得财野是最可疑的。总让人难以捉摸他到底在想些什么，又是同一家公司的下属，就算有动机也不足为奇。而且那家伙很奇怪，刚刚去地下给发电机加油的时候，你猜他对我说了什么？”

“噢，他说了什么？”

“‘不要小瞧我，山冠公司财务科副科长可是很了不起的’诸如此类。他一定对岩岸相当不满。被叫到这种地方来打杂，他似乎非常不爽。”

“原来如此，有意思。”

“所以，我觉得最可疑的就是财野了。”

“你也同意草吹老师的说法吗？不过啊，杉下君。”星园微微探出身子，“你所听到的争执是在夜晚的小屋里悄悄发生的，既然是偷偷地过去，那就不能排除有人想隐瞒与岩岸先生的特殊关系的可能。因为他们的关系需要掩人耳目，所以也可能是假装初次见面。极端的情况下，也必须考虑来到此处之后才产生动机的可能。”

“来到此处之后才产生杀人的动机，这种事有可能吗？”和夫尝试着回忆昨天所发生的事，但却并没有想到有什么事能突然诱发杀人动机，“那位大叔确实让人不太爽，但我想不出有什么理由要杀了他。”

“我也是。”星园干脆地说，“从动机层面没办法进行考虑了啊，确实想不出岩岸先生有什么被杀的理由。不过，仅凭你所说的下属这一点来看，认为财野先生是最有力的嫌疑人未免有点操之过急了。”

星园就像自言自语似的嘀咕着。和夫说：“那么从犯罪手法来考虑怎么样？这对女人来说太费力了吧。”

“是吗？”

“嗯，毕竟岩岸先生是被勒死的啊，凭女人的力气能不能做得到呢？”

“杉下君，不能急于下结论哦，岩岸先生可是被登山锹打过的。通过击打让他失去意识后，就算没有力气也能实施犯罪。而且登山绳的一端系在了床脚上，拉紧另一端让被害人窒息，这对任何人来说都很简单。”

“啊，也是呢。”

和夫难受地点了点头。实际上，他原本的目的在于断定身材娇小、手无缚鸡之力的麻子是不可能行凶的，但看来并不顺利。

“老师，我还有一个想法。”和夫重振精神，“外面有扫过雪的道路，之前分别命名为左侧大路和右侧大路。”

“对，是的。”

“两条道路之间那片宽阔的地方完全没有脚印，所以没人经过那里。”

换言之，没有从右侧大路横穿空地到左侧大路的痕迹。岩岸的小屋在左侧大路，如果右侧大路的小屋里的人要去岩岸那儿，就应该在那片宽阔的地方留下脚印。和夫如是陈述着自己的想法。这是白天他和麻子一起搜索周围时想到的。既然没有留下痕迹，那么住在右侧大路小屋里的人就不可能是凶手了吧。

然而，星园静静地摇了摇头："不，我觉得不能一概而论。"

和夫绞尽脑汁想出来的意见未被采纳。

"为什么呢？"

"无论凶手是从开始就怀有杀意而前往岩岸的小屋，还是仅仅想跟他谈谈，但因为谈判破裂了才杀了他——不管哪种情况，凶手都想避人耳目。所以，凶手会产生一种心理，即不愿意在雪地上留下不必要的痕迹。实际上，那两组脚印显示凶手走的是距离最短的路线。凶手不愿意留下不必要的脚印，就不会想在左侧大路和右侧大路之间的雪地上行走。这种想法才是最自然的。管理栋的屋檐下也是有路的，走那条路就行了。"

"啊——这么说来，确实没错。"

其实，和夫昨晚就是这么走的。搞错了路后，他并没有横穿雪地，而是经过了管理栋的屋檐下方，绕了远路。和夫只是不想在冰冷的雪地中行走，而凶手则应该有更加切实的理由。如果在雪地上留下痕迹，凶手的行动路线一下就明了了。凶手再笨也不可能做这种傻事的。看来和夫那肤浅的见解是行不通的。

"这下可好，你好不容易过来一趟，讨论却完全没有进展。我本以为大家一起出谋划策会有些效果的，结果却成了相互反驳对方的意见了。"星园悔恨地说道。

"对啊。"

和夫点了点头。目前的情况下谁是凶手都不足为奇，混乱的现状让人无法锁定目标，就像陷入了泥沼中无法自拔。现在连一条线索都没找出来，还遇到了真正的险情，不知道救援什么时候会来。大家的压力越来越大。

和夫觉得有些焦躁，便站起了身，无意识地朝里面的墙壁走去。登山锹、煤油灯、尼龙登山绳——和夫头上靠近天花板的位置挂着那几件陈旧俗气的登山用具。他心不在焉地仰望那些被当作杀人用具而使用的东西。煤油灯被熏得有点脏，跟杀人现场的一模一样，这让和夫不情愿地想起了那凄惨的场面。登山锹的形状跟真正的凶器相比似乎有些不一样，前端的部分好像长了一点。不过，昨晚在岩岸的小屋内，就是跟这款登山锹相似的东西被凶手当作了武器。想到这儿，和夫的后背有了些许寒意。就在他不自觉地把手伸向登山锹时，星园严肃地叫了一声“杉下君”。和夫回过头。

“你读推理小说吗？”星园的眼中带有一丝尖锐的光芒。

“不，我不怎么读。怎么了？”

“推理小说中经常出现这种情况哦。众人被困在山里，在这种特定的情况下发生了杀人事件。而且，案件一般都会发展为连环杀人。”

“不会又有人被杀吧？”和夫打了个冷战。

“不。我虽然也有点担心，但是这种虚构的事情怎么可能在现实中发生，这又不是小说。”

星园含糊地说着，那模棱两可的态度进一步加深了和夫的不安。再怎么样也不可能发生如此荒唐的、宛如小说一般的事情——即便想要在大脑中否定这种想法，心中的忧虑也没办法拭去。

“对了，老师。”为了摆脱心中那令人厌恶的惴惴不安之感，和夫重新调整了坐姿，“我还非常在意神秘怪圈一事。嵯峨岛先生说有什么放射性能量。便去调查了雪样。这有什么意义呢？”

“噢，你也在执着于这件事啊。”星园微微一笑，“你觉得是UFO降落下来，外星人打算绑架岩岸先生，结果遭到了抵抗，一怒之下就把他杀了？”

“没有，这种事我可不信。”

“对嘛——听好了，杉下君，千万别只顾这些细枝末节。这是凶手做出来混淆我们视听的，如果上当了可就正中敌人的下怀了。若是被无意义的事物吸引了注意力，便永远无法看透事物的本质了。”

星园顿了顿，继续说道：“可是，我们却没有看到最关键的本质，所以也别去嘲笑嵯峨岛先生。我们完全被蒙蔽了，一定是漏掉了什么重要的环节。我虽然这么觉得，但却不知道这个环节在哪里。杉下君，这可真急人哪。一定会有线索的，不过我还没有看透。好不甘心！”

星园的话语中虽然也透露着平时那种装腔作势的感觉，但和夫还是切身感受到了他的苦恼。

15

【和夫独自站岗。时间来到了第二天的深夜。突然有动静让和夫吓了一跳。他在黑暗中进行了搜索。】

回到了令人怀念的被褥收纳间后，和夫将暖炉开到了最大，暂时先歇了一会儿。

时间是晚上十点。除了风声之外，再也听不到别的声响了。周围被一片寂静所笼罩。然而，和夫却怎么也坐不住。他很在意星园所说的话：案件一般都会发展为连环杀人。总不至于发生这种脱离现实的事吧。和夫虽然这么想着，可是怎么也无法打消这个念头。

和夫蹲在被褥架上，不着边际地思索着。

那个声音——在岩岸的小屋附近无意中听到的那个声音，如果能想起声音的主人是谁，案件立刻就能解决。遇险暂且不论，至少其中一个悬而未决的重大事项就有定论了。可是，和夫怎么也想不起来。是什么样的声音呢？这声音像是谁的呢？他之前误会过，现在连声音主人的性别都分辨不清楚了。傍晚，由美一边调节着电视的天线，一边歇斯底里地叫嚷着，感觉跟那个声音不太一样。那声音回荡在脑海里更加尖锐、更加刺耳。

他想起了麻子那温柔的声音。她如果兴奋的话，声音会不会变得那么刺耳呢？

“案件一般都会发展为连环杀人。”

和夫从架子上跳了下来。他突然冒出了一个念头：去看守麻子的小屋。他并不知道自己为什么要这么做，只是突然有了这个念头，不得不去。凶手杀害岩岸的动机还不明确，很难说接下来麻子不会被盯上。虽然这种担忧几乎是没有道理的，但坐言立行就是和夫的天性，这也无可奈何。

和夫走出被褥收纳间，蹑手蹑脚地来到走廊上。周围鸦雀无声。寒冷的气息紧紧地裹在脚底。

和夫经过无人的昏暗走廊，进入了游戏室。房间里冷清而阴森，半夜里看上去愈加像是鬼屋的一角。风摇曳着窗户玻璃，发出令人毛骨悚然的声音。岩岸曾经说起迪士尼乐园什么的，不过似乎这里只能够打造成幽灵公寓这类设施。和夫不愿久留，迅速拿起两根台球杆，挥了挥其中一根。球杆呼的一声划过空气，清脆悦耳。和夫打算把它当作武器。从杀害岩岸的手法来看，凶手应该没有携带远程武器，便近距离殴打了他。要对抗凶手，只要不让对方靠近就行。因此，类似于长枪的台球杆便是最合适的。杆子不太结实，并不期待有什么威力，但和夫也没必要打倒对方。只需看清楚身份，击退对方就够了。

和夫双手拿着台球杆，快步离开了游戏室。他直接进入餐厅，拿起一把椅子，然后回到了走廊。

和夫爬上楼梯，前往二楼。他把椅子和台球杆放到了前面这间带有门的屋子里，又下了楼，从被褥收纳间把自己用的暖炉拖了出来，顺便将一张毯子搭到了肩上，将这些东西搬到了二楼。

和夫打算在二楼进行监视。可以的话他还想驻扎在麻子小屋的屋檐下，可是那样的话他自己就会显得很可疑了。如果不在暗中进行监视而被其他人怀疑的话，那站岗也没什么意义了。站在二楼，所有的小屋尽收眼底，而且走下楼梯马上就是出口。一旦有什么紧急情况，一眨眼的工夫就能火速赶到现场。

和夫把椅子和暖炉摆在了朝向小屋的窗前。他在关上的门前斜着放了一根台球杆，算作简易的门铃。如果有可疑的人想进来，只要一开门台球杆就会倒下。就算和夫再怎么全神贯注外面的情况，也能够通过声音意识到有人潜了进来。

和夫关了灯，就着通红的暖炉坐在椅子上，盖上了毯子，他就像看门人似的，单手攥着剩下的那根台球杆。

准备万全了。下面的小屋也能清楚地看到。

狂风呼啸，雪势已小。雪花在黑暗之中漫天飞舞。凝重的夜色之下，小屋的灯光星星点点地闪耀着。除开最里面的三栋，有人居住的小屋都已经点亮了灯。当然，只有岩岸的小屋像是掉了一颗假牙一般黑洞洞的。延绵无尽的黑暗之中，那一连串小屋的灯光宛如紧紧贴在黑暗的深海之底的发光藻类，闪耀着一种神秘的美。

和夫一动不动，如痴如醉地看着那片闲寂的景色，又陷入了茫然的思索。到底是谁杀了岩岸呢？现在已经无法排除内部人员作案的可能性了。某个人犯下了杀人罪行，冷静地混在大家之中。财野、嵯峨岛、由美、美树子、茜和麻子——嫌疑人的数目并不算多。从动机层面来讲，最有嫌疑的还是财野吧。他的人品也很可疑。与被害人素不相识的是嵯峨岛、茜和麻子这些受招待而来的人。不过，就像星园所说的那样，也不能断言他们没有隐瞒某种特殊的关系。如此想来，虽然乍看之下是初次见面，但也并不能消除嫌疑。而且，在遇险和杀人案的双重冲击之下，茜还能写稿子，嵯峨岛还能吵吵嚷嚷地针对 UFO 进行高谈阔论，他们的神经也不一般。和夫觉得，即便凶手以常人意想不到的理由杀人也并不奇怪。就算是由美和美树子，虽然外表是一副当代女大学生的样子，但也出人意料的刚毅、坚强，这其中未必没有隐藏着足以杀人的强大心理。尤其是由美那种不断在意着男人的目光、带有撒娇感觉的行为，若是不经过算计是没办法做到的。千万不可小瞧她们，轻信她们就是头脑简单的女大学生。

谁是凶手都不足为奇，谁是凶手都不会让人感到震惊。总之，和夫跟其他人都是第一次见面。这些人的本性不可能一两天就看得出来。

和夫就这样思索了一会儿，这时，面前的小屋有了动静。

左侧大路最前面的那栋小屋打开了门——那是麻子的小屋。和夫突然紧张起来，压低了身子。麻子从小屋里走了出来，远远地都能看到她冷得直耸肩。

麻子在雪中蹒跚而行，来到了左侧大路上，小小的身躯都快要被风吹跑了，让人很是心疼。她沿左侧大路朝着管理栋的方向行走，来到管理栋的下方后，消失在和夫的视野中。她是进来了吗？和夫竖起耳朵仔细倾听，可麻子的背影却出现在了右侧大路上。看来她是经过了管理栋的屋檐下。原来如此，就像星园说的那样，如果有路的话，人类总是习惯于走在路上。

麻子直接往最前面的小屋走去。雪地上似乎寸步难行。她抵达小屋，敲了敲门。茜露出了脸庞，迎接她进屋。

只过了两三分钟，麻子就出来了。她站在打开的门口处，朝着屋里说着什么。或许是在说：请加油写稿子。麻子离开茜的小屋，沿着刚才的路线回到了自己的小屋。

之后，就什么也没有发生了。

和夫深深地叹了一口气，放松了身体。他舒舒服服地将身体伸展在椅子上，注视着眼下的那一连串灯火以及岩岸那栋孤零零的空屋子。屋里，岩岸的身体应该还是像白天所看到的那样卧在地上。

不过，像这样眺望着风雪交加的夜晚，便觉得今早发生的事仿佛不是真的，就像是一场精心炮制的戏言。和夫的思绪开始不清，意识也逐渐朦胧。因为疲劳，神经都使用过度了吧。这一天太过异常，与正常的生活相去甚远，所以自己的感观都迟钝了，眼皮沉重，也不在意风声了。黑暗深处的那一排排灯光依稀可见。灯火融入夜色之中，反射到雪地上，使得光亮越发朦胧。光与暗、灯与影交织在一起。无尽的黑暗覆盖着整片天空，在地面上无边无际地绵延开来。光亮也融化进了这片黑暗之中。

和夫听到了什么动静，回过神来。他的身体反射性地晃了一下。

不好，一不小心就打了个盹。和夫咋了咋舌，伸手使劲揉着脸。看来是相当疲倦了，攥着台球杆的掌心汗津津的。

刚才好像听到什么声音了。和夫向下俯瞰，小屋那边却并未发生什么事，只是沉寂在一片黑暗之中。没有人出现。

正当和夫以为是错觉的时候，他又听到了声响。“咕咚”一声，像是在移动东西。声音不是从外面传进来的，而是在管理栋内发出的。紧张的感觉让和夫的神经兴奋起来。他轻轻地掀开毯子，站起身，重新握起了台球杆，全神贯注地侧耳倾听。他缓缓地确认了手表上的时间：还不到晚上十一点。他只打了三十分钟的瞌睡。

声音第三次传来。“咕咚”——这次和夫听得很清楚。夹杂着风声，声音很清脆。他缓缓地迈开步子，靠近门扉，摸索着将竖在门前的台球杆移开，小心翼翼地慢慢打开了门。冰冷的空气扑面而来。他将感观集中到耳朵，可再也没有听到声音了。

和夫双手持杆，蹑手蹑脚地来到楼梯口。黑暗向下方张开了大口。他提心吊胆地放下脚，台阶随即咯吱作响。心脏扑通直跳。他深呼吸，重整心情，一级一级地慢慢下楼。

远处又传来了声音。好远，是在建筑物的最深处。是游戏室还是大厅呢？走完最后一级台阶，和夫在走廊里竖起耳朵。像是来自大厅的暗淡灯光在走廊上微微蔓延。喉咙很干涩。想吞一口唾液，但是却吞不下去。耳根子里能够听到心脏在悸动，外面则是风声呼啸。

和夫把台球杆高举过头顶，静悄悄地迈着步子。转过拐角，能够一直看到走廊的最深处。没有人。大厅里，日光灯的小灯柱发出黄色的光芒，那是暗淡而冷清的灯火。

和夫缓缓前进，穿过了大厅旁边。没有听到声音。握着台球杆的拳头微微地颤抖。他一步接着一步，谨慎地前行。走廊里凉飕飕的，没有任何动静。

右边的转角处能看到人影。和夫屏住呼吸，向后飞跃了一步，迅速挥起台球杆，牙根直哆嗦。

转角处出现了人影。

是财野。

和夫的心脏都快跳到嗓子眼了。

财野弯着腰，猛然回过头来看见和夫，惊愕地瞪大了双眼。伸出半截的手里，有什么东西正闪着微弱的光。

是菜刀！和夫的脸顿失血色，脑袋嗡嗡作响。果然是这个家伙！财野出来的方向就是他所在的员工房间。他现在打算对谁下手？和夫的大脑不停地运转。

财野将菜刀朝向和夫，以示威吓，和夫则依旧将台球杆高举过头顶。两人顿时就对峙在一起。和夫没怎么切实地感受到恐惧。由于光线太暗，他看不清对方的表情。财野的眼神里充满着疯狂吗？

就在财野开始逐步后退时，又传来了那个声音。

还在更里面。是餐厅的方向。

财野的身体困惑地摇动，战战兢兢地开口道："你也注意到了？"他的声音似乎很胆怯。于是和夫恍然大悟。原来财野也是注意到那个声音才过来查看情况的。

"嗯。你也是吗？"

“对，因为突然传来了动静。”

两人四目相对，深深地吐了一口气。紧张而不安的感觉烟消云散了。

财野耸了耸肩，喘了口气，小声地说：“别吓我啊，我心跳都快停止了。”

“我才是吓坏了啊。你为什么要拿菜刀啊？”

“噢，我是为了防身才从厨房里拿出来的。”

财野终于放下了菜刀。和夫也意识到自己还举着台球杆，便缓缓地放了下来。他原本打算当长枪使用的，可是一到紧要关头就完全忘记了。

财野摆出一副惊恐的表情，说：“你才是哦，还来回挥舞着台球杆。”这还是和夫第一次看到财野露出表情。

这时，声音又响了。和夫和财野吓了一跳，同时往声音传来的方向望去。财野似乎是下定了决心：“我们走吧。”

和夫沉默地点点头，与财野并排继续在走廊上前进。

声音似乎是从餐厅传来的。站在大煞风景的胶合板门前，和夫和财野互换眼色，默契地踢开了门。耀眼的光芒射到了和夫的眼睛里，但他毫不介意地冲了进去。

“啊啊啊！”

骇人的尖叫声震耳欲聋，和夫都惊得呆住了。由美和美树子吓得合不拢嘴，呆站在餐桌前。

“啊！”

美树子慢了半拍，这时才发出了惨叫。

财野一脚踩空，跌了个踉跄。

四人呆呆地互相望了一会儿彼此的丑态。

财野怯生生地问：“你们在干吗啊？”

由美还是一脸茫然："我太害怕了，睡不着觉，就有点想喝酒，而且肚子也饿了。"她断断续续地说着，气息就像是从丰满的胸部某处泄出来似的。

餐桌上，啤酒罐和红酒瓶林立在零食袋的间隙里。

"你是来喝酒的吗？"

和夫说完，由美使劲地点了点头。

"呀！"

美树子又发出了一声怪叫，她惊恐的双眼正注视着财野的菜刀。财野慌里慌张地把菜刀藏在背后："别发出怪声啊。我是听到了有动静才过来看看情况的。"

"啊——对不起。"

美树子频频点头，茶色的头发不停地摇摆。她已经卸了妆，形象发生了巨大的变化。眉毛几乎都快消失不见了，眼睛变小了，还变成了单眼皮，就像是另外一个人似的。

"对了，你们要不要来一起喝啊？只有两个人都不来劲。"

由美终于恢复了平静，说话又成了那种娇滴滴的语气。

"原来是这样啊。我一般不喝酒的。杉下君，你呢？"

"这个嘛……毕竟都到了这个时候了，而且我也有点口渴。"

和夫也觉得非喝上一杯不可。虽然紧张得提心吊胆的，但也觉得自己很傻。所谓幽灵的真面目，归根结底都是疑心生暗鬼。害怕连环杀人之类荒诞不经的幻想实在是羞耻。

"那就请你帮我们搬一下吧。我们要到那边去。"由美已经完全恢复了平常的状态。

和夫问："那边是哪儿？"

宛若他人的美树子说："大厅里。这里的门关上了会很可怕，而那边就很宽敞，要是有人来立刻就能发觉——喂，快点儿呀。”

“知道了知道了。”

和夫叹了口气，决定听从她们的话。

16

【酒会混乱不堪，和夫感到非常为难。酒会一直持续到深夜，第二起命案就在之后发生。】

第二瓶红酒也瞬间就见了底。

财野用犀利的眼神盯着酒瓶，问道：“红酒已经没有了吗？”

和夫回答道：“对，刚刚已经是最后一瓶了。”

“是吗？那就喝威士忌吧。杉下君，你去拿点冰和水来。”

财野像是口中含有岩浆似的，满脸通红。语气不像平时那么傲慢，说话的方式总觉得有点含糊不清，目光也呆滞不动了。

“我想喝啤酒。”由美口齿不清地说着，将啤酒罐推到和夫边上，“呀，杉下，开啤酒，帮我开啤酒嘛。”

和夫也是醉眼迷离。他按照吩咐拉开了罐子的拉环，将啤酒递给由美。

“哇，由美，你好狡猾。真不错，逮住了个下人。”美树子讲话几乎已经成大舌头了。

“杉下君，”财野只把头扭了过来，“冰和水啊。你听由美的，却不听我的吗？原来如此，你把我的话当耳边风啊。我就这么微不足道吗？原来是这样的啊……”

财野都泪眼汪汪了。和夫赶紧站了起来：“啊，我马上去拿。”

和夫从大厅的沙发上跳了起来，飞奔向走廊。

唉，卷入一场骚动了。和夫独自一人在厨房里，将冷冻室里的冰块箱拉了出来。三人在大厅里围坐在一起，不出十分钟就已经喝得酣畅淋漓了。和夫终于明白用餐时大家都不沾酒的原因了。酒劲上来的速度非同寻常地快，因此，和夫都没有工夫喝醉。就算是抛开自己喝酒海量的原因，旁边的人若是那么磨磨蹭蹭的，自己也不可能静下心来喝酒。

和夫拿着调酒套装回到大厅，只见财野正张嘴大笑着。和夫很是震惊。财野那无懈可击的锋利面庞已经完全走了形。这让和夫惊叹，人能有这么大的变化吗？

“哇哈哈哈，大叔我可是很牛的，在千叶有独栋房子，年收入都不输给贸易公司，每年的奖金都有五个半月的薪资，贷款也在按时还。”

“哇，大叔，你好棒。”美树子睡眼惺忪地娇嗔道。

由美特地站了起来，“啪啪”地拍着和夫的肩膀说：“喂，杉下，你呆站在那儿干吗呀？快坐下来喝酒。”

“哇哈哈哈，杉下君，加点冰和水。大叔我都是喝冰威士忌的，说喝就喝。”

“好好。”

和夫老实地照做了。若是忤逆了醉鬼的意思，可不会有什么好事。

财野接过杯子抿了一口，念叨道：“好淡——”他通红的脸都快炸开了，只有那双眼睛透露着阴森与恐怖。

“你要让我喝这么淡的冰威士忌啊？好吧，你的意思是我只有资格喝这么淡的冰威士忌吧。原来如此，身为大叔只喝淡的冰威士忌就够了。我明白了，你是想说，连续工作了这么久，偶尔想喝上一杯也只能喝这么淡的冰威士忌。我就是这么无趣的人吗？”

“哪有。我觉得太浓了对身体不好。”

“没有，我可不这么认为。这跟我老婆说吸烟有害健康而让我戒烟是一样的，表面上说是担心我的身体，其实是减少零花钱的借口罢了。香烟是我唯一的慰藉，却连这也企图夺走。她扔掉了家里的烟灰缸，藏起了打火机。她知道我硬着头皮不在家抽烟而在外面抽，知道我回家前会在玄关口猛吸三支烟，知道我用除臭喷雾消除异味，也知道我会向别人要烟抽。我明明知道这种事是多么的没出息，但已经在公司里传开了。可恶，我知道有人在背后悄悄说我：瞧，副部长又在要烟抽了。可是……可是……大叔我是为了家庭生计才忍辱负重的，呜……”

“哎呀，别哭嘛……”美树子口齿不清地说，“大叔哭鼻子成何体统啊。杉下先生，你调的酒也太烂了。我来教你，冰威士忌应该这样调——”于是，她咕噜咕噜不停地加威士忌。不仅仅是发音，连手里的动作都变得奇怪了。

“啊，这也太浓了吧——”

“没事的啦。来，大叔，把它喝了吧。”美树子就像哄小孩儿似的，“不可以再哭了喔，大叔你很了不起的，奖金又高，还有房贷。”

“呜呜……谢谢你，只有你对我才这么好，其他人都对我好冷淡。”

“喂，杉下，快喝。”

由美使劲地敲着和夫的肩膀，不知下手的轻重。

“嗯，我在喝。”

“骗子，酒根本就没有减少嘛。美树子，酒瓶借我一下。”

“啊，等等，这太浓了。”

“真啰唆。是男人的话就别磨磨蹭蹭的，快喝。”说完便又“啪啪”地敲着和夫的肩膀。

“大叔我可是上班族哦。正因为是上班族，才必须对讨厌的家伙点头哈腰，必须对不中意的人阿谀奉承。‘呀，您是单差点吧？哎呀，我是越穷越忙，都没钱去高尔夫球场。’愚蠢透顶。我才不穷呢，我在千叶可是有独栋房子的。”

“上班族很没劲的，我男朋友就是这样，明明说了要休假，可是都不带我出去玩，总是说自己很累，每次都会睡觉。那个傻子还说这是为了我好。”

“对对，工作在任何时候都可以辞掉的。我要是不在了，头疼的可是你们这些家伙。”

“没错没错，赶紧辞职，多多依着我。”

财野和美树子没完没了地自顾自说着。

“喂，杉下。”由美“啪啪”地敲打着和夫：“星园先生那么优秀，你当他的经纪人肯定是打女性粉丝的主意吧。”

“我可没有。”

“你就是有。你得意扬扬地跟她们说，可以让她们去见星园先生，结果却骗了她们，干了好事。你脸上都写着呢。”

“我脸上写啥了？”

“一副渣男的脸。你把星园先生当作钓饵，想当然地为所欲为。”

“我真没有。”

“骗子，还不从实招来。你泡了几个人？”由美重重地拍打，那样子根本不像是喝醉的二十岁女生。

“我也是啊，偶尔来一次约会，我还决定喷点香奈儿出门，结果你们猜他带我去了哪儿？饺子店啊！还说这家店很有名，味道很棒。那个傻子，脑子里到底装的是什么啊？”

“错的是他。大叔我也这么想，他绝对做错了。”

“对吧对吧。”

“大叔我啊，跟年轻女孩子在一起的时候，为了讲排场也得去高级的店。饺子店那种地方是万万不会去的。”

“排场当然得讲，而且门面还得搞得漂亮些。”

“所以说不能白吃白喝嘛，我也并非别有用心。要是一走出店门立刻就说‘谢谢款待，再也别见’，未免也太薄情寡意了，你们不觉得吗？”

“罢了，这也谈不上是薄情寡义。我嘛——”

“喂，杉下，快开啤酒。”

“很过分吧？我嘛，也是为男朋友着想的。”

“哎，大叔我要开始唱歌喽。财野高政，先上场啦：人生的林荫道——”

“呀，大叔，加油。”

“杉下，快喝。”

由美咆哮着，财野叫嚷着，美树子吵闹着。

荒唐而喧闹的酒会持续了三个小时。

和夫终于喝到尽兴的时候，已经是凌晨两点半了。

由美和美树子瘫倒在沙发上，财野勉强还坐着，但上半身已经在缓缓地画着三百六十度的圆了。空罐空瓶和吃得乱七八糟的零食残渣胡乱地散落在桌子上，场面简直惨不忍睹。

“差不多就到这里吧。”

和夫说完，财野出人意料地很是安稳：“嗯，好的。”

和夫俯视着豪迈地翻倒在沙发上的两人，说：“她俩怎么办？”

“也不好把她们扛走，只能让她们躺在这儿了吧。”

“也是。”

“两人在一起应该不会有什么问题，点上暖炉就不会着凉。”

财野说完，和夫便从被褥收纳间里拿来了备用的毯子，盖在了由美和美树子身上。

“抱歉了，杉下君。”

财野的脸上还是像之前那样面无表情，不可思议的是，他的语调让人产生了一种亲近感。这个大叔也许只是不擅长表达自己的情感罢了。在痛快的醉意之下，和夫已经不在意昨天被他刁难的事了。或许是因为看到了他的丑态，那僵硬的表情也不让和夫觉得冷淡了。

财野静静地将毯子盖到了两人的脖子处。两人都呼呼大睡着。因没有化妆而判若两人的美树子那天真无邪的陌生睡脸让人啧啧称奇。

“我不想让我女儿学会喝酒。”财野注视着由美凌乱的长发，说道。

“你女儿今年几岁了？”

“读小学二年级了，明年就是三年级了。”财野说完，喝了一杯水，然后直挺挺地站了起来，“睡觉吧。今晚我本打算通宵的，但她们两人都在这儿了，应该不会发生什么怪事吧。”

“嗯，但也要多加小心。”

“没事的，我稍微做了个机关。”财野又往杯子里倒了一杯水，“但愿明天能下山。”说完，便一饮而尽。

屋外，大风依旧呼啸。

“那我就告辞了。”

“好，晚安。多多小心。”

“嗯，你也是。”

醉得快便醒得快。财野消失在走廊深处，那身轻如燕的姿态就如忍者一般。

和夫调了调暖炉，将火力加到最大，只留了一盏电灯泡没关。接着，他向沙发上的两人嘟囔了一句“晚安”。烂醉如泥的两人纹丝不动。

和夫回到二楼，将一根台球杆重新立在门边，坐到了椅子上。他没关暖炉就出了门，所以房间已经很暖和了。终于有活人的感觉了。

没想到事情竟然会发展成这样——和夫独自苦笑着，把身子裹在毯子里。不过，积累下来的压力都得到了缓解，这也不算坏事。不管是财野还是两个女生，说不定都是为了逃离郁积的心绪才尽情欢闹的。要想驱散被困在这儿的恐惧心理，最好的办法便是喝酒，然后醉得不省人事。

窗外的暴风雪仍未停止。白色的雪花在黑暗之中自上而下地飞舞。

只有右边靠前的三栋小屋亮着灯光。最靠前的那栋是茜的，剩下的两栋是由美和美树子的。两人都是没关灯就来了。茜应该还在埋头写稿子，在这种时候还能工作，确实就像麻子说的那样，她是个货真价实的工作狂。若非这样，或许就无法占据书店里的一整列书架了。

度假村在黑暗之中静静地沉睡，如同沉入了墨水壶底。麻子的小屋混杂在黑暗之中，只能隐隐约约地感觉到轮廓。

麻子已经睡了吧？还是将头埋在被窝里，担忧地睁着眼睛呢？

和夫在心中描绘着夜色深处麻子的笑脸。眼皮越来越重，想象中的白皙面庞缥缈而柔和地在黑暗中缓缓褪去。微醺、疲倦与暖炉的温度柔和地包围着和夫的身体。

夜，更深了。

17

【众人迎来了第三天的早晨。天气仍未转好，外面还在下着大雪。麻子准备早餐，和夫发现了第二名被害人。】

微亮的窗外，碎雪和狂风的二重奏还在持续。

和夫用双手揉了揉刚睡醒后浮肿的双眼，从椅子上站了起来。这么轻易就睡着了，根本没有起到站岗的作用。他稍微反省了一下，同时伸了伸腰板。虽然只睡了几个小时，但坐在椅子上的姿势很不自然，所以浑身都很酸痛。到头来成了特地到二楼来打盹了，不过一想到被褥收纳间的被褥架，便觉得无论睡在哪里都没什么太大的不同。

不过，和夫明显感觉睡眠不足。他伸了个大大的懒腰。虽然没有宿醉的感觉，但全身上下都积累着浑浑噩噩的疲倦。如同窗外所见的低沉的云层，大脑和身体就像是厚重的烟霭沉淀下来似的。胡子拉碴的下巴粗糙割手，很不舒服。

走下楼梯，大厅里的由美和美树子还盖着毯子，就跟蛞蝓似的粘在沙发上。不可思议的是，乱七八糟的桌子上那酒宴战场的废墟已经完全整理干净了。和夫实在是不认为这是她们大醉之后清理的，纳闷儿地走到了餐厅，便闻到了咖啡的香气。朝厨房一看，只见麻子正独自一人搅拌着碗里的面粉。

“啊，杉下先生，早上好，昨晚睡得好吗——噢，看来不太好呢。”

麻子的脸上也有几分倦容，可爱而小巧的双眼惺惺忪忪的。不过看到她平安无事，和夫暂且放了心。连环杀人果然只会在小说中出现啊。

“早餐还是 UFO 煎饼。鸡蛋不多了，而且也没有面包了。”

麻子抱歉地说着，和夫则做出了更为抱歉的表情：“请问，是你打扫的大厅吗？”

“嗯，我刚刚打扫的。”

“不好意思，我本打算起床后就打扫的。”

“你也喝酒了吗？”麻子愣道，“怪不得，我还在想只有那两个孩子喝酒，空瓶未免太多了。”

“嗯，我跟财野先生一起的。不对，我其实是被强行邀约而来的，开始并没有打算喝。”

和夫就像絮絮叨叨地找寻借口似的，把昨晚的始末说给麻子听。他不想让麻子觉得他是乐意跟由美她们花天酒地的。罢了，要是她稍微吃点醋倒也还好。

不过，对于三人的胡吃海塞，麻子只是扑哧一笑。

“她们酒量这么差吗？”

“对啊，明明不能喝，却还耍酒疯，我真是服了。”

和夫正眉头紧锁时，嵯峨岛来到了餐厅。他手里拿着那本厚厚的外文书，板着个脸，阴沉地向两人寒暄。他面容整洁，没有睡眠不足的感觉。

和夫问道：“嵯峨岛先生，您要喝咖啡吗？”

嵯峨岛沉默地点了点他那猴子似的面庞，把书摊开在桌子上。

“杉下先生，你能帮嵯峨岛老师换一下绷带吗？我腾不开手。”

听到麻子从厨房说的话，和夫便去准备了急救箱。

“噢，抱歉，我现在这样太不灵活了，没法自己换。”嵯峨岛伸出了缠满绷带的左手，目光却并未离开书本。

“我从没有包过绷带，肯定也包不好。”

和夫将缠了一圈又一圈的绷带解开。绷带下，五根手指的指尖都脱了一层皮，露出了红肉，看上去就觉得痛。喷上消毒液后，嵯峨岛皱了皱眉。

“嗯，有点针刺的感觉，但疼痛感差不多都消了。”嵯峨岛用阴沉的声音含含糊糊地回答道。

和夫回忆着昨天麻子的手法，依葫芦画瓢地将绷带重新包扎起来。与阴沉的中年男人一声不吭地面对面坐着让和夫感到窒息，于是他说起了客套话：“嵯峨岛先生，UFO应该不会在这种天气降落下来吧。”

“不，没有这回事。这跟天气是没有关系的。”嵯峨岛抬起头，眼里散发着光芒，突然提高了语调，“UFO的推进装置似乎不会受到天气或是大气条件的影响，实际上也有人在雷雨云中目击过UFO。一九八七年七月，从安克雷奇出发的巨型客机的乘务员和乘客就目击到了。这艘客机没有避开云层，直接开了进去。于是，不知何时便有一团金色的光芒与客机并排飞行。目击者开始以为是球状闪电，可是那团东西却一直以恒定的亮度发光。目击者觉得奇怪，仔细一看，便发现物体是圆形的，周围盘旋着金色的光芒。据说圆盘在云层中也丝毫没有摇晃，与飞机并排而行，同时向飞机的一侧靠拢。飞机却由于受到云层和气流的影响而上下颠簸。飞机驶出云层后，UFO便不再跟随了。从这个事例中可知，UFO的飞行不会受到气候条件的影响。此外，还有在暴雨中目击到UFO的。这是在一九七五年的秘鲁——”

更让人觉得窒息了。看来这个大叔的脑子里净是UFO在盘旋。

麻子用平底锅做好了一个又一个UFO煎饼。和夫对嵯峨岛的话感到厌烦，但还是包完了绷带。在这期间，星园起床了。

“呀，早啊，杉下君，你睡得怎么样？”

自家的老师还是很爽朗的。

“就因为老师说了那些事，我都没睡着。”

“我说什么了啊？”

“连环杀人啊。我总觉得有些担心，便睡意全无了。”和夫一边递着咖啡杯，一边愤愤不平地说道。

而这个大理石雕像却若无其事地说：“你还当真了啊！我应该说过这是小说里的情节哦。”

之后，由美、美树子和茜也都陆陆续续地进来了。也许是没有心情睡懒觉，茜还是一副走路都能睡着的样子。

“唔，小麻，给我杯咖啡。”茜噌噌地挠着她的齐耳短发，懒散地趴在了桌子上。

“头好痛。怎么回事啊？真是糟糕。”

由美嘟着嘴，按压着太阳穴。实在是自作自受。相反，美树子意外地很平静。由于没有化妆，她那看不到眉毛的脸庞就跟剥了壳的滑溜溜的鸡蛋似的。

“啊——啊，肚子好饿，好想吃肉。星园先生，回去之后带我去吃烤肉吧。”

美树子漫不经心地说着，一大早起来就兼顾着食欲和风韵，实在让人想不到这是昨晚醉成那副模样的人所能说的话。

麻子烹饪完毕，两手端起洋溢着芝麻油香气的盘子，从厨房里走了出来。

“咦，财野先生还没起来啊。”

“唔，那个家伙，身为主人却睡了懒觉，这成何体统。”茜头也不抬地把脸埋在桌子上，因睡眠不足而撒着气。

星园放下了喝了一半的咖啡杯，说：“哎，我去叫醒他吧。”

“啊，不用了老师，我去就行。”

和夫站了起来。他突然想到昨天早上也是这种情况，事后想来，或许是有什么预感吧。

和夫走出餐厅后右转，在走廊处左转。财野就寝的员工房间应该就在这里面的右侧。

门上贴有歪歪扭扭地写着“员工房间”的牌子。和夫轻轻地敲了敲门：“财野先生，大家都起来了哦。”然后又敲了第二次、第三次。

没有回应。

和夫反复敲门，并向里面喊话：“财野先生，早上好。该吃早饭了。”

昨天早晨，财野一定也在岩岸的小屋前做了同样的事。和夫这么想着，后脊突然感到一阵恶寒。

睡眠不足的不舒适感已经一扫而光，一种近似焦急又掺和着恐惧的感觉在大脑中掠过。

“财野先生，我开门了啊。”

和夫说话的音量已经超出了必要的范围。他自己都感觉得到声音在微微颤抖。

和夫拉开门。接着，他大概是发出了惨叫。他自己也记不清这时所发生的事了。喉咙痛得慌，应该是惨叫过的，或许还失去了一半的意识了。他只是机械地注视着财野那扭曲的脸庞、睁大的双眼以及缠绕在脖子上的茶色的，一根形似粗绳子的东西。

和夫茫然若失，背后传来了蜂拥而至的脚步声。于是，他麻木的大脑想到，自己一定是发出了叫喊。

18

【第二起案件的现场调查开始了。这里也并未使用不自然的诡计。水壶在后面具有重要的意义，需要注意。】

“杉下君，你还好吧？”

伴随着星园的声音，和夫的后背被稳稳地撑住了。

“呃、嗯——没事。”

或许是因为麻子在一旁忧心忡忡看着的缘故，和夫才勉强发出了正常的声音。他调整好气息，用手掌使劲地擦脸。视野的边缘能够看到由美远远地呆站在走廊那头，吓得目瞪口呆。

“似乎是——死了。”茜愣愣地站在门前，提心吊胆地往房间里窥探，“总之先去确认一下吧。”

“且慢。”星园温柔地制止住了准备进去的茜。

“怎么了？”

星园示意着入口处的空间，说：“请看这个。这是什么啊？”

茜纳闷了：“真的啊。这是什么？”

和夫最开始还没能明白两人在说什么。那东西非常细，必须睁大双眼仔细端详才能发现。

房间的内侧——门所在的空间处横拉着一根黑线。线刚好有人的胸膛那么高，在空中画出一条“一”字形的黑色横线，阻挡着进来的人。

嵯峨岛眨着眼睛说：“就跟禁止通行似的。”

“比起这玩意儿，还是先去看看财野先生的情况吧。”茜不耐烦地用胳膊推开了线。线悄无声息地断掉了，耷拉着消失在入口的两侧。

星园打着头阵，和夫和嵯峨岛提心吊胆地跟着进了房间。茜和麻子在进入房门一步的位置停了下来。总感觉这就跟昨天的情景再现似的。

房间很宽敞，面积应该接近于和夫所在的被褥收纳间的两倍（见图六）。

入口的左侧是窗帘，正面有三张间隔摆放的床。床与床之

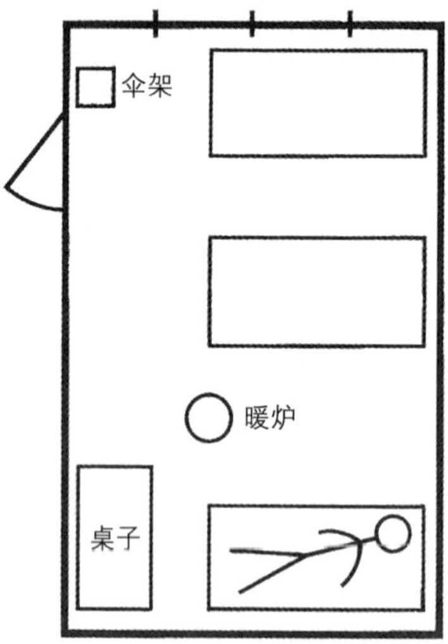

图六 员工房间

间或许有过隔断，天花板上有钉孔，之前应该是挂着隔板的。钉孔就像医院的病房里一样形成了“匚”字形，将床围了起来。里面的墙壁靠近门的一侧是不锈钢的办公桌，桌上堆着纸箱、台灯、老式挂钟等五花八门的琐碎玩意儿。

尸体就躺在里面的那张床上，下面穿着运动裤，上面穿着训练服。

财野仰面朝天，扭向一侧的腿上盖着被子，上半身没盖，脸拧向了门这边。也许是睡着的时候遭到了袭击，现场并没有凌乱的感觉。被子翻了起来，应该是被勒住的时候在挣扎的缘故。半张开的嘴里垂下一个红黑色的物体，看起来就像是正要钻进尸体嘴里的巨大水蛭似的。和夫意识到那是财野自己的舌头，便移开了目光。

虽然昨天也发生了谋杀案，但并不能说自己已经习惯了，反而是今天的冲击更大。昨晚，不，就在几小时前还跟对方一起喝酒作乐。这一点跟岩岸那时不一样。和夫感到悔恨不已：如果昨天没有喝成那样，说不定就不会发生这种事了。要是没有喝醉、没有睡死，财野说不定就能在凶手入侵的时候惊醒了，说不定就不会被杀。此外，要是自己能像最开始所决定的那样通宵值守，说不定就能察觉到楼下的异常情况。自己也有一部分的责任。在强烈的自责中，和夫感到一阵阵的眩晕。

星园血色尽失、面色苍白。他咬紧嘴唇，鼓起勇气说：“杉下君，你去靠近些看看吧。”

茜、嵯峨岛和麻子留在门口，由美和美树子则连脸都没有露。

在星园的催促下，和夫下定决心走近里面的那张床。熟悉的圆筒型暖炉在床的旁边，财野的两只鞋子整齐地摆在一旁。

暖炉里没有火，不远处的地上掉落着一把菜刀，银白色的刀刃闪闪发亮。

“杉下君，快看，有菜刀。凶手这次是用了菜刀吗？可是尸体却没有出血啊？”

“不对，菜刀是财野先生防身用的。”和夫背对着尸体说道。菜刀没有起到防身的作用，冰冷的刀刃静静地、徒然地朝向墙壁。

“是吗？是财野先生的啊——”星园悲悯地喃喃自语。

茜在后面问道：“怎么样？没救了吗？”

星园回过了头：“是的，已经断气了。”

茜眉头紧锁：“难以置信——这又不是低级的推理小说。”

和夫深有同感。

星园探着脖子，观察尸体，然后说：“这似乎不是登山绳啊。是什么呢？”他指的应该是缠在尸体脖子上的东西。这是将厚实的布拧在一起，勉强做成了绳子的形状，其中一侧系在了床的铁框上，跟岩岸那时一样。“绳子”绕着财野土灰色的脖子勒了一圈，垂在了肩膀处。拧成一股的“绳子”上，挂在财野脖子的部位能够看到银色的金属。

和夫问：“老师，那不是拉链吗？”

“在哪儿？噢，原来如此，确实是拉链。啊，是裤子吧？看来是用裤子代替了登山绳。”

确实是裤子，是茶色的西裤。和夫想起来，昨晚财野还穿过这条裤子，在大厅的沙发上跳舞。凶手将被害人的衣物作为凶器来使用了。

“杉下君，你去看看那个。”

星园这次示意了一下暖炉另一侧的地板，地板上掉落着一个小芥子人偶。之前人偶一直在暖炉的后面，所以看不到。这是一件朴素的民间工艺品，线条勾勒出的微笑的脸部隐约沾有红色的痕迹。这件人偶好像在哪儿见过。

“跟岩岸那时的手法一样，凶手用人偶敲打了财野先生，再勒住了他的脖子。”星园歪着嘴唇，语气有些可怕，“似乎没有其他遗留的物品了，凶手的性格果然很谨慎。”说完，他离开了现场回去。和夫跟在那修长的身体背后。

房间门口，茜手叉着腰，嘴里叼着烟，来回转着脑袋，又是那副抠脚大汉般的姿态。

“喂，星园君，你觉得这是什么？”茜挠着蓬乱的头发，脸转向了星园与和夫。

门的右侧有一组奇怪的物件：款式老旧的藤条伞架上面有一个水壶。水壶下面垫有三本电话簿，封面上写着“埼玉县西部职业类别”。水壶是体育大学橄榄球部的用品赞助商所提供的那种庸俗的样式。

“这是什么玩意儿？”嵯峨岛嘟起嘴唇说道。麻子蹲了下来，从地上捡起了一样东西。

“这是线，是刚刚茜老师——”

原来如此，水壶的把手上系有一根黑线，刚刚茜把它弄断了。

线的另一端，入口左边的墙壁上，有一根系在钉子上的线垂了下来。麻子将这一侧的线也捏在手里，将线的两端恢复成本来的样子。一条直线挡住了入口（见图七）。

茜抱着胳膊：“哈哈，这是简单的警报装置啊，还用电话簿来调整了高度。”

和夫说：“啊，是这样呀。一有人进来，线就会扯掉水壶，

图七 用水壶制作的简易警报装置

发出哐当的声响。”

星园将一根手指抵在眉间，若有所思地说：“恐怕是昨天嵯峨岛先生弄倒了水壶，财野先生将此事记在了心上，受此启发而想出来的装置。”

岩岸的小屋里，嵯峨岛被烫伤，顺带着把水壶给踢飞了，从而引发了一场骚动。

麻子嘟囔道：“财野先生做了这种机关啊。”

嵯峨岛说：“可是这玩意儿并没有起作用啊。就在刚刚，草吹小姐的手都搭在线上面了，水壶还是没有掉落，只有线被弄断了而已。”

“这么说来也是啊。”茜从麻子手中接过线，“看，就算把线拉紧，水壶也动都不动。这个装置没用啊。”

茜把线拉了又拉，可水壶还是纹丝不动。不过这也是理所当然的，水壶嘴卡在了门框的突起部位上。不管怎么拉，被卡住的水壶嘴只会陷在木框里。

“就是因为指望这种东西，才被凶手给钻了空子。”

茜悔恨地说着，用指尖咚咚地戳着水壶。水壶在电话簿上不稳当，立刻就掉了下来，发出雷鸣般的声音。和夫惊得跳了起来。想不到声音竟然会这么大。震耳欲聋的金属声触弄着神经。

水壶在地板上弹跳了三次，翻滚着停了下来。房间里的五人都屏住了呼吸，目光跟随着水壶的运动。

水壶静止下来后，嵯峨岛深吁一口气：“吓了我一跳——声音太惊人了。”

“抱歉。我也吃了一惊，觉得心跳都快停止了。”茜捂着胸口说道。

门外传来了哽咽的声音：“刚刚是怎么回事？我已经受不了了啦。”

走廊上，由美正战战兢兢地往里窥视。

19

【这次也确认了每个人的不在场证明。星园通过一番论述，认为水壶警报装置没有发动。该推理是正确的。】

众人宛如送葬队伍一般，一个跟着一个悄然回到餐厅。美树子独自一人歪着嘴在餐厅里等待，餐桌上那些中式煎饼模样的食物还未引起任何人的兴趣就凉掉了。

没等和夫他们坐下，美树子就着急地问道："刚刚的声音是怎么回事啊？莫非这次是财野先生被——"

星园代表大家回答道："是的，财野先生被杀害了，跟岩岸先生那时一样——"

"怎么会……"

美树子没有化妆的脸上，五官拧成了一团。她双手抱着满是茶色头发的脑袋抽泣起来。星园担忧地瞥了她一眼，站起来说："各位，这可以说是紧急情况了。岩岸先生和财野先生明显都是死于他杀，而这附近除了我们之外没有其他人在，又不可能有外界的人接近这里。如此一来，我就不得不做出判断，我们之中的某个人就是凶手。凶手一定就混在我们当中。"

听完星园的话，由美东张西望地环顾四周。与和夫四目相对时，她慌慌张张地低下了头，那冷淡的态度仿佛认为和夫就是凶手。

星园继续说道："我昨天也说过，希望凶手能站出来，不要再给无关人员增添不必要的麻烦了。我们不知道救援何时会来，在这种情况下我们的担忧会越来越强烈。警察抵达后迟早都会查明是谁干的。如果保持沉默，就只是在戏弄我们，白白消耗大家的精力。所以，我希望在警察来之前，凶手能老老实实地自首。"

没有人回应星园那平静的话语。大家似乎都精神恍惚，对星园的话置若罔闻。仿佛一开口就会立刻被当作凶手似的，大家都一动不动、沉默不语。

面对大家面无表情的反应，和夫有些焦躁。这也太水了吧，凶手是没这么天真的——和夫看着星园那端正的侧脸，想对他发泄不满。

“也是啊，都杀了两个人了，怎么会站出来承认呢？”星园失望地轻轻摇了摇头，“那么，至少让我们排除另一种可能性吧。杉下君——”

“在。”和夫被叫到了，便准备起身。

“你在岩岸先生被害的那晚偶然听到的话，能否讲给大家听呢？”

“啊，好的。”

和夫站了起来，沐浴在了餐桌前众人那诧异的目光之中。

“嗯，那是第一天夜里的事。我准备前往星园老师的小屋，但搞错了路，走到左侧大路上去了。”

和夫讲述着那晚的所见所闻。讲着讲着，他感受到众人惊讶的程度正在提升。和夫悄悄观察麻子的反应，她只是饶有兴致地瞪大双眼，其他的情绪和夫就看不出来了。

“以上就是杉下君偶然听到的话。”和夫讲完入座后，星园继续补充道，“如果有谁当时就在那栋小屋里，或是对此人的身份有些头绪，能否告诉我们呢？”

“你在说什么啊？那人一定是凶手吧。”茜呆呆地说着。

“杉下君，你是真的记不起那是谁的声音了吗？”

“是的，很抱歉。我也心急如焚。”

“算了，想不起来也是没有办法的事。话虽如此，你们竟然隐瞒了这么重要的情报，究竟在想什么啊？”茜与其说是指责，不如说是面露愠色。

星园温柔地说：“不是的，我认为并不能排除单单只是幽会的可能性，说不定这与案件并无关联。当事人不愿意无意中暴露隐私，因此我想着如果这件事与案件无关，无视它也并无不妥。然而现在情况有变，所以我决定询问大家。如何？如果有人认为杉下君所听到的声音就是自己的，能否站出来呢？我希望有人能站出来承认当时与岩岸对话的就是自己，但自己并非凶手。我不会对谈话的内容刨根问底，只是为了整理情报而已。”

面对星园的呼吁，还是没有人回应。所有人都移开了视线，没有任何反应，就像是在一场令人生厌的会议上，希望它快点结束的时候一样——事不关己，高高挂起。面对这种态度，和夫不禁血脉偾张。

“为什么不说话？”和夫不由得站了起来，“凶手一定就在我们之中。是谁干的？为什么非得杀两个人？”

和夫用拳头狠狠地砸着桌子。一旦怒吼起来，和夫的声音就会更加激动。昨晚因为让财野喝醉了而疏忽大意的悔恨让他更加怒火中烧。

“他妈的！说，谁是凶手！快坦白！沉默不言未免太懦弱了！为什么要杀了他们？他俩也是有家人的啊！而且还有孩子。他们为什么要死在这种地方？老老实实地招来！为什么做得出这么过分的事？混账，快说清楚！”

“杉下君，够了。”

回过神来时，星园已经不知不觉地绕到和夫的身后了。他静静地把手搭在和夫肩上，说：“你的心情我能理解。我和大家一样，都对凶手深恶痛绝。但是，愤怒是无济于事的，你明白吗？”

听着星园温柔的教导，和夫激动的心情平复下来。

“啊，不好意思。”

此时，他感到很羞愧。自己就像个小孩儿似的发泄着焦躁的情绪，那不体面的样子让他无地自容。

“有气势当然是好的，但还是要冷静啊，小伙子。”茜向他投去了妩媚的眼神。

“实在抱歉。”

和夫匆匆忙忙地坐了下来。由美的冰冷目光就像是在看野蛮人似的，让和夫很不好意思。

“确实要冷静啊。”星园迈着做作的步伐回到了自己的座位上。“我们冷静地想想看，幸好——或许应该称之为不幸，在这种天气下不能指望警察。如果可以的话，最好通过我们自己来查出凶手。”

“我们先思考一下吧，时间非常充裕，这一点还是值得庆幸——不对，这也应该算作不幸。”茜点燃了香烟，“暂且从调查不在场证明开始吧。如果有人有不在场证明，嫌疑人的范围就会缩小。”

星园点头道：“明白了。”

茜说：“总之可以确定的是，财野是昨天晚上被杀的。他到昨天傍晚为止都活生生地待在这儿。”

“看来有必要厘清推定死亡时间的范围啊。最后见到财野的是谁？”

星园说完，由美怯生生地举起了手：“大概——是我们吧。喂，美树子，我们睡着的时候是几点来着？”

“我想想……记不清了。”美树子抽抽搭搭地说。由美则为大家讲起了昨晚临时举行的酒会。

“之后我们就睡着了，时间应该是两点多了。”

“是两点半。”和夫说道。酒会结束后，财野回到员工房间就是在这个时间前后。想起那时财野的背影，和夫又感到胸口刺痛。

“是两点半啊。”星园又做出了竖起一根手指的招牌动作，“从两点半到今天早上为止——可以认为是在天亮前。这跟昨天的情形是一样的。在这段时间内，有没有哪位有明确的不在场证明？”

“深更半夜的怎么可能嘛。我是独自一人窝在打字机前的。”

茜说完，麻子也表示：“我也是一个人待在小屋里的，一直都没睡着。”

嵯峨岛也用力地摇了摇头表示否定。星园耸了耸肩，说：“也对，毕竟是在这种时间——不过我也在睡觉。果然应该按照财野的提议，大家一起待一宿就好了。”

茜叹息道：“事到如今，这么说也无济于事了。”

美树子抽泣着说：“可是我的不在场证明应该没问题吧？我一直都睡在由美旁边的。”

然而，由美却并不领情：“我可不知道，毕竟我也睡着了，说不定并没有注意到美树子偷偷地爬起来。”

“你怎么能这么说，太过分了。说不定也有可能是你干的。”

“我不是说过我睡着了吗？”

由美怒目而视，星园举起一只手制止道：“算了，都冷静点。我们只是讨论可能性的问题，引发这种没有结果的争论是没有意义的。总之可以确定的是，我们每个人都是有机会下手的。”

茜吐出一大口烟圈，说：“哎呀，完全没有不在场证明吗？这跟昨天一样啊。”

星园说：“凶手在杉下君他们的宴会结束后，悄悄潜入了员工房间，用小芥子人偶敲打财野，让他丧失了抵抗力，然后将裤子拧成一股绳，勒死了他。”

“小芥子人偶吗？”麻子似乎感到有些意外。

“是的，你和草吹老师都没有看到，小芥子人偶就掉落在暖炉的后面。上面沾有血迹，应该就是凶器了。”

“小芥子人偶——这么一说，它原本是在吧台上的。”麻子嘟囔道。和夫也终于想起来了。就说怎么在哪儿见到过，原来是抵达这里时，看到的摆在入口吧台上的人偶。

茜也说：“啊，对了，是在玄关那边啊。”

和夫立刻起身：“我去看看。”说完，便飞奔出餐厅，跑过走廊，来到了正门处。不出所料，吧台上的小芥子人偶已经不见了。和夫回到餐厅，将此事告诉众人。

“不见了……果然就是吧台上的人偶。”

“这样啊……”星园打了个响指，“有没有人记得小芥子人偶是什么时候不见的？据此也许可以了解凶手的行动。”

“我想想看……”茜粗鲁地将香烟掐灭在烟灰缸里，“昨天傍晚好像见到过，但是不太确定。”

“还有其他人有印象吗？”

麻子歪着头说：“我也说不太清。不过前天倒是看到了。”

由美很是茫然：“有这种东西吗？我完全不知道啊。”

嵯峨岛也皱着眉：“嗯，我也没有印象。”

星园有些遗憾地说：“这样啊。这么说我们无从得知凶手是什么时候准备的凶器了。”

茜点燃了一根新的香烟：“不过我倒是更在意那个水壶。”

嵯峨岛问：“是那个警报装置吗？”

茜点点头：“对对，就是它。”

和夫说：“财野先生昨晚睡觉时说过他制作了机关什么的，应该指的就是这个吧。”他想起了竖在门边的台球杆。和夫用台球杆充当了警报装置，看来大家想得都一样。

茜满脸疑惑地说：“可是水壶为什么一直在上面呢？凶手进去的时候它没有掉下来，太不可思议了。”

星园回答道：“果然是没有发动啊。”

“没有发动？”

“对，如果水壶掉落，声音肯定会惊醒在一墙之隔的被褥收纳间的杉下君。杉下君，你有没有听到声音？”

“呃，昨晚我是在二楼，本打算要监视整个度假村，看有没有可疑的家伙进来，”和夫没有讲明自己是在守护麻子，稍微糊弄了过去，“结果却睡着了。不过那么大的声音我再怎么着也应该能听得到的。声音在整个建筑物中回响，肯定会把我吵醒。然而，我并没有听到那种声音。”

“原来如此，没关系。那你们俩呢？在大厅睡觉的时候有没有听到那个声音？”

被星园这么一问，美树子的眼神很茫然：“声音指的是刚才震耳欲聋的响声吗？”

“对，是的。”

“不，完全没听到。”

“我睡得很沉，也没听到。”

美树子和由美不约而同地摇摇头。

星园进一步询问道：“不过，要是发出了那样的声响，你们也会醒过来吧？”

由美点了点头说：“对啊，应该会被吓醒吧。”

茜听完后说：“原来如此，既然三人都没有听到声音，那么昨晚水壶确实就没有掉下来。不然睡得再怎么沉，也至少会有一个人醒过来的。”

“对，确实如此。”星园微微抱起了胳膊，“恐怕财野还是过于放心了。就算是睡着了，只要能醒过来，还是能够凭借气力与凶手抗衡——至少不会轻易倒下。防身用的菜刀就放在手边，还制作了警报装置，所以财野很放心也不足为奇。此外，还有其他三人在同一个屋檐下。杉下、由美和美树子三人又不可能联手杀害自己。只要水壶发出了声音，自己会被惊醒，其他三人也会醒过来，至少杉下君是肯定会来察看情况的。”

和夫插嘴道：“对啊，在听到餐厅里有响动时，我和财野就像武侠小说里一样剑拔弩张地对峙，而且他还说过，他本打算通宵的，但大厅里都有两个人在睡觉了，应该不会发生什么怪事了。”

星园微笑地点着头：“所以财野就安心地睡觉了。然而，即便是设置好了警报装置，也不好做实验来验证。这是因为，同时在管理栋里的三人之中的某一人说不定就是凶手。如果做了实验，发出那么大的声响，就有可能被凶手得知装置的存在。财野无从判断凶手是谁，所以一边留意不让凶手知道装置的存在，一边戒备着不让凶手潜入房间。他只能在伞架上摆好电话簿，让整个系统处于不稳定的状态。之后没有再做实验，放好水壶后就心满意足地睡觉了——然而这是致命的。如同刚才所见，水壶卡在了门框上，这估计是在凶手潜入的时候，水壶些许移位后造成的。凶手在不知情的情况下绊住了线，水壶也移动了，然而却未能如财野所愿，水壶只偏离了几厘米而已，卡在门框上没有掉落下来。我认为事情一定就是这样的。这对凶手来说是侥幸，但对我们来说就是不幸了。”

“原来如此，我也赞同水壶机关没有发动的观点。”茜打断了星园的话，“可是还有一个地方不太明白。我们发现的时候，线是处于拉紧的状态的。这又是怎么回事呢？如果凶手经过了的话，水壶些许位移后线应该会断掉才对。杉下君，刚刚在我们来之前你有没有动过线？”

“没有啊，况且我都没注意到有那么一根线，还吓了我一跳呢。”

突然被问到了奇怪的事情，和夫有些惊慌失措。茜继续说：“这就很诡异了。水壶确实卡在门框上没有掉下来，但是这样的话凶手应该是被线绊住过一次，可奇怪的是线并没有断啊。”

嵯峨岛嘀咕道：“原来如此，线还紧绷着，确实很奇怪。”

和夫说：“会不会是这样的呢：凶手先被线给绊住了，水壶移动后卡在门框上停了下来。此时，凶手意识到了警报机关，便撤开身子。怎么样？这样的话就跟我们刚刚发现尸体时的情况一样的。”

然而，茜一口驳斥了和夫的想法：“这不可能的。要怎么注意到警报装置呢？那根线可是拉到了胸口的高度。凶手是在胸口附近被线绊到的。那根线那么细，就算是碰到衣服上，断掉了，人也感觉不到。因此，被线绊了一次之后才注意到装置的说法是很奇怪的。那么细的线，只要一受力，就会毫无抵抗地立刻断掉。”

“那凶手就是从最开始就知道警报装置的存在，所以在水壶移位的时候才能够停止身体的移动。”

“喂喂，小伙子，拜托你实际点好吗？要是最开始就知道，那为什么还有必要特地让水壶移位呢？”

“噢，对啊。”和夫语塞了。

嵯峨岛在一旁说道：“不对，最开始就知道或许是可行的。凶手知道设有机关，所以才能避开它。水壶的移位暂且不论，线直到刚才还紧绷着，至少这一点得到了解释。线的高度只要蹲下就能轻松避开。”

麻子客气地说：“可是，如果不知道水壶嘴为什么会卡住，这个解释也不完整啊。”

茜表示赞同：“对，就像星园君所说的那样，水壶嘴卡住是由于凶手绊住了线而造成的水壶移位，这么考虑是最自然的。如果凶手知道警报装置的存在，那么他根本就不会碰到线。这样的话，财野先生最开始就是在水壶嘴被卡住的状态下设置机关了。他没有道理这么做啊，不可能有人亲手做出没用的警报装置。”

“不，我想说的并不是这点。”嵯峨岛喃喃地说，“水壶移位是刚刚草吹老师弄断绳子时所造成的。”

“我吗？”

“对，你刚刚进入房间的时候弄断了那根碍事的线吧，水壶嘴就是在那时候卡住的。草吹老师推开了线，从而使得水壶移位成现在的状态。不管怎么说，水壶机关都没有发动。换言之，凶手没有碰到线。这么想的话，就只能认为凶手从最开始就知道警报装置的存在，所以他能通过下蹲等方式加以回避。”

茜问道：“凶手是如何得知这件事的呢？”

嵯峨岛往上瞟了瞟：“应该是问了财野先生吧，毕竟不可能事先知道房间的情况，所以只能询问本人了。”

茜不满地说：“怎么可能。”

和夫也声援道：“我也觉得不可能。要是对谁说了，警报就没有意义了啊。就算是对一起喝酒的我，他也只是含糊地说他稍微做了个机关什么的。没有人听过警报装置一事。况且，财野先生为什么只悄悄地对凶手坦白这么重要的事呢？”

嵯峨岛不太自信地说："比如说他只信任凶手？"

茜继续乘胜追击："比如说？是谁？你是想说，财野只信任的这个人在我们之中？"

"不，这……但是，线可是真真切切地留下来了啊。"嵯峨岛又开始念叨起来："好奇怪，凶手不知道装置的话，线应该就会被弄断，若是知道的话就会只有凶手事先问过财野——实在是两头碰壁啊。噢，对了，不是有窗户吗？从窗户进来的话，线留下来也不奇怪了，这样就与警报无关了。"

麻子抱歉地说："不对，那扇窗户打不开，是嵌死的，我刚刚确认过了。"

"噢，这也不行吗？本以为是个不错的想法呢。啊，对了，很简单啊。对、对，我怎么没有注意到这么简单的事呢？"嵯峨岛咧开了嘴，露出了得意的笑容。

和夫探出身子问道："简单的事是指什么？"

"就是很简单啊，凶手没有碰到线。他只是没碰到线就进入了房间。"

茜说："你是说，只有凶手知道警报装置一事？"

嵯峨岛仍旧咧着嘴："不，不是这样的，即便凶手不知道警报的存在，也是能够顺利通过的。"

和夫说："但是，任何人在那种高度下都会绊到啊。"

麻子也表示赞同："我们之中并没有身材如此娇小的人可以直接从线的下面通过啊。就算是最矮小的我也会勾到脖子的。"

"不对，我不是这个意思。"嵯峨岛很是开心，"有一种称为'小灰人'的人形种族，身高不足一米。据信，他们来自牧夫座的大角星，身高就只有这么点儿。"

茜差点儿从椅子上摔下来。麻子眨巴着眼睛。和夫当然也瞠目结舌。他已经忘了，现实和梦呓已经在这个大叔的脑中浑然一体了。

“够了，适可而止吧！”由美露出惊恐的神色，“无论是外星人还是杀人凶手我都不知道，我已经受够了。为什么每天都有人被杀？为什么会发生这种怪事？我已经不想待在这种地方了。”

星园安慰着胡乱跺脚的由美：“由美，冷静点——不，这并不是玩笑话，这种事情持续下去，我们会精神崩溃的。我不知道谁是凶手，但大家都已经担忧得不得了了，请不要再刺激我们这些无关人士的神经了。我再请求一次，希望你能坦白——不，只用某种形式宣告事件结束也好。如果杀掉岩岸先生和财野先生就已经达成了你的目的，那就请让无关的我们安下心来。我们的体力和精力已经快接近极限了。怎么样？无论哪种方式都没问题。能否明确说出，事件已经到此为止了？拜托你了。”

还是没有人回应星园那真挚的话语。只有狂风摇晃着窗户，幽幽作响。由美仿佛要打破这个声音一般，踢开椅子站了起来，傲然地放言：“待不下去了！我要下山到镇子里去！”

20

【在由美强硬的主张之下，大家决定强行下山。和夫在尚未释怀的情况下就加入一行人中。于是，众人开始在大雪中行军。】

由美毅然决然地站起来，带着哭腔尖叫道：“我在这里连一分一秒也待不下去了。我坚决不要跟杀人凶手待在一起。救援是不会来的，只能靠我们自己下山了。现在就出发，马上下山去。”

“可是由美啊，这种天气是没办法的哦，最好是等到放晴。”

虽然星园这么说，可由美却充耳不闻："我们并不知道天气什么时候才会放晴，这样下去说不定会一直被困在这儿好几天，那就必须还要跟杀人凶手再待上几天了。我才不要！不知道下次会是谁被杀，凶手又没有宣告事件结束。下一个可能会是我啊！我才不想被杀掉。"

"我也不愿意，"茜似乎有些不耐烦，"可是你说说看，我们该怎么下山到镇上去？这里又没有冬季登山的装备。"

由美嘟着嘴主张道："汽车可以开动，我们开车下去就好了。"

和夫说："不行的啊，不是说过路上发生了雪崩的吗？"

"那就开车到雪崩的地方就行了嘛。杉下先生，你来开车吧。"

"开车太危险了。而且前往那里的下山路很滑，要是在危险的地方打滑，可就会栽到悬崖下面去了。"

"那就步行。"

"别胡说了。你以为只用花几个小时吗？来的时候坐车也花了四五十分钟。若是在如此猛烈的暴风雪中步行，会倒在半途中的。"

"反正待在这儿也会被杀，还不如走到半途。说不定救援队也正在赶来的路上，只要碰到他们就能得救了。"

由美越说越激动，哭丧着脸的美树子也抬起了头："我也要下山。我也不要跟杀人凶手待在一起。"

和夫叹息道："喂喂，怎么连你也——"

由美趁势说："没关系的，至少比待在这儿好。不管花多少时间，只要现在就出发，一定能在天色暗下来之前下山的。就算有点冷也比一直困在这儿要好得多。我们走吧。"

星园突然说："好，我明白了，下山吧。"

和夫呆住了："等等，老师，连你都在说些什么啊？"

"不，杉下君，我们确实已经接近极限了。趁着还有体力，最好现在就行动。而且由美这种状态很有可能会做出莽撞的事，擅自出去后真遇难的话可就麻烦了。另外，现在已经有两人被害，必须要尽快让警察来。我是想去通知警察。"

"太好了！不愧是星园先生，明白我说的话了。"

由美欢呼着，紧紧地搂住了星园的手腕。星园欣然接受了，说："杉下君，你也一起吧。"

"我吗？"

"对，只有我一个人带两位小姐走还是有点担心的，你必须得一起来。"

"噢。"和夫含糊地应道，既非承诺也非拒绝。总觉得自己很没出息。

"我就算了，就别邀请我了。"茜摆了摆手，表示恕不奉陪，"在这么大的暴风雪中肯定是不行的——啊，麻子，记下来。"

"好。"

在这种时候麻子也拿出了她的魔法手册，她那动作几乎已经是条件反射了。

"我想想，北国、雪道、外面下着暴风雪、女主角追赶着、途中遇险了、消防队男子救了她——不行，刚刚的不算数，脑子实在想象不出好的场景。"茜皱着眉说道。

"我也留在这里。"嵯峨岛说，"距离事件发生已经过了一天了，山下已经开始准备救援了吧。只要再等等，救援一定会来的。大家别再勉强了，就待在这儿怎么样？"

嵯峨岛的话被由美和美树子断然无视。

结果，星园与和夫肩负了带领两名女大学生下山的使命。茜、麻子和嵯峨岛则留了下来。和夫当然是想留下来的，但星园已经吩咐他要一起去，他只得听从。这实在是不得已的结果。

出发前要先补充体力——麻子将冷掉的UFO煎饼重新加热。由美和美树子精神饱满地吃了一顿，欢天喜地地准备出发。她们回到自己的小屋收拾行李去了。

和夫被星园叫着，离开了餐厅。

“有一件事我有些在意。杉下君，你能跟我再去一次财野的房间吗？”

“噢——”

和夫丈二和尚摸不着头脑，不情不愿地跟在星园身后。来到员工房间的门前，和夫本以为会直接进入房间，星园却不紧不慢地打开了另外一侧的背后那扇门。里面又暗又窄，像是一个杂物间。各种各样的物品杂乱无章地堆放着，没有整理好就胡乱塞了进来。电动吸尘器、水桶、水壶、红色的塑料桶、簸箕、扫帚、绳子、拖布、折叠椅、柴火、抹布——一股刺鼻而潮湿的酸臭味飘了出来。

“老师，这里是杂物间。”

“嗯，好像是的。”

星园迷迷糊糊地关上门。看来他是有点累了，动作也不像往常那么灵敏。这回，他重新打开了员工房间的门。

星园一脸平静地走了进去。和夫跟着他，一边望着其他方向，一边迈入了房间。他杀现场的尸体他可不会乐意多看几眼的。

星园那大理石雕像一般若无其事的脸上表情全无。他连眉头都不皱一下，向财野尸体所在的那张床走去。和夫实在是不愿意过去，便朝着相反的方向走去。

房间有一扇窗户。和夫拉开窗帘，窗外正是漫天飞雪。雪势虽然不大，但风却非常猛烈。对面山上的树木被吹得东倒西歪，树枝上的积雪几乎都被甩飞了。和夫把额头抵在被嵌死的那扇窗户玻璃上，叹了口气。接下来就要冒着暴风雪下山了。这完全是自杀行为啊！

“杉下君，你来看看。”星园呼唤着和夫。

哎呀，这次又怎么了啊？和夫回过头：“怎么了？我不太想看尸体。”

“好了好了，你快过来。瞧，就是这个。”

星园完全不在意和夫的感受。和夫将目光别开，勉勉强强地靠了过去。

“就是这条裤子，你仔细看看。”星园站在里面那张床的一旁，说，“这是西裤啊，而且是无皮带款式的。财野先生昨晚穿的是这条裤子吗？”

听星园这么一说，和夫便缓缓地移动视线。财野的尸体跟刚刚完全一样，以相同的姿势躺在床上。裤子的布料拧得很细，紧紧地勒在尸体的脖子上，其中一边系在了床架上。

和夫尽量不去看尸体的面庞，回答道：“对，穿的是这条没错。”

“原来如此，由于没有皮带，凶手就将裤子拧成一股来使用。这跟我想的一样。”

“你很在意这一点吗？”

“对，我之前在想凶手为什么要做这么费力的事。虽然这里不像小屋，没有登山绳，但是使用被害人的皮带会更快才对。可这里只有无皮带款式的西裤，那就没有办法，只得这么做了。接下来看看财野先生的行李。”

“他的行李就在那边。”

和夫示意着床对侧的不锈钢办公桌。财野的背包似乎就混在台灯和纸箱之中。星园立刻走到桌前，打开了背包。

“又擅自做这种事，合不合适啊？”

“我之前不是说过要做好被警察训斥的准备吗？”星园瞧了瞧里面的东西，说，“似乎没有什么特别的东西——换洗的衣物、洁面用品、洗澡用具。这是肠胃药吧。这是什么书？《骨气》，浪速[①] 商人的一代传奇——他在读一本很奇怪的书啊。”

“你在找什么？”

“我本想着会不会有什么线索，但还是不行啊，都是些不起眼的东西。”

星园接下来又盯住了挂在附近墙壁上的衣架，上面挂着财野的黑色皮革大衣和换下来的裤子。裤子是财野昨天开车撞到雪崩地点时穿的那条，上面还有星星点点的泥渍。这条裤子也是无皮带款式的。

星园摸了摸大衣和裤子的口袋，跟岩岸那时一样，没有什么收获。口袋里只勉强放了些日用品。有趣的是里面有涩谷的不正经商店里用于宣传的面巾纸，不过应该只是在街上从店员那儿收下，然后随手就塞进了口袋里的。

星园眉头紧锁地说：“看来我们并没有被线索女神眷顾。”

“有没有这种女神我不知道，但凶手确实是相当谨慎的。”

“似乎是的。如此一来，后面能依靠的就只有这里了。”星园用手指敲了敲自己的额头。和夫感觉到，这个动作并不像往常那样做作，而是发自内心的困惑。

①大阪的古称。

两人走出了员工房间。星园回到自己的小屋做下山的准备，和夫则回到被褥收纳间做准备。虽说是准备，其实也只是严严实实地裹上了能穿的所有衣服。原本应该带着更合身的防寒服来的，可是在出发前并未预料到事情会发展到这种地步，这也是没有办法的事情。

和夫穿得非常臃肿，刚刚走出被褥收纳间时，麻子来了。她紧紧地抿住嘴唇，一副担忧的样子，这认真的态度让和夫慌了神。

“已经要出发了吗？”

“嗯，马上就走。”

“路上小心。”

“没事的，我们会带警察回来的。你也小心些。怎么感觉就像是要执行出击任务的飞行员似的。”

和夫笑了笑，麻子也终于露出了洁白的牙齿，伸出了双手。她的手里攥着一团雪白如齿的白色毛线织物。

“这是什么？”

“帽子。杉下先生，你能戴着它吗？”

“我脑袋很大，会把帽子撑松的。”

“没关系的，你用吧。”

麻子直勾勾地盯着自己，已经不好拒绝了。和夫便收下了它，戴上了。毕竟是她的心意。

“很适合你。”麻子的眼神柔和下来。

“谢谢，我一定会还你的。”

“嗯。”

麻子的关怀沁入了和夫的心脾。

两人来到了大厅，由美又在嚷嚷：“可是不带走的话，后面说不定会很不方便的呀。”看来是在争论要不要带走行李，就连另一边的星园都面露不快。

集合在大厅里的强行下山的这队人马，那装扮根本就不像是要在下着暴风雪的山路上行走的。由美穿着长及膝盖的雪白长款羽绒服，星园穿着灰色大衣，美树子则穿着毛绒靴子，众人的样子就像是要去六本木或赤坂附近一样。

星园、和夫，再加上麻子，三人终于说服了由美，成功让她打消了带行李的念头。后续的情况令人担忧。

麻子和嵯峨岛在玄关为四人送行。茜或许觉得很荒谬，并没有露脸。

嵯峨岛担忧地说：“请多加小心。要是觉得勉强，立刻就回来。”

由美轻松地说：“没事的。”

星园说道：“那么，我们出发吧。”

麻子担忧地守望着众人，那张脸深深地印在和夫的眼里，挥之不去。

一打开门，狂风就伴着碎雪，猛烈地拍打过来。

21

【一行人在雪中行军。途中，星园说明了两起案件是同一名凶手犯下的。这种说法当然是正确的。】

大雪迎面扑来，脸颊都被冻得结了冰，鼻尖也冻得生疼。脚尖早已丧失了知觉，每次踏在雪地上都只感觉到发麻。牙关无法咬紧，下巴不停地哆哆作响。出来的时间明明没有多久，却已经冷到骨髓里了。

狂风推搡着身体，积雪阻碍着脚底。每次险些要摔倒的时候都需要稳住脚下，一步一步地踏雪前行。

这条路完全不像是昨天跟麻子一起来侦察时走过的了。上空轰隆隆地呼啸，树木猛烈地摇晃，狂风往悬崖下一个劲儿地吹。雪从四面八方拍打而来，视野模糊不清。白色的道路融入白色的风中，与雪白的大地混为一体。上下左右全是一片雪白，细细的雪花在白茫茫的空中飞舞飘散。

风太大了，以至于连睁开眼睛都很艰难，只得用双手护住脸庞。雪花在手臂上跳跃、吸附、融化。双脚如同从地面中生拽出来似的，一脚一脚地扬起雪花。手套里的指尖被冻得又冷又疼。

“杉下先生，你太快了，等等我们。”

听着由美哆哆的声音，和夫深深地叹了口气。他停住脚步，回过头。在猛烈的暴风雪所形成的一片白茫茫之中，由美和美树子正猫着腰，小心翼翼地迈着步伐前行。准确地说，几乎没怎么动。矮小的由美自不必说，高挑的美树子也来来回回地摇摆，感觉颇像是五月里天空中的鲤鱼旗，无法判断她们是在往前走还是在往左右走。

和夫耐心地等着两人追上自己。他用手掸了掸麻子借给自己的帽子，碎碎的雪粒飞舞起来，消失在风中。

两人老是没法靠近，从刚刚开始就一直是这种状态。和夫打头，由美和美树子夹在中间，星园殿后。组成这种队形自然是好的，但中间两人却没法好好地跟着。无数次被叫停，而和夫每次都得等她们。稍微步行一会儿就站住了，稍微走了一下就又停住了步子。节奏被打乱了，实在是寸步难行。而且，天气又冷，风又大，雪还往衣领里钻，她们屡屡在身后无休止地尖叫着，甚是吵闹。自己下定了悲壮的决心要出发，现在却像个傻子似的。

面对呼啸而来的冷风，和夫弓着背，轻轻跺着脚等着她俩。看着不断逼近的雪花，和夫产生了一种错觉，明明是站着的，却感觉自己正以飞快的速度平行移动。自己的平衡感也出了毛病。

由美终于追上来了。她的鼻子冻得通红，皱着眉说："真是的，你越走越远，就不能稍微等等我们吗？"美树子就在她身后，往右走两步、往左行三步，挣扎着逆风而行。看来她没有工夫开口了。

星园把手插在大衣口袋里，迈着稳健的步伐出现在风中。事到如今他那花花公子的气息也丝毫没有衰退，落满雪花的头发掠过深邃的面庞，感觉就像是传说中的雪女之子。

美树子不知是第几次在雪墩儿上摔了个屁股蹲儿，尖叫起来："好疼！好冷！"

也许是受到了美树子的影响，由美也滑了一跤："啊！讨厌！好冰！为什么会这么冷啊？之前去加拿大的时候也没有这么冷。"

发个牢骚也这么唐突。和夫又弓着身子走了起来。雪花簌簌而落，冰冷得如同刀割似的打在脸上。在风的吹动下，积雪在脚边卷起了旋涡。冰冷的空气让人感觉像是在天然的冷库中行走。

注意到的时候，星园那修长的身体已不知不觉地行走在自己的身边了。

"有一点倒是可以确定。"星园目不转睛地盯着前方，唐突地说，“我昨天也说过，岩岸先生小屋附近的脚印是凶手往返时留下的。也就是说，前往那栋小屋的凶手就只有一人。而且，勒在尸体脖子上的登山绳的一端绑在了床脚上，这也表明凶手是一个人。如果凶手有两人，与其把绳子系在床上，两人分别拉登山绳的两侧会更省事。”

星园的头发随风舞动。和夫一声不吭地等着他继续说下去。星园终于要阐明自己的想法了。

“此外，岩岸先生被害的时候，无人有明确的不在场证明。可是，如果凶手有共犯，在嫌疑人数目本来就很少的情况下，更有利的做法是两人若无其事地为对方做不在场证明。这样的话，只有这两人能被排除嫌疑，而且之后的行动也会让大家疏于防范，第二起财野被害案就会容易得手。但是，没有人互相做不在场证明。因此，我认为凶手是没有共犯的。财野先生的案子同理。将裤子绑在床架上，表明这是独自一人作案，而且也没有人有明确的不在场证明。尤其是那两人——”星园只是用眼神示意了一下慢腾腾地跟在后面的两人，“尽管睡在一起，却没有相互做出确切的不在场证明。”

星园稍稍压低了声音。但是没有必要如此担忧，因为后面的两人在风雪中是听不到他们说话的。由美还是老样子，扯着嗓门抱怨，美树子则左右摇晃。

“因此，财野先生的案子里也感受不到有共犯存在的迹象。就这么几个人里有两个杀人凶手，这太不自然了，而且犯罪的手法都是一致的。所以，我们可以断定这起事件是同一个凶手所犯下的。我就是这么考虑的。”

“明白了。我的意见也相同。”

和夫看着星园的侧脸说。那侧脸宛如雪祭中展出的阿波罗像一般。星园所说的内容极为基础，可以说是显而易见的，然而对这种基础情报也绝不马虎，这就是星园的作风吧。

“可是老师，若只是考虑可能性，也可以想想其他的情况呀。”

星园转过身体，用后背挡住了正值此时吹过来的强风，问道：“比如说？”

由美在背后尖叫：“呀！讨厌！这个风是怎么回事啊！”

和夫并不理会她，接着说：“比如说——交换杀人。”

“嗯。”星园赞同道。

“岩岸的案子和财野的案子分别是不同的凶手，两人预先串通好，去杀掉对方想杀的人——这种情况如何？”

“这是不可能的。”和夫甫一说完，星园就否定道，“交换杀人的优势在于能够令凶手不被怀疑。如果真的进行了交换杀人，就不可能出现如今这种所有人都同样可疑的情况了。无论是动机层面还是不在场证明层面，没有人因免除了嫌疑而获益。这样一来交换杀人就没有意义了，所以这个思路是行不通的。”

“那么顺风车杀人呢？第二起案件的凶手模仿最初的案件。”

和夫虽然这么说，但他自己都不相信这种说法，终归只是形式上的争论而已。如果星园的行事作风是连细枝末节都要论证的话，那么弥补这些细节就是自己身为侦探助手的职责。

“这也是不可能的。”星园似乎也察觉到了和夫的意图，于是便用议论的口吻说道：“顺风车杀人的优势在于，为了免除自己的嫌疑而将所有的罪责推到最初那起案件的凶手身上。以这次的案子来讲，凶手的意图在于趁着岩岸先生被害的混乱之际准备将财野先生给葬送掉，一旦得手就可让岩岸被害案的凶手背黑锅。可是像现在这样一切都很混乱，连谁是凶手都无从得知，搞不好的话还很有可能自己担上两起案件的罪责。只要没人有岩岸被害案的不在场证明，或是没人明确表示自己不可能作案，那么下定决心进行顺风车杀人就没有好处了。可是却没有这么一个人，所以这条思路也可以排除掉了——这个解释怎么样？”

“解释得很充分。那如果是有人包庇了杀害岩岸的凶手呢？为了包庇最初那起案件的凶手而杀掉了财野，这种情况有没有可能呢？”

“这样的话就没有必要去杀人了啊。想要包庇他，只用帮对方做出假的不在场证明就行了。杉下君，你的思路有些太超脱现实了啊。”

“对不起——我已经想不出其他的可能性了。看来如同老师所说，凶手只可能是一个人，没有共犯。”

“大家能接受这种说法吗？”

“会的，毕竟没有办法反驳啊。”

“警察也是？”

“对，警察也只能接受了。”

“那就好。情报稍微得到了整理。”星园心满意足地说着。看来情景模拟很成功。

“不过老师，动机呢？”和夫恢复了平常的语调问道，“为什么要杀掉两人呢？两人都在同一家公司，所以犯罪是与之有关的吗？”

“动机就不知道了。”雪拍打在星园的脸上，让他眯起了双眼：“我从未想过竟然会真的演变成连环杀人案。无论是岩岸先生还是财野先生都是我之前素不相识的人，动机要是跟公司有关，那我是不可能推测得出来的。”

“还是信息不足啊。”

“对，恐怕我们无法得知的利害或感情纠纷从外界被牵扯了进来。所以啊，我准备放弃推测动机了。如果要揭发凶手，就必须从其他的思路推导出结论。”

“其他的思路是什么？”

“当然是来到这里之后凶手的行迹。不是指小屋前的足迹，而是凶手的行动和心理的行迹。我觉得只有这条路可走了。对我来说，除了你之外的其他人都是初次见面，因此就只有这种方法了。”

“行动和心理会留下怎样的行迹呢？”

和夫正要询问的时候，后面传来了由美那大得离谱的声音：“不行了，我走不动了。”她那语气就像是撒娇一样。

“星园先生，我已经到极限了，脚好冰，冷得都走不动了。”由美早已停住了脚步。她的长发任凭狂风吹得凌乱，已经干瘪瘪的了。

拜托，到底是谁的错，才让我们到这种地方遭此罪受？和夫本想发一句牢骚，但是一看到由美脸上仿佛在说“责任不在我”，正赌着气时，顿时便没了脾气。任性到这种程度也是一种本事啊。无论说什么也似乎讲不通了。

就连星园也为难至极：“不可以说泄气话喔，不然在积雪上行走会很累的。必须要规规矩矩地跟着前面人走过的脚印走路才行。”

星园突然打住了。和夫正想着是怎么一回事，仔细一看，发现他那冰雕的纳西索斯[①]雕像一般的脸庞正眉头紧锁，在沉

①纳西索斯（Narcissus），字面意思为水仙花，希腊神话中登场的俊美少年。有一天他打猎归来时，在池水中看到了自己俊美的容颜，于是爱上了自己的倒影，最终憔悴而死，死后化为了一株水仙花。此外，自恋（narcissism）的词源也来自此处。

思着什么。

由美哭诉道："我说啊，星园先生，我都快冻死了，快想想办法嘛。所以我才说要开车来的嘛。"

美树子瘫在雪地上，泪眼汪汪地说："我也不行了，好累。再继续走下去会倒下的。"

星园皱着眉头，还在沉思着什么。

雪虐风饕。身体被冻得发麻，感觉就像冰箭贯穿了骨髓似的。喂喂，这可怎么办啊？这种收不了场的情形，就像是把糟糕透顶的情况画成了一幅画，装裱起来挂在美术馆里，结果却卖出了一千张预售票。

星园非常坦率地说："没办法了，回去吧。"

"要回去吗？"和夫哑然。都还没有到达雪崩的地方呢。这太惨了，连他自己都想哭了。"老师啊，好不容易出来了，要不就我一个人去吧？我下山去寻求救援并报警。"

"不，你也回去。你在那儿会比较好。"星园说着不着边际的话。

"哇，回去吧，快点快点。"

由美跳了起来。美树子也见风使舵地站了起来，气势汹汹地掸掉了毛皮大衣上的雪。

"杉下君，走吧。这也没办法，让女士们在暴风雪中行走未免太残酷了。"星园的腔调让人觉得，他从一开始就预料到事情会发展成这样了。

22

【下山行动令人失望地遭受了挫折。和夫一行人回到了度假

村。麻子发现了重要的线索。至此，推理所必要的信息都集齐了。】

众人摇摇晃晃地进入管理栋，只见嵯峨岛正在大厅里看外文书。

“呀，回来得真快啊。”不知是讽刺还是吃惊，嵯峨岛一脸迷惑地说道。

由美和美树子赶紧奔向暖炉。

“哇，果然还是暖炉暖和啊。”由美笑眯眯地说道。

这个娘们儿——和夫膝盖上的力量又快泄掉了。

由于大厅的暖炉被占领了，和夫和星园便一起前往餐厅。正独自一人翻看文件的麻子茫然地抬起头：“已经回来了啊？”

“嗯，很不凑巧。”星园难得地露出一丝苦笑。

和夫也在暖炉前脱着手套，说：“都是听从了两位小姐的吩咐。”

麻子呵呵地笑道：“我就知道会这样。”

“啊，这个还你。谢谢，帮大忙了。”

和夫脱下了毛线帽子，掸掉雪后交给麻子。借帽子的时候小题大做的，搞得就像生离死别似的，连和夫自己都觉得蠢透了。麻子只是笑了笑，收下帽子，然后指着桌上说：“啊，对了，看看这个。我想让你和星园老师都看看。刚刚我和茜老师去搜查了一下员工房间，然后就发现了这个，不清楚是否跟案件有关。”

桌子上摆着那只水壶、小型公文包以及麻子刚刚看得出神的文件夹。

星园问：“草吹老师在做什么？”

“在小屋里工作。她只要一有空就会敲打字机。”

她真是太厉害了。

“首先是这个。”麻子打开了黑色皮革公文包，里面有计算器、圆珠笔、铅笔、便笺纸。此外，用橡皮筋扎成一捆的应该是发票吧。

星园饶有兴致地问：“这是在哪儿找到的？”

麻子回答：“在最靠前的那张床的床垫下，似乎是为了藏起来而塞进去的。”说着她又打开了文件夹，“同时放进去的还有这个。开始我还不知道是什么笔记，不过现在总算是有点头绪了。”

星园跟和夫一起看了看，只见上面密密匝匝地罗列着详细的数字。

“你们看看这里，”麻子纤细的指尖指到了纵列的数字上，“九月十一日，向山边金属支付一百五十八万八千日元，付款方为山冠开发，项目为材料费；同日，向和田运输支付四十四万两千七百日元，项目为材料运输费，付款方也是山冠开发。接下来是九月十八日，向和田运输支付三十六万八千二百日元，这次没有向山边金属付款，另一方面，资金则是流向了三枝钢材。可是接下来的九月二十一日，明明直接从山边金属接收的货物，却也向和田运输付了款，就是这儿的‘包含运费’：和田运输，四十五万六千七百日元。可是到了下面一页的这里，同样是三枝钢材的材料费，货物的下单时间是在二十八日，可也在同一天就运走了：和田运输，三十五万四千二百日元。于是往前追溯，在向三枝钢材支付款项的同时也经过了和田运输，就是这儿：七月十四日，材料运输费。”

麻子连续不断地快速翻动笔记，一个接一个地指出那些详细的数字。和夫从中途开始就一头雾水。

“还有这里，有四十三万六千三百日元的资金流动，这是发生在前一天，可以得知，向山边金属订货和货物入库之间的时间间隔异常地短。通过和田运输，货物立刻就送到了山冠开发，而山冠开发也立刻就支付了款项。”

“原来如此，”星园用手指弹响了笔记本的纸张，“是皮包公司啊。只在名义上建立一家虚假的物流公司，从而能够操纵更多的资金。”

麻子表示赞同：“是的。估计申报的时候并没有像这样写，而是将日期和账目核对一致了。”

和夫终于跟不上节奏了，不安地问道：“呃，这是什么意思啊？我对这方面不太懂。”

星园竖起一根手指：“换言之，山冠公司把经费计算得比实际情况要多——总之就是逃税用的笔记，也就是所谓秘密账簿。”

和夫情不自禁地惊叹道：“岩岸的公司逃税了吗？”

麻子眉头紧锁道：“我也没有想到，但经过调查只能这么认为了。”

“哇，那个大叔的公司逃税了啊。”和夫惊呆了。这么一说，财野屡次自夸“我很了不起的”，指的就是这件事吗？原来他是想说，那家大型不动产开发公司逃税了，自己则是直接接触幕后的重要人物。真是发现了不得了的东西。不过，仅仅只是浏览了一下账簿就能看出端倪，麻子的眼力实在是太好了。她说自己也负责茜的财务工作，想必一定很受重视吧。

“但是，就算知道这种事情，也不清楚是否与案件有关。”麻子不太自信地说，“就与案件的相关性来说，这件东西或许更为重要。”

麻子从桌子上拿起线。黑色的线一圈圈地缠绕在纸芯上。

和夫说：“这是警报装置所使用的线吧。”

星园点了点头问："这是在哪儿找到的呢？"

"在书桌里。员工房间的最里面有一张办公桌，桌子抽屉里有针线包，线就是从针线包里找到的。"

星园说："财野就是从那儿找出线来使用的啊。"

"接下来是这个。"这次，麻子手上拿起了那只粗糙的水壶。在麻子纤细的手的衬托下，水壶显得格外地庞大而庸俗。

"我把水壶原封不动地拿了过来，上面还系着线。"

水壶的把手上绑着黑色的线，线耷拉下来。确实是今天早上看到的水壶。

"这条线的另一端是系在墙壁的钉子上的，我给解了下来。"麻子将线从桌子上捏起来。线的长度约三十厘米，其中一端卷成了一团。看来这端就是系在钉子上的部分。

"然后，我发现了一处疑点。这条线明显是断成了两截。"麻子将两条线的尾巴相互贴在了一起。

星园说："这是今天早上草吹老师弄断的吧。"

"对。不过有个地方很奇怪。请看，就在这里。"麻子将系在水壶那端的线举到了星园与和夫的鼻尖处。"这里有一个绳结。这根线之前好像并不是一根。"

距离水壶把手处约四十厘米的位置确实有一个绳结。这是一个很小的蝴蝶结，如果不仔细端详就看不出来。

"真的是一个绳结啊。"

星园喃喃地说着，从麻子手里接过线。他用指尖拉了拉绳结，线轻轻地解开、落在了桌子上（见图八）。线总计分成了三个部分：系在水壶的一侧、系在墙壁钉子的一侧、正中间的部分。和夫看着掉落在桌子上的线，纳闷了。财野为什么要这么做呢？这有什么意义吗？

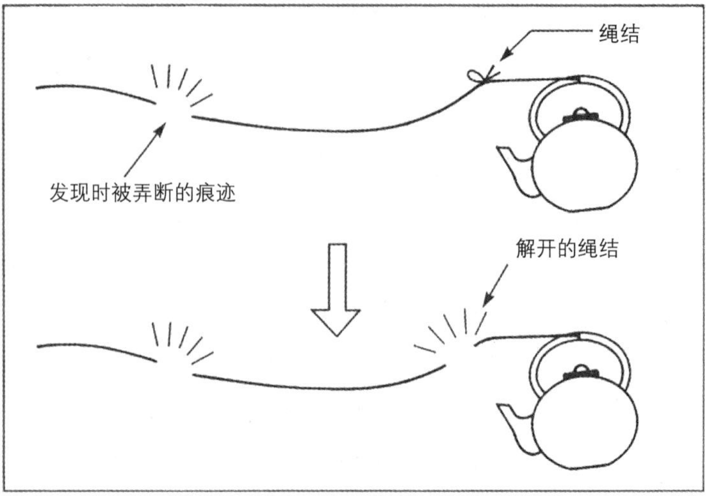

图八 水壶和线

麻子似乎也抱有同样的疑问，稍显困惑地说："总觉得很奇怪啊。我对此非常在意，但是却不知道这能不能成为线索，所以才想给你们两位看看。"

星园手上还拿着水壶，凝视着那根线，那样子简直就像是在说，要是不盯着线就会融化似的。然后，他徐徐抬起头，双眼绽放着光芒，说："不，麻子小姐，太棒了，你的发现实在是太有用了。这可是条重要的线索，太有帮助了。"要是在平时，他会握住麻子的手，用华丽的辞藻加以褒奖。可现在，星园沉浸在自己的发现中，早已忘记人设了。

然而，和夫却完全猜不出到底是什么东西让星园如此兴奋。麻子也不可思议地盯着星园那张大理石雕像般的脸。

不管怎样，和夫还是有点沮丧。他知道麻子作为作家的秘书是很有能力的，可是在侦探助手这方面做得也比自己出色许多，总觉得自己像是个掉队的。

这一幕结束之后，和夫闲了下来。

没有看到女士们的身影，应该是待在各自的小屋里了。嵯峨岛一脸严肃地在餐厅里翻阅外文书。跟这位大叔聊天只会感到疲劳，所以和夫尽量不去靠近他。星园似乎陷入了沉思，只是四处转悠，往返经过了管理栋的走廊好几次。他还在狂风呼啸的户外，来来回回地在左侧大道和右侧大道上走。他从玄关走了出去，却冷不丁地从后门出现，完全不知道他有什么意图。他满脸严肃、一言不发，让人感觉难以接近。

有一次，他在大厅旁边低声说着一些莫名其妙的话：“杉下君，接下来无论发生什么事都不要感到惊讶。听好了，不管我说了什么，都要努力在其他人面前保持冷静。明白了吗？”说完，便又继续徘徊。就算跟他搭话，他也只是含糊地回应。和夫觉得厌倦了，便不再跟着他。

在被褥收纳间茫然地打发了时间后，已经到傍晚了。和夫忽然想去大厅里看电视。屋外仍然风雪交加，不过他还是想了解外界的情况，说不定能听到一些新闻，比如救援队出发去寻找被困在渡河里山岳腹地的一行人之类的。

已经有人在电视前了。由美板着个脸，正在调节室内天线的角度。和夫靠近后，由美便回过头叫道：“啊，是杉下先生啊。这台电视完全没有画面，真是靠不住。”她娇滴滴地控诉着，口齿不清。

“风太大了，接收不到信号吧。我来试试看。”和夫替下由美，朝着各个方向晃动天线，可电视还是没有画面。虽然能断断续续地听到声音，但几乎没有图像。屏幕上只有五颜六色的图块，宛如漫画的波纹似的自下而上地流动。

频道似乎是调到了当地的电视台，只听到断断续续的声音持续地播报着受灾的情况：“……倒塌的房屋正……大雪之中……拼命地进行救援活……由于这起悲惨的事故……”

“我们也很悲惨啊！”听到电视的声音，由美抱怨道：“真是的，救援到底什么时候才能来？杉下先生，我们得在这儿待到什么时候嘛？”

“不清楚，你去问问气象厅呗。”

对于由美的不满，和夫敷衍地回应着。他刚坐到沙发上，就听到了这则新闻：“……但是，本次异常的天气预计会在今天半夜……根据气……发布的……称，滞留在日本的低气压中心将在今晚转移到太平洋上空……受到来自大陆方面的高气压扩张……但预计今天是最……而……深夜里……明天应该……明天早晨天气会好转，晴天……各地的受灾现场……援活动在明天也会……”

和夫不由得与由美交换了眼色，只见她惊得目瞪口呆：“杉下先生，电视里刚刚说什么？”

“说是明天早上会好转。”

“说了‘晴天’吧？”

“是的，确实说了的。”

“我没有听错，‘晴天’就意味着天气会放晴吧。”由美情绪高昂地说着，丰满的脸庞已掩饰不住喜悦之情。

“没错，我也听到了，是说过‘晴天’这个词。”

“那我们明天肯定就能出去了？”

“嗯，放晴的话消防队或自卫队会开直升机来，这种深山里‘嗖’地一下就飞过来了。不对，只要天气好，我们都能步行下山。”

“一定可以吗？”

“一定可以的。”

和夫使劲地点着头，由美则猛地从沙发上跳了起来：“我去通知大家。”

“我也去。”

两人争先恐后地飞奔出管理栋。

一接到通知，众人一下子就在大厅里集结起来。大家再次确认了电视机的声音所播报的新闻，不由得欢呼雀跃起来。

“太好了！”美树子高举双手，蹦蹦跳跳着。

“哎呀，这下就姑且可以安心了。”茜长吁一口气，在沙发上盘腿而坐。

由美在沙发周围蹦来蹦去：“再忍一晚，只用忍过今晚，明天早上就能回东京了。”

“对了，”星园也很满足，“大家今晚就按照财野先生所说的，在同一个地方待到天亮就行了。”

“毕竟不能重蹈他的覆辙嘛。”嵯峨岛笑眯眯地说了些不谨慎的话，可谁也没有责备他。

美树子满不在乎地说：“啊——啊，现在觉得肚子好饿啊，从昨天开始就没怎么吃东西。”

星园苦笑道：“你的肚子挺诚实的嘛。”

“对啊，只要放下心来，无论是谁都会肚子饿的嘛。”

大厅里洋溢着一派祥和的气氛，每个人的脸上都喜笑颜开。

麻子开心地说：“虽然有点早，不过我现在就去准备晚餐吧。”

由美拍手道：“哇，早泽小姐太棒了！”

“这算是最后的晚餐了呀。”

听到嵯峨岛那古怪的比喻，茜扑哧一声笑了出来。

面粉已经不太多了，所以最后的晚餐是方便面。麻子将几块面饼放入大锅里。

餐桌上大家聊得很起劲，“回到东京后要做什么”的话题贯穿始终。他们活了下来，又能回到原本的生活。这份喜悦让大家吃得津津有味，笑得满面春风，聊得热火朝天。就连嵯峨岛都兴致勃勃地说，翻过年后自己准备去澳大利亚进行野外考察。

大伙儿连盐分超标的方便面汤都一滴不剩地喝了个干净。汤足饭饱之后，麻子为大家泡了咖啡。

“虽然没有咖啡豆了，不过还好常备有速溶咖啡。”麻子一边分咖啡，一边说道。馥郁的香气进一步带来了充实感。

和夫一边喝着咖啡，一边享受着惬意的气氛。当大家都续了杯时，星园缓缓地开口道：“各位，能听我说几句吗？”

23

【星园开始进行推理秀。读者也能够在本章结束前指出凶手，不过通过推理是无法得知犯罪动机的。】

众人停止了聊天，注视着星园。星园在一片寂静中缓缓地把咖啡杯放在了餐桌上，扫视每个人的脸，然后说：“看来我们明天就能够下山了。在遇险和杀人的双重打击之下，我们度过了非常疲惫的三天。不过幸运的是，到了明天我们的险情就能解除；而另外一个问题——杀人案，我想我已经解决了。”

听完星园的话，大家都沉默不语。刚才还其乐融融的景象，如今已经消失得无影无踪，紧张的气氛笼罩整个餐厅。大家似乎都在互相揣摩对方的想法。在一阵奇怪的沉默之后，茜说道：“你是说，你知道凶手是谁了？”

“恐怕是的——我有这个把握。”星园的情绪没有一丝波澜。

由美胆怯地问：“在我们之中吗？”

星园点了点头，简短地说：“当然是的。”

终于到这个时候了吗——和夫心中不禁感慨万千。看来星园已经成功地掌握真相了。从白天看到星园在那儿转转悠悠的时候，他就觉得星园一定会这么说的。

在和夫满怀期待的注视下，星园的语气一如既往：“话虽这么说，可是我并没有明确的证据。不过我的想法都指向一个人。所以我想征求大家的意见，不知各位是否愿意听听我的想法？”

星园煞有介事地说完后，又缓缓地扫视众人道：“其中一种方案是直接等到天亮，将所有的事都移交给司法当局；另一种方案是，我详尽地说明我的想法，指出凶手的身份——无论选择哪种方案我都无所谓，我想听听各位的意见。”

“我想听听看。这种事还是赶早的好。”茜点燃了香烟，有些生硬地说着。麻子也点了点头。由美和美树子相互交换眼色，看来她们也统一了意见。嵯峨岛虽然什么都没说，但也并未发表反对意见。此刻能够强烈地感受到大家的共识，事到如今，想听听看星园的想法也是人之常情。

星园确认了其他人的反应，最后把目光投向和夫。那眼神有些困惑，又有些茫然若失。和夫沉默地扬了扬下巴，向星园传递着鼓励的信号：老师，没有必要同情凶手，请您毫不客气地指认出来吧。我也很期待您哦。

星园好像是放弃了似的，把目光从和夫的身上移开，悲伤地喃喃自语：“这样啊——大家都想知道呢。”然后，他下定决心站了起来。

“那么我现在就来说明我的想法。我随时都接受反驳或是异议，所以就以讨论的形式进行吧。首先——”星园长吁一口气，“我推定岩岸被害案和财野被害案的凶手是同一人，而且还是单独行凶的。”

星园将雪路上说给和夫听的推论转述给众人。他也采纳了和夫当时的意见，推理变得更加坚不可摧。

“从以上这些因素，我可以确信凶手是同一人，且是单独作案。关于这一点，有没有人持反对意见？”

“OK，清楚了，你继续。”茜催促道。

“明白了。接下来我将指出这名单独作案的凶手是谁。”星园说道。

24

【星园进行着逻辑演绎，推导出了几项条件。根据这些条件，星园锁定了凶手。】

“首先，财野被害案的凶器引起了我的注意。”星园用深沉的声音开始论述起来，“凶手使用了入口吧台处的小芥子人偶，用它殴打财野先生，让他丧失了抵抗力。然而，我认为对于凶手来说，他完全没必要使用小芥子人偶作为凶器。本案并非‘童谣杀人’，既然使用人偶并没有凸显出某种象征性的含义，那么凶手就没有将人偶作为凶器的必然性——换言之，人偶并非由于某种积极的因素而被选为凶器的。恐怕人偶碰巧就在手边，它的重量和大小正适合殴打——我认为，凶手只不过是因此才选择了人偶罢了。凶手因为某些特殊的缘由，无论如何都必须要使用那个人偶——虽然这样的推论也并非不可能，但是我刚刚也说过，凶手与杀害岩岸先生的是同一人，因此这项推断不能成立。因为岩岸被害案中并没有使用人偶。以上的内容各位听明白了吗？”

星园说完，观察着听众的反应。无人反驳。和夫代表众人轻轻点了点头，催促他继续往下说。

“接下来就是由美她们当晚喝酒的问题了。从今天早上的谈话可知，那场酒会是突发的。当晚，由美她俩突然想小酌两杯，所以才提出去喝酒——嗯，这场宴会并不是提前就计划好的，对吧？”

被问到的由美有些不安地说：“对——昨晚睡不着，太害怕了，所以就邀请美树子来这儿了。”

“很好。就像大家所听到的那样，酒会是突发的，只有她俩和随后卷进来的财野先生、杉下君，一共四个人知道。如此一来，宴会结束后由美和美树子酩酊大醉地睡在大厅这件事，应该也只有这四人知道。因此也可以这么说：如果凶手并非这四人，而是睡在小屋里的人，那么凶手在潜进管理栋杀害财野先生前，并不知道大厅里睡着两个碍事的人。回到刚才的话题——凶手使用吧台上的小芥子人偶并没有什么深层的含义。接下来，请各位记住案发现场的员工房间和吧台的位置关系，再听我的说明。”

星园停下来，一副让人难以捉摸的样子。众人吞了吞唾沫，注视着他。

“接下来的内容便是假设了。杀害财野先生的凶手在当晚是从哪个位置开始行动的呢？据此会产生几种情况。首先，睡在大厅的两人其中一人是凶手的情况。”

“怎么可能！”由美投来了责备的目光。

“不是说过是假设了吗？快闭嘴听着。”茜一怒喝，由美便不好意思地低下了头。

“对，毕竟只是假设嘛。我并不是在怀疑你们，请不要担心。”星园到这时候还发挥着他的女权主义，“睡在大厅的两人其中一人是凶手的情况。在这种情况下，凶手是确认对方睡着了之后才去杀害财野先生的。虽然很麻烦，但由于没有共犯，不可能是两人合谋。不过，请各位想想小芥子人偶所在的吧台位置，再想象一下凶手的行动。凶手应该是这样行动的：起身离开了正在熟睡的那个人身边，前往吧台拿上人偶之后才去的员工房间。然而，从大厅布局来看，吧台和员工房间位于不同的方向。凶手为了去拿人偶，来回多经过熟睡的另一人身边一次，你们不觉得这很奇怪吗？为了去拿没有深层含义的小芥子人偶当凶器，却不顾吵醒另外一人的危险，又多经过了一次对方的身边——作为凶手的心理活动，这是很不自然的。要去员工房间，直接过去就行了，找其他东西当作凶器就可以，没有必要特地在睡着的人面前多经过一次。毕竟对于凶手来讲，吵醒另一人是莫大的威胁。因此，她们两人是不会采取这种行动的。既然没有必要将小芥子人偶作为凶器，就很难认为这两人是杀害财野的凶手。”

“等一下。”茜打断了星园的话。她歪着头，单手插进头发里说道，“有点奇怪啊。刚刚所说的内容表明凶手是在临近行凶前才来拿人偶的，这点引起了我的注意。没人记得人偶是什么时候不见的，凶手有可能提前把它藏好了。所以说，这么轻易就排除两人的嫌疑，我是无法接受的。”

“不愧是茜老师，非常感谢您提出的意见。”星园微微一笑，似乎已经预料到了茜的反对意见，“其实我正准备为大家讲解这种可能性。由美和美树子的小屋都是在正门的方向，即右侧大路，故而进出管理栋一般都走正门。因此，在行凶之前进出管理栋的时候，她们能够简单地从吧台上取下小芥子人偶藏起来。所以，目前的阶段还是无法排除两人的嫌疑。我正要这么说明的时候，您就指了出来，我也就省事了。”

星园漫不经心地说完后，茜耸了耸肩问：“你的意思是，你已经预料到我要说什么了吗？”

“没有，能够听到您适当的意见，我也便于说明。”星园说，“于是，由美和美树子是凶手的情况还是存在可能性的。接下来，凶手住在右侧大路的小屋的情况，即凶手从右侧大路开始行动。凶手并不知道突发的酒会，当然也不知道大厅里有两个人在睡觉。因此，在这种情况下自然就是从正门潜入管理栋了，毕竟凶手没有必要冒着被其他小屋的人看到的风险而特地绕远路从后门进入。此外，既然无法预测暴风雪何时会停，那就只能乖乖地走扫过雪的道路，不然就有可能会在右侧大路和左侧大路之间的雪地上留下脚印。如果留下脚印之后大雪立刻就停了，第二天早上被发现的话，大家立刻就会得知凶手的行动。所以，凶手若是从右侧大路的小屋而来，就应该只经过了右侧大路进入管理栋。如此一来，脚印就会跟其他人的混在一起，不会留下多余的线索。毕竟凶手不会这么愚蠢地留下多余的痕迹。因此，在这种情况下，可以认为凶手一定会从正门进入。于是，顺手拿起手边的小芥子人偶也是极其自然的行为。之后，凶手看到了睡在大厅里的两人，应该很是震惊吧。也许是蹑手蹑脚地走过她们身边去了员工房间，也许是害怕惊醒两人而走出了管理栋，通过屋檐下的路从后门重新进入。无论怎样，这种情况下是存在行凶可能性的。所以很遗憾，我无法排除住在右侧大路的人的嫌疑。”

说到这里，星园停了下来，好像是在等待反对意见。不过茜这次什么都没说。

“接下来，睡在管理栋的另外一人——杉下君是凶手的情况。很抱歉我直接道出了姓名，不过请别不愉快，这只是假设而已。”

这种事和夫当然是知道的。

“杉下君说他当晚是在二楼。即便这是谎话，他其实是待在自己的被褥收纳间里的，结果也不会有变化。毕竟楼梯和被褥收纳间离吧台都很近，他很轻易就能拿到小芥子人偶。此外，他也参与了酒会，知道大厅里睡着两个人，所以之后的行动就能随机应变了。至于如何潜入员工房间则是他个人的喜好了。因此，遗憾的是我不得不得出结论——杉下君也有可能是凶手。”

和夫虽然有些遗憾，但他从开始就没想过能轻易摆脱嫌疑，所以倒也没有很失望。

“然而，对于住在左侧大路小屋的人来说就不一样了。住在左侧大路的人进入管理栋时没必要绕到正门，没有理由冒着被其他小屋的人盘问的风险而通过屋檐下的路绕到正门去，老老实实地从后门进是最自然的。既然凶手是从后门进入的，那就不会通过有人睡着的大厅前方而到吧台来拿凶器。要前往员工房间，在到达大厅前拐个弯就行了。此外，由于平时就是从后门进出的，很难认为凶手会在进出管理栋的时候事先藏好小芥子人偶。因为没有必要拘泥于人偶，若要就近寻找凶器，从途经的浴室里拿走锁门的门闩，或者是使用后门旁边的灭火器就行了。”

这么说来也是啊——和夫心想。浴室那边刚好有一根适合打人的门闩，而且他也记得自己在得知岩岸的死讯、飞奔向后门时，差点儿被门旁边的灭火器绊倒。

“可是星园先生——”这次是嵯峨岛不安地说，“凶手会不会已经预料到了你会这么想，才使用了小芥子人偶？他为了让右侧大路的人或睡在大厅的两人受到怀疑而事先藏好了人偶——也就是说，设下了陷阱。”

“这是不可能的。”星园轻轻地摇了摇头，“如果像嵯峨岛先生所说的那样，凶手是住在左侧大路的人，即便打算陷害其他人，也不可能事先知道喝酒的事，所以不可能采取这种方法。正因为她俩睡在了大厅，我才推导出了刚刚的结论。凶手若是从小屋来到管理栋的，那就只可能是在潜入之后才得知这件事，这名凶手也就不可能提前藏好人偶来制造陷阱。”

“原来如此，是这样的啊。明白了，我撤回刚刚的发言。”嵯峨岛似乎是在脑中整理着思绪，深思熟虑之后回答道。

星园的话有点绕，和夫要竭尽全力才跟得上。茜和麻子像是完全理解了，由美和美树子似乎一头雾水、满脸呆滞。不过也并不能保证两人之中没人在装傻。

“各位都理解了吧？我将之前所说的全部内容总结起来，得到了一项条件来锁定凶手，即‘位置关系’的条件。到这里大家都没问题吧？接下来我将说明下一项条件——‘凶器选择’的条件。”

星园的语气极为平常。和夫知道那小白脸人设的另一面蕴含着无尽的智慧，可还是没想到他竟能聪慧至此。作为听众的自己已经大脑运转过度了，可他却还是一脸平静。

“问题就在于跟刚才相同的凶器——小芥子人偶，以及财野的裤子。凶手在杀害财野时，先用小芥子人偶殴打了他，然后将裤子拧成绳来使用。这是因为凶手在员工房间没能找到其他能代替绳索的物品，而财野的裤子又是无皮带款式的西裤，所以只能委曲求全了。凶手并未带来登山绳的替代品，而是打算在现场筹备。人偶的话还能藏在衣服下面，可绳索或登山绳就不一样了。如果在潜入管理栋前肩上就挂着绳子，碰巧遇到其他人时，就算声称大半夜里只有这里的洗手间可以使用，凶手也没办法搪塞过去。所以，凶手从最开始就打算使用员工房间里的东西来勒死财野。没有使用财野防身的菜刀，一定是害怕身上溅到血液。那条拧成一股的裤子应该是凶手三下五除二做成的吧。不过我在白天发现了一件很有意思的事——员工房间的正面有一个杂物间。杂物间里堆着各式各样的零碎玩意儿，其中还有些有趣的东西：拖布、柴火、绳束。”

在进行愚蠢的雪中行军之前，和夫记得自己确实和星园一起看过杂物间。

“我觉得有意思的是，凶手为什么会花费工夫将裤子拧成一股绳呢？眼前的杂物间里明明就有绳子。此外，柴火或是拖布的拖把也可以用来殴打。明明自己的眼前就备齐了两种凶器，可凶手并没有使用，反而还花费时间麻烦地将裤子拧成一股。这是为什么呢？”

嵯峨岛不安地说：“凶手并不知道杂物间里有那些东西吧？”

星园点了点头：“是的。凶手若是在行凶当晚的很早之前就知道杂物间里有绳子，毫不费力地使用它就行了。这样既不用从吧台拿来小芥子人偶，也不用花费工夫将裤子拧成一股，只用打开杂物间就能简单地获取这两种物品。那边的窗户是嵌死的，凶手应该是从房门进去的，而杂物间就在门的正对面。然而凶手却没有采取这个简单的步骤——不，是无法采取。换言之，就像嵯峨岛先生所说，凶手并不知道杂物间里放了什么东西——这就是'凶器选择'的条件，没问题吧？"

"我说星园先生，不用搞得这么复杂嘛。难道不能更果断些吗？"由美似乎不耐烦了，嘟着嘴巴说，"你直接指出凶手是谁就好了嘛。我都听晕了。"

"可是，就算我突然说出此人的名字，你能接受吗？"星园耐心地解释着，"你们一定会问'为什么'的，而此人也会坚持说自己没有做，让我出示证据。所以我只能让凶手放弃狡辩的念头，让大家都接受。这是为了达到此效果的程序，希望你忍耐一会儿听下去。"

"哦，是这样啊，那就请长话短说吧。"由美不情愿地说。

和夫看着由美那张半藏在长发里的侧脸，心想：如果这是她为了蒙蔽我们的双眼而演的戏，那这女的可就太不得了了。

茜说："看来她明白了。星园君，你就继续往下说吧。"她叼着香烟，抱着胳膊。她平时那种抠脚大汉般的姿势莫非也是在隐藏什么？

"好的，那我就继续说了。"星园说，"接下来的条件是'不在场证明'。这次我将探讨岩岸被害案。从案发小屋到左侧大路留下了三组脚印，其中一组是岩岸先生本人的，剩下的两组是凶手往返留下的，这么认为应该无妨吧。这里需要大家回想起杉下君偷听的事。今天早上杉下君已经告诉过各位了，他偶然间听到了岩岸先生与某人的神秘对话，时间是在十一点左右。

对吧，杉下君？”

“是的，是十一点刚过。”

“对，十一点刚过——凶手的脚印只有来回的两组，因此可以断定，与岩岸先生会面的人就是凶手。所以此时间段明显在其他地方的人就不可能是凶手。这就是第三项条件——‘不在场证明’条件。接下来，我将说明那个神秘怪圈——在岩岸小屋附近发现的神奇雪痕。我不认为是岩岸先生本人做出了那种东西，所以它只可能出自凶手之手——因为只有凶手去了那栋小屋。问题就在于凶手为什么会做出这种东西？”

星园瞟了一眼嵯峨岛。如果这个时候他又吵吵闹闹地搬出UFO呀外星人呀之类的话语，本来就麻烦的话题会更加复杂。星园或许是担忧这一点吧。不过幸运的是，嵯峨岛暂时没有发言。星园趁机说道：“我认为这是凶手的障眼法。如果在UFO研究专家嵯峨岛先生或是观星家的鄙人面前出现了UFO的着陆痕迹，给我们带来冲击，预计就能够引发某种程度的混乱。尤其是我们聚集在此处的目的便是构想出一个计划，将这所度假村打造成能够看到UFO的度假地。若是在杀人现场留下了UFO的痕迹，就能招来混乱，从而让我们丧失冷静——凶手的目的便是营造出这种效果。除此之外，我想不出有什么别的理由要做出那种东西了。恐怕在那天晚上，凶手从岩岸先生所说的‘UFO基地附近的浪漫度假村计划’得到了启发，从而想出了这个障眼法吧。不过，与凶手的预料相反的是，作为扰乱视听的战术，它却只带来了粗糙的结果——陷入混乱的只有嵯峨岛先生一人，其他人都未曾动摇，其中还有人没听说过神秘怪圈。”

嵯峨岛不满地撇着嘴，正准备说些什么，麻子却快人一步地开口道：“换言之，您的意思是没听说过神秘怪圈的人就无法做出它。就算凶手想让 UFO 出现在案件里从而制造混乱，如果不知道 UFO 着陆后能够产生那种圆形的图案，也就没有办法耍这种花招了。”

“小麻，你说得不对。”茜从一旁插嘴道，“如何从外表得知到底知不知道呢？虽然不懂装懂是很困难的，但佯装不知却是任何人都能做到的，只要做出一副‘从没有听过神秘怪圈’的样子就行了。”

“没错，在这个时候有无这方面的知识是没有关系的。”星园说，“我想说的是‘信与不信’的问题。”

麻子纳闷了：“信与不信？”

星园说：“对。比如有一个匪夷所思的杀人现场，让人觉得这只可能是外星人的所作所为。请想象一下下面的情形：没有一丝足迹的平原上有一具他杀的尸体，旁边还有神秘怪圈。此时，周围的人都是现实主义者，他们都压根儿不相信 UFO 或神秘怪圈，谁也不会说出这是外星人所为。他们应该会想：这是某种诡计，这种神秘怪圈毫无意义，凶手会不会就是能够驾驶飞机的人。连外星人的‘外’字都没出现。然而在相同的情况下，周围只有相信 UFO 的人会如何呢？这时，所有人会异口同声地说：凶手说不定是外星人。明白了吗？以本案来讲，凶手通过做出神秘怪圈，目的在于一旦得手就会有人陷入混乱。当然，并非所有人都会相信神秘怪圈而陷入混乱，凶手知道这样做效率低下，但赌的就是至少有人会因此混乱。凶手一定是出于这样的考虑才制造了怪圈。换言之，凶手对于 UFO 应该是完全相信或是半信半疑的吧。不对，这种说法有语病。我们可以换一种说法——凶手至少能够理解相信神秘怪圈之人的心情。凶手就是通过这种方法捣鬼，意在让相信神秘怪圈的人陷入混乱，所以凶手是试图利用了这些人的心理——总之，凶手也理解这种相信神秘怪圈的心理。反过来讲，不相信神秘怪圈的人是无法想出制造怪圈的想法的，毕竟他们不可能用自己不相信的东西来做手脚，觉得就算制造出这种东西也不会有人混乱。他们从最开始大脑里就没有想过要制造神秘怪圈，连这种念头都未曾出现。因此，以下便是结论：对UFO持彻底否定态度的人不可能是凶手。”

茜说：“但也有可能只是嘴巴说说而已。说不定有人也预料到了星园君会考虑刚才的情况，即便表面装着否认的样子，其实内心深处还是理解相信UFO之人的心理的。”

对于茜的说法，星园表示赞同：“对，所以有必要补充一下——‘自始至终’。对UFO自始至终都持否定态度的人不可能是凶手。”

“OK，我明白了。这么说应该是没问题的。”茜看来已经接受了。

“但会不会是凶手故意让人这么想的？”嵯峨岛有些怒不可遏地插嘴道，“也有可能是否定派的人为了让我这种相信UFO的人受到怀疑而这么做的啊。”

对于嵯峨岛那挑衅般的口吻，星园痛快地回应道：“这是不可能的。如果凶手是为了陷害嵯峨岛先生这类UFO肯定派人士，那么在第二起财野先生的案子里几乎没有UFO的迹象就说不通了。如果凶手的目的只是为了让肯定派人士遭受嫌疑而捣鬼，那么在接下来的案件中应该也会强调UFO的存在。考虑到极端的情况，假设凶手的目的就是将嫌疑锁定在极端肯定派的嵯峨岛先生一人身上，那就更会把案件跟UFO扯上关系。然而在财野先生的案子里却完全感受不到UFO的迹象，杀人现场稀松平常。从中可以显而易见地看出凶手的目的并不是让肯定派人士受到怀疑。正是因为凶手知道了在第一起案件中几乎没有制造出混乱的效果，才在第二起案件中放弃了毫无意义的伎俩。从这点也能得知，神秘怪圈是凶手稍微设下的障眼法，除此之外制造出这种东西是没有意义的。因此，凶手确实有过这样的想法：在最开始的案子里只要能使几个人混乱就行。各位都能明白吧？我来重复说明一下结论：凶手自身是完全肯定派还是半信半疑派是不得而知的，说不定还不太相信UFO，只是理解肯定派人士的心情罢了。然而可以确定的是，凶手至少不是完全否定派人士，毕竟这类人连制造神秘怪圈的念头都不可能会有。这就是第四项条件——‘心理因素’，大家没问题吧？”

星园继续说道：“接下来的条件是‘身体特征’——这项条件还是稍微有点复杂。此处的问题便在于财野案中用水壶做的警报装置。杉下君听到财野先生说他在睡前做了什么机关。而特地花费工夫制作假的警报装置对凶手来说又没有益处，所以可以断定水壶警报装置正是出自财野先生本人之手。那个简易警报装置就是财野先生制作的。此外，白天我也论述过，警报装置没有发动。”

“嗯，装置没有发动我是明白的——”茜说道，“但是那根线为什么会拉紧，这点还没有得到解释。”

“对，所以接下来我将对此进行阐释。”星园撩起了他的长发，“一般人在那种高度下都会被绊住。而在任何人是凶手都不足为奇的情况下，财野先生不可能事先将装置的存在向其他人挑明。因此，凶手应该并不知道警报装置的存在，也就不可能通过蹲下等方法避开装置。此外，凶手是在夜里行凶的。线是在黑暗中拉紧的，凶手不可能察觉得到。就算财野出于戒备而没有关灯，那根线也只能在今天早上的晨晖下才看得见。另外，考虑到凶手潜入房间内的心理，一定想尽量迅速地侧身而入并关上门，所以也难以想象凶手会在开门的时候察觉到线。考虑以上这些因素可以得知，凶手不可能在被线绊住后，没有弄断它就进入了员工房间，也就是说，凶手一定是把线弄断了一次。装置没有发动仅仅是碰巧发生的幸运——对于我们来讲则是厄运。”

“这样一来，今天早上线还紧绷着就说不通了。”嵯峨岛低声说道。

“对，我马上会就此说明。接下来，我们稍微思考一下凶手的行动。凶手在杀害财野的时候一定会开一次灯。殴打财野的时候自不必说，他搜寻勒脖子的绳索，到头来却没找到，只得将裤子拧成一股并绑在床上——这个时候的行动若是在黑黢黢的环境中进行，效率将会非常低下。因此，就算财野没有一直开着灯，凶手也一定会先把灯打开——这么考虑是很自然的。打开电灯后，凶手当然就会注意到卡在门上的不稳的水壶了。行凶后逃走的时候会靠近大门，所以凶手不可能看不到的。于是，就像当时我们立刻就理解是怎么回事了一样，凶手也马上就意识到那是简易的警报装置。凶手一定也理解到了自己在不知不觉间弄断了线，可装置却很幸运地没有发动，想必对自己的好运松了口气吧。毕竟警报正常运作的话，睡在这栋屋子里的人都会被吵醒的。”

“我算是明白了。”麻子谨慎地说，“这跟我和茜老师发现的那样东西有关啊。”

“对，你的反应非常快。”星园眯着眼睛注视着麻子，“白天的时候，草吹老师和麻子小姐发现了一样东西：那根线上有一个绳结。换言之，线开始被弄断了，但又重新绑到了一起。各位已经明白了吧？线断了一次之后又重新打了个结。可是财野先生没有道理这么做。财野先生所使用的线还留有很多。草吹老师和麻子小姐也在房间里的桌子内找到了这些多余的线。如果线是在财野先生制作机关的时候断掉的，他就会使用新的线。打上结的线之后还可能会有松开的风险。财野先生当时正在制作机关，棉线圈应该就在手边，与其把断掉的两根线绑到一起，重新用一根新的线肯定更快。此外，不可能是宴会结束后喝醉的财野先生回到房间时不小心被线绊住，弄断它之后重新绑到一起的。毕竟警报没有发动。如果是财野先生自己弄断的，他立刻就会察觉到机关不完善，从而调整水壶的位置来重新设置机关，避免它卡在门框上。因为警报装置并未发动，所以财野先生不可能只重新绑了线却没有调整水壶的位置。故而绳结并不是财野先生打上的。不是财野先生，那又是谁呢？答案只有一个，打结的除了凶手以外没有别人了。我们知道本案中不存在共犯，所以进入房间的就只有凶手本人了。凶手在行凶结束后，一定是重新绑好了线。”

“总觉得有点奇怪。”茜不服气地说，“道理我都明白——确实只能这么认为，但还是有地方不太清楚。凶手为什么非得这么做呢？”

“是的，这个‘为什么’就是下一项条件——”星园有些为难地回答道，“首先，我希望大家能理解刚刚我说过的话。打结的就是凶手——第五项条件是‘身体特征’，大家都没问题吗？”

“嗯，这一点我理解了。但能否告诉我们凶手为什么要这么做？”

在茜的催促下，星园说：“明白了，接下来就是第六项——

即最后的条件了。我将它命名为‘行为’。凶手为什么要重新打结呢？这么做的原因在哪儿呢？凶手为什么会采取如此非同寻常的行为？当然，打结这种行为本身并没有意义，只是把警报装置复原了。凶手将警报装置恢复成原本的状态。那么，凶手复原警报装置的目的又是什么呢？我花了整整一下午来思考这种行为的意义，终于把它给想清楚了。”

星园故弄玄虚地顿了顿，说：“换言之是这么回事：如果就让线这么断着，那就无法得知机关没有发动了。若在线被弄断的状态下被发现，那就无法辨别是不是凶手在触发了警报并弄掉水壶之后又将它放回去的。”

“你说什么？”嵯峨岛眨巴着眼睛，“我有点不明白，这是什么意思啊？”

嵯峨岛用手扶着额头，茜在他对面，一边向上空望着一边说：“是这么回事吧——今天早上我们踏入房间之时，如果线被弄断了、耷拉下来，我们就会注意不到水壶机关是不是未发动。好绕啊。”

“没错没错，这就跟以下这种情况一样了：装置正常运作，水壶掉了下来，凶手将水壶又一次地放回电话簿上。如此一来，我们就无从判断水壶机关是不是没有发动了。我认为凶手就是想要避免这种情况的发生。”

听完星园的话，麻子叹了口气：“总觉得头都大了，这太复杂了。”

“对，是有点复杂，我也很困惑不知道该怎么说明。总之请大家仔细听。”

星园虽然这么说着，但由美和美树子几乎已经听不进去了。她俩一脸迷茫，只是呆呆地注视着星园那端正的侧脸。话虽如此，和夫也是五十步笑百步。他感觉相当痛苦。从刚才开始星园就一直说着没有头绪的话，和夫的大脑中枢都疲劳了。

星园并不在意和夫的感受，继续说明：“今天早上我们发现水壶嘴卡在了门框上。水壶是放在电话簿上的，我们因此才意识到警报装置并未发动。然而仅凭这点，我们还是不能排除凶手可能是被警报的声音惊到了，然后慌慌忙忙地捡起水壶并放到了原来的位置。在线被弄断的状态下，就算水壶还放在电话簿上，我们也无从区别究竟是机关没有发动还是凶手重新放上去的。由此，我认为凶手是想通过把线恢复成原来的状态，使得我们发现的时候又被绊了一次，从而强调水壶机关并未发动。虽然不知道发现者会是谁，但此人被线绊住却没让水壶掉落，因此可以得知警报原本就没有发动。我们可以推测，凶手就是想让我们知道这件事。通过在线上打结，这一点就更加显而易见了。就算发现者并没留意到线而弄断了它，只要能注意到有一个地方打了结，就能够推导出凶手重新把线绑起来的结论。刚才在‘身体特征’这一条件中我已经进行过说明，因为不可能是财野先生打的结，所以把线恢复成原状的就是凶手。实际上，得知财野先生的死讯后草吹老师弄断线的时候，水壶并没有掉落，而且昨晚杉下君和由美她们也没有听到声响，可见警报确实是没有发动的。总之，凶手通过把线恢复成原状并在上面打了一个结，想向大家强烈地暗示警报装置没有发动。除此之外，我想不到凶手有什么理由会去把线复原。”

“嗯，有点似懂非懂的感觉。”茜痛苦地揪着头发，“是为了强调水壶机关没有发动啊。但我还是没搞明白，凶手为什么非要这么做呢？”

“关于这点我也马上会说明。”星园若无其事地微笑着，“刚才我在最开始的‘位置关系’这一条件中已经进行过阐述。我们可以推测，凶手在行凶前已经知道由美和美树子在大厅里睡觉。参加宴会的杉下君当然知道她俩在那儿；就算两人之中的某人是凶手，也会在另一个人睡着之后开始行动，所以也是知道对方在睡觉的。此外，住在右侧大路的人一定会从正门进入，要去员工房间就必须经过大厅——此时，我们虽然无法判别凶手是蹑手蹑脚地经过了睡着的两人身边还是绕了远路从后门重新进入——总之，无论谁是凶手，都应该知道大厅里睡着两个人。这一点大家在刚才就理解了吧。因此，水壶警报装置虽然没有发动，但凶手在行凶之时估计一直都是提心吊胆的。附近睡着的两人醒过来该怎么办？凶手一边这么担忧着，一边经过了她们的身边。两人之中的某人是凶手的情况也一样：剩下的那个人醒过来该怎么办？此外，凶手应该也不知道杉下君在二楼，所以会理所当然地戒备着仅有一墙之隔的被褥收纳间。可是无论如何还是会发出声音的啊。殴打财野先生的时候、开关门的声音、勒脖子的时候床的嘎吱声，还有脚步声——无论怎样都会有威胁到凶手的响动。每发出一次响动，凶手的心脏都收缩得厉害：刚刚的声音要是吵醒了大厅的两人该怎么办？要是吵醒了杉下君该怎么办？虽然不可能一有点动静就有人来察看情况，但是在第二天早上发现尸体的时候，行凶时间就会无可避免地变得明确了。被吵醒的由美或美树子会如此做证：昨天晚上员工房间方向传来的动静吵醒了我，现在想来应该是行凶时的声音，我当时看了看表，应该是 X 点 X 分前后发生的事。如此一来，就会留下行凶时间这一明确的线索了。”

刚刚的内容似乎浅显易懂，由美轻轻地点了点头。

“不过，就算有人被吵醒了，凶手还是有补救措施的。只要不是水壶掉落到地上那种洪亮的声音，行凶时发出的细微声响就可能会被认为是其他的声音：风声、屋子里的响动，抑或是错觉。如果被吵醒的人是这么认为的，那对于凶手来说应该就觉得安慰了。虽然是听到动静醒了过来，但说不定是风声——如果能这么想，那就正中凶手下怀了。不过，水壶掉落到地板上的声音却是决定性的，任何人都会因此惊醒。事实上在今天早上，餐厅里的美树子也听到了水壶的声音。因此，如果我们是在线被弄断的状态下发现了警报装置，那么就无从区别水壶机关到底有没有发动，故而被其他动静吵醒的两人说不定会这么做证：'我听到动静而醒了过来，那个声音肯定就是水壶掉落的声音。既然房间里设置了警报装置，那我听到的一定就是装置的声音了，所以行凶时间肯定就是那段时间。'若是做出这番证词，行凶时间就会昭然若揭。而真实的情况却是把未曾发动的警报声音与其他的声音混同在了一起，从而产生了无中生有的定式思维。凶手应该就是这么考虑的吧。凶手尽可能地想要避免发出动静，对他来说，最好要将水壶滚落到地板上的可能性扼杀在摇篮里。这就是他为什么想强调水壶机关没有发动的原因。为此，凶手将线修复后，把警报装置恢复成了原来的状态。"

"大概明白了，但是——"茜抖了抖点燃的香烟，"就算明确知道行凶的时间也没什么关系吧。反正大半夜的所有人都在睡觉，不在场证明都不清晰，根本成不了问题的。"

"不对，这是不行的。"星园马上就否定了，"由美和美树子当晚处在一个独一无二的环境中，只要醒过来就能清楚地知道彼此的位置。所以，如果其中一人被动静吵醒了，而另一人还在睡觉的话，那对方的不在场证明就成立了。如果两人都醒了过来，她们当然会互相做出不在场证明。就算杉下君醒过来了，他也只有一个人，在任何人是凶手都不足为奇的情况下，一个人的证词是不可信的。然而，有两个人的话就另当别论了。嫌疑人只有七个人，在这种限定的情况之下，七人之中的两人拥有了不在场证明，各位不觉得这对凶手相当不利吗？嫌疑人的范围一下子就从七人缩小到五人了。从凶手的角度来看，他一定想让所有的七个人跟之前一样可疑。因此，若是模糊了行凶时间，就算两人在半夜里醒了过来，不在场证明之类的也就不成问题了。也就是说，凶手否决了水壶发出声音的可能性，从而想让行凶的时间不明晰。如果强调了水壶机关没有发动，可能被其他动静吵醒的两人或许就无法明确这种声音是凶手行凶时发出的还是风摇动窗户时发出的——总之，可以称作加了一道保险。只是把线打个结就避免了嫌疑人从七人减到五人，这道保险相当实惠。这就是凶手重新把线绑起来的原因。”

“可是老师，凶手直接让警报装置消失不就好了吗？如此一来从最开始就没人会考虑水壶声音的可能性了。”

和夫把心中所想之事说了出来，但星园还是简单地摇了摇头：“不对，这也是不行的。我之前说过，凶手竭尽所能地不愿意发出声音。如果慢吞吞地把水壶、电话簿和雨伞架移到自然的地方去，那就会发出不必要的脚步声。与其这样来消除警报装置的痕迹，还不如绑一根线更省事。”

“噢，原来如此。”

和夫的反对意见瞬间就被粉碎掉了。也许是白天一直在思索的缘故，星园做出的推理就如同牢固的城墙一般坚不可摧。这个人果然是无可匹敌的。

“于是乎我们可以得出结论：凶手为了不让由美和美树子两

人拥有不在场证明，将线重新绑了起来作为一道保险。这就是最后的条件——‘行为’。”

星园说完，茜深深地叹了口气：“我算是服了，这也太复杂了嘛。”她那语气已经是完全接受了，似乎是代表了围坐在餐桌前的所有人的心境，表示大家都理解了。

25

【论证迎来了最后的阶段。根据提出来的条件，星园终于开始锁定凶手了。】

“我提出了‘位置关系’‘凶器选择’‘不在场证明’‘心理因素’‘身体特征’‘行为’这六项条件。”

星园那深沉的声音朗朗地回荡在餐厅里。只有外面猛烈的风声盖住了他的说话声，大家都鸦雀无声。

“我打算从这些条件中推断出凶手。首先是‘行为’。”星园将手掌完全打开，然后弯曲着一根大拇指，“凶手为了不让由美和美树子两人有不在场证明而上了一道保险，采取了把断开的线绑在一起这项‘行为’。这里也可以反过来进行解读。通过强调警报未发动而让两人没有不在场证明——反过来考虑就是，如果没有强调警报未发动，那么两人的不在场证明就有可能成立。我们在这里假定她俩之中的某人就是凶手。如果两人之中的一人是凶手，另外一人被动静吵醒的话，那就会知道此人没在旁边了。因此，在这种情况下，凶手只能赌留在沙发的另一人不会醒过来。如此一来，水壶警报反正都没有发动，也就没有意义再搞些小动作了。万一行凶的时候另一人被动静吵醒了，凶手回到大厅的时候就会被问去哪儿了。虽然可以借口说自己去了厕所，要是能蒙混过去还好，若要是被识破那就完蛋了。第二天尸体被发现的时候，要是被对方指出‘我听到动静的时候你没在沙发上，所以你就是凶手’，那就万事休矣——问题的着眼点就在于此，于是线的保险就没有用处了。如果两人之中的某人是凶手，不去管线、赶紧悄悄地返回来才是上策。换言之，我们的假设是错误的。两人之中的某人是凶手，那就没有接线的理由——也就是说，复原警报装置这一‘行为’，只有可能是在行凶时知晓两人有不在场证明的人所采取的。因此，通过这项条件可以证明由美和美树子两人并非凶手。故而两人的嫌疑可以排除了。”

由美用手捂住了嘴巴，而美树子则是肩膀一松、叹了一口气。

“接下来我们来考虑一下最开始所提到的‘位置关系’。通过这项条件，在管理栋的杉下君、由美和美树子以及住在右侧大路的人暂且不论，可以确认只有住在左侧大路的人不是凶手。住在左侧大路的人没有必要绕到正门。说起住在左侧大路小屋的人，那就是嵯峨岛先生和麻子小姐两人了。因此，通过‘位置关系’的条件可以排除嵯峨岛先生和麻子小姐的嫌疑。”

嵯峨岛几乎没有反应，而从麻子的表情可以看出，她那紧张的情绪消失了。和夫看到后，感觉连自己的身体都变得轻松了。

“然后是‘凶器选择’的条件了。凶手并不知道员工房间正面的杂物间里放着什么东西。然而，在财野案之前，有人打开过杂物间，从里面拿出了东西。昨晚的晚餐前，从新闻里得知山下的镇子正在遭受强烈的暴风雪袭击之后，草吹老师说她的暖炉里煤油剩得不多了，财野先生将放煤油的地点告诉了她。存放煤油的地点就是那个杂物间。草吹老师拒绝了财野先生的提议，自己去杂物间里拿了煤油。当时，麻子小姐也是一起的吧。在案件发生之后，我和杉下君也确认杂物间里有装煤油的塑料桶。在如此绝好之地有着可以当凶器的东西，凶手怎么可能会视而不见呢？然而，两人在凶案发生的几小时前，即傍晚的时候就查看了杂物间。因此，从这项条件可以排除掉草吹老师和麻子小姐。”

茜朝着天花板大吐着烟圈。烟气宛如胜利的信号，缓缓地划着弧线，散了开来。

“那么，麻子小姐就在‘位置关系’的条件下第二次被排除了嫌疑。尽管这有些烦琐，但我还是要重复说明一下，毕竟我希望我的结论是准确的。这次该轮到‘不在场证明’的条件了。有不在场证明的人当然就没有嫌疑了。凶手在杉下君碰巧经过时就在岩岸先生的小屋里。因此，无意中听到谈话的杉下君本人，以及鄙人是不可能在那栋小屋里的。因为在杉下君从左侧大路来到我的小屋这段时间内，我是不可能追过杉下君的。杉下君从左侧大路来到管理栋的屋檐下，采用了最短的路线来到了我的小屋。两条大路之间的雪地上没有脚印，如果我就是在岩岸先生的小屋里与他争论的那个人，只要不会瞬间移动，我是不可能超过杉下君而回到自己的小屋的。因此，从‘不在场证明’的条件，可以排除杉下君和鄙人的嫌疑。”

和夫跟突然抬起头来、满脸惊讶的麻子四目相对。好奇怪，这下子所有人都没嫌疑了。和夫虽然这么想着，但星园还是若无其事地继续说了下去。

“接下来是‘心理因素’。完全不相信 UFO 或神秘怪圈的人不可能是凶手。草吹老师以前就在文章中写到，自己不相信幽灵、灵异现象、UFO等。在第一天的晚餐时，我还记得美树子说她读到过。这个现场偶然让凶手获得了杀死岩岸先生的机会，现还有积雪，非常易于搞神秘怪圈之类的把戏。可是，这种环境的产生只不过是偶然罢了，而且我也不认为茜小姐会为了那种没有效果的干扰战术而在很久之前就在随笔里标榜自己是否定派。此外，虽然很冒昧，不过我从以前就是UFO的怀疑论者。打开我所著的书籍看看就知道了。”

和夫想起了在开往这里的西武特急上所读的书。书上确实有相关记载。

“因此，通过‘心理因素’这一条件，草吹老师和我的嫌疑被排除了。”

星园淡然地继续说着：“最后的条件就是‘身体特征’了。凶手把线绑了起来。然而，这里有人无法做出打绳结这么精细的动作。嵯峨岛先生在第二天早上被烫伤了，一只手的手指无法活动。此外，由美小姐的指甲太长了。在第一天的晚餐时，美树子小姐向大家展示了自己漂亮的假指甲，而由美小姐的指甲是自己的，相当地长。”

由美将双手水平摊开，能够清楚地看到她的指甲就像泰国的民族舞蹈艺人的一般异常地伸展着。

“如此一来线就会与指甲打架，实在不可能打出那么小的绳结，不适合精细的活计。因此，由美小姐没有帮忙做饭，而且连易拉罐环也没有办法自己打开。故而通过这项条件，嵯峨岛先生和由美小姐的嫌疑再度被排除了。”

星园抬起了他那希腊雕像般的脸：“我的论证到此结束，其中分别列举出了不符合各项条件的人。”

星园说完，扫视着餐桌前所有人的脸。

26

【星园指认了凶手。】

“虽然有很多人都两次被排除了嫌疑，但其实这里的所有人都没有嫌疑了。”

“这是怎么回事？凶手另有其人吗？”由美惊奇地问道。

“不，当然是在我们之中。毕竟这里除了我们之外就没有其他人在了。”

星园说完，茜皱了皱眉：“星园君，你心眼也太坏了嘛，刚刚的内容你故意在什么地方说错了吧？不过好奇怪啊，我想不出是什么地方有问题。”

麻子也说：“对啊，道理都是讲得通的。”

星园似乎很享受大家的反应，又将目光扫过众人：“刚刚我的推理应该是没有遗漏的。不过，如果某项条件的大前提就错了，那就另当别论了。通过正确的逻辑所推断出来的结果就是这样的，所以只能认为现有的条件中至少有一项从根本上就是错误的。从错误的前提开始进行推理，所以才得出了错误的结论。那么，是哪一项前提违背了事实呢？”

星园将一根手指抵在眉宇之间：“其实，刚刚的六项条件之中，只有一项条件的前提与客观事实不符，各位能明白吗？”

星园顿了顿，像是在吊众人的胃口：“与客观事实不符的前提——从结论来说，只有‘不在场证明’这个条件。其他的所有条件都不言而喻，它们的前提都是基于所有人都认可的事实。

无论是凶器的地点、小屋的位置关系，还是绳结。因此，除了‘不在场证明’这个条件之外，其他的条件都像刚刚我所论证的那样是不可动摇的。然而，只有‘不在场证明’这个条件不同。它的所有出发点都仅仅源自杉下君的证词，只有这点谈不上是客观事实——换言之，论证的起点只有杉下君所说的话，而其他人都无法确认这些话的真伪。如果出发点有误，这项条件就会从根本上消失。既然我们得出了所有人都没有嫌疑这种不自然的结论，却又找不到其他条件，那么就需要将这项没有客观性的条件给撤掉。如此一来，在这项条件中排除嫌疑的杉下君和鄙人——我们两人就还是有嫌疑了。然而幸运的是，在‘心理因素’条件下，我和草吹老师被一同排除了嫌疑。大家都明白了吧？只有杉下君一人没有排除嫌疑的条件。因此，通过简单的排除法，我们只能得出这样的结论：唯一没能排除嫌疑的杉下君就是凶手。他在第一起案件中做出了虚假的证词，说自己偷听到了谈话，而且为了增加可信度还狡猾地耍起了花招，只将这件事告诉给我一个人，从而立马就排除了嫌疑。岩岸先生的小屋里有人这件事当然也是假的，所以来回的脚印就是杉下君的。对吧，杉下君？”

星园正对和夫，凝视着他。和夫目瞪口呆地站了起来。餐厅里一时变得混乱。

由美从椅子上一跃而起，躲到了星园的背后。美树子发出了短暂的尖叫声后也绕到了他的身后。嵯峨岛仍旧坐着，哐当哐当地移动着椅子，挣扎着想要远离和夫。

“好过分——是你干的啊。”

美树子带着哭腔，只把她的脸从星园的肩头露了出来。由美也用凶狠的目光盯着和夫。

在众人的注视下，和夫感觉自己脸上的血色正逐渐褪去。如果人心能像身体那样行动起来的话，那感觉就是众人的心突然之间同时背向了自己。大脑嗡嗡作响，和夫拼命地抑制住自己差点儿就叫喊出“不对，不是我”的冲动。好不容易没有喊出声，仅仅是因为一点，那就是白天的时候星园低声所说的话语：无论发生什么事都不要感到惊讶，要注意在其他人面前保持冷静。这句话一定指的就是现在这种情况了。没错，星园恐怕是给凶手设下了陷阱。他的方案就是以和夫为诱饵，让凶手露出马脚。虽不知道具体是什么方法，但要是连这点意图都看不出来，自己就不配当助手了。凶手一定会马上就开口说话了。在此之前必须要保持沉默，不可以妨碍星园的计划。

可是，在众人的冷眼之下，和夫手足冰冷，身体开始不停地颤抖，甚至产生了恐惧的感觉。美树子那泫然欲泣的眼神，由美那深恶痛绝的眼神——和夫的侧腹冷汗直流。嵯峨岛那像是在看着不快事物的眼神，茜那浮现出冷笑的眼神——和夫觉得很是不舒服。臼齿哆哆嗦嗦打着战，眼球深处已经开始发麻。只有麻子的眼神他没能直视。他害怕她那双眼睛里透露出轻蔑的神色，便不敢看她。和夫止不住地颤抖，鼻腔深处刺痛，大脑晕乎乎的。只有星园眼神不一样，向和夫投来了明确的信息：忍住、坚持住、再忍耐一会儿。胃部周围火辣辣地疼。身体的颤抖就像发疟疾似的，连站着都很痛苦。老师，还没好吗？快点啊，我快受不了了。大家那冰冷的目光充满着悲哀与憎恶，大家的双眼害怕得不得了。快点，在凶手说出什么之前……凶手一定会说什么的。他看到我被指认出来便放心了，大意了，嘴里一定会吐出些什么。快点，快点——

“他真的是凶手吗？”

胆怯的声音。那声音在宛如吊钟一般空空如也的大脑里令人不快地回响。这是谁的声音？麻子的？不对，这是陷阱，凶手马上就会说些什么、露出马脚了，你快不要再说了。

“对，他就是凶手，各位都明白了吧？”

老师，先别管这个人了，请快点揪出真凶吧。这个人根本就无关啊。

“大致是明白了。不过有一点我无法接受。他的动机是什么？为什么要杀掉财野先生和岩岸先生呢？”

够了，你快闭嘴，我在等着凶手上钩，与你无关的。凶手应该马上就要说些什么了。凶手就要——无论发生什么事都不要感到惊讶？

“动机吗？关于这点我也不太清楚，不过倒是可以发挥一下想象力。岩岸先生被害的第二天，在确认各位的不在场证明时，财野先生做出了如下证词：昨晚半夜里，风声吹到耳边把我吵醒了，我也不知道这是几点钟的事。财野先生是这么说的。财野先生在这种深山老林里由于风声和寒冷醒来。作为招待方，担忧第二天的天气也是自然不过的事，毕竟第二天是预定要下山的。所以醒过来后去确认风向和天气状况也是理所当然的行为。财野先生的员工房间窗户正面对着小屋一侧，恐怕那个时候他看到了吧——凶手，也就是杉下君，正从岩岸先生的小屋里走出来。我猜想财野先生是出于什么理由而先按住不表，之后又悄悄地向杉下君说了这件事。恐怕是威胁吧，为了提出什么要求之类的。财野先生能够满不在乎地做出逃税这种事，要犯下恐吓这种新的罪行也不会有所抵触的。和夫杀掉了难以接近的上司，这让他感受到了某种程度的怜悯，所以瞒着我们提什么要求也不足为奇。财野先生之前带杉下君去过地下室补充发电机的燃料，那恐怕是为了制造出两人独处的机会吧。财野先生开口提出了交易的事，这就让杉下君起了杀心。我就是这么考虑的。”

“原来如此，我明白了。那么岩岸先生呢？只要清楚了杀害他的动机，我和大家也就能完全接受这个说法了。”

“麻子小姐，说实话，关于这一点我是犯了规的。我利用只有自己知晓的情报推导出了这个结论，虽然很不好意思，但这就是犯规。所谓情报是这么回事：杉下君对于他公司的社长——也是我所属的事务所的社长，抱有过度的尊敬之情。他异常地支持并景仰社长，这在现在的年轻人中很罕见。”

“哦，这件事我是知道的，他本人告诉过我。”

“是吗？那我就不用再赘述了。其实接下来就是犯规的内容了。以前，在那名社长为了拓展业务而新创立不动产部门时，交易对象就是山冠公司，也就是岩岸先生的公司。草吹老师也说过，岩岸先生贯彻的经营方针有些强硬，故而得罪的交易对象似乎也不少。杉下君所尊敬的社长估计也在其中，当时他受骗、承受了巨大的损失——我记得有人在我耳边说过这件事。此外，当时某种业务上的渎职行为又被岩岸先生抓住了把柄，导致杉下君所崇敬的社长到现在还在岩岸先生面前抬不起头。我听说，这次我接下这里的工作也是岩岸先生半强制地向社长提出的委托。听说还有其他各种各样的在公私层面走后门之事。我想，社长会因此而怀恨在心吧。大家都明白了吧，杉下君为了给自己过度敬仰的社长报仇雪恨而杀了岩岸先生。这非同寻常的忠诚心可以说是生错了时代吧。他大概是在哪儿听说了这项工作，为了获得接近岩岸的机会而当了我的经纪人吧。”

“我知道了——是这么回事啊。”

麻子冰冷地说着，那是一种完全理解而放下心来的语气。

和夫已经无法站立了，整个人像是从腰部开始坍塌，重重地落到了椅子上。他的颅骨内已是真空状态，感觉完全无法思考了。星园设下陷阱的对象莫非是——真空的大脑里满满地飘浮着问号。众人的目光依旧如针扎般地疼。

“你明白了吗？”星园说道。

“嗯，我明白了。”麻子回答道。

27

【侦探指认出了真凶。】

“我明白了，这是不打自招啊——星园先生，您就是凶手。”

麻子说完，向茜偷偷递了个眼色。茜耸耸肩，点了点头。

28

【麻子展开了反驳。和夫的误会搞清楚了。】

“我是凶手？”星园就像看着世界上的奇妙生物一般回看着麻子，“你这是什么意思？刚刚你应该说过你明白了啊。”

“对，我明白了，您就是凶手。”麻子用严肃的口吻回答，紧紧抿住的双唇让她的侧脸显得更加认真。

“你理解我刚刚说的话吗？”星园隔着餐桌与麻子对峙，语气很是吃惊。

“我当然理解了，而且我认为基本上是正确的。您的逻辑相当严密。不过，我认为有个地方是有问题的。”麻子的语气生硬得很，但还是拼命地盯着对方的眼睛，“刚刚您在‘不在场证明’的条件中以不符合事实为由而否定了整个前提。您认为杉下先生的证词是谎话，便不予采用。但是我相信他。我认为错的不是前提，而是解释。”

“你是说他真的偷听了？”星园满腹狐疑地说着。

麻子点了点头：“是真的。他不是凶手，自然就没有必要撒这个谎。”

“可是我没明白，岩岸小屋前的脚印——三组之中有两组是凶手的，你不这么认为吗？”

“我认为是的。现场没有其他的脚印，所以就是凶手的。”

“那你还说我是凶手？”

“是的。”

“你所说的话前后是不一致的。如果杉下君真的偷听到了，那脚印就只能是杉下君所听到的声音主人所留下来的。而我在那之后就在自己的小屋与杉下君见了面。你是想说，我在空中飞行，超过杉下君后回到了自己的小屋吗？”

“不，不是的，脚印是再后面才留下的。那些脚印是在杉下君偷听之后过了很久，您去杀害岩岸先生之时留下的。”

“那偷听到的声音又是怎么回事？与岩岸先生对话的人来回没有留下脚印吗？”

“不是的，杉下先生偷听之时，小屋里只有岩岸先生一人。”

听完麻子的话，星园已经忍不住笑出了声：“那就奇怪了。你说的话太不合理了。小屋里只有岩岸先生一人，那不就是说杉下君还是说谎了吗？杉下君主张自己听到的声音是什么？你不会打算说是幻听吧？啊，莫非岩岸先生是在练习口技？”

面对星园的揶揄，麻子始终保持着坚定而严肃的态度：“不，我觉得杉下君是误会了。”

“这次又是什么？误会？说谎和误会可是天差地别哦。”

麻子完全无视星园的揶揄，毫不畏惧地开始了论述：“首先，我希望大家能想起岩岸先生和财野先生的几项言行。第一晚的晚餐结束后，岩岸先生邀请茜老师喝酒。可是茜老师说有工作便回绝了他。岩岸先生好像是这么说的：‘其实我也有必须要做的工作。’当时，我以为他是为了掩饰被拒绝后的难为情才说了这句话。事实上，岩岸先生的小屋里，除了自己的行李之外并没有工作用品。另一方面，我们后来在财野先生的房间里发现了公文包，里面除了有笔记工具等办公用品外，还有公司的内部账本。整理逃税用的秘密账簿——大家不觉得在这种远离人烟的地方很适合做这种工作吗？因此，我认为公文包最开始在岩岸先生的房间里。那天夜里，岩岸先生正在做着这种秘密的工作，后来财野先生又把整套东西给带出来了。那么，财野先生是什么时候把公文包带出来的呢？只能是他发现岩岸先生尸体的时候。当时我们也进了小屋，星园先生和杉下先生在调查的时候也并没有发现公文包。发现尸体的那天早上，财野先生以为岩岸先生睡过头了，便准备去叫醒他。当时，为了走出餐厅，财野先生使用了那道门。”

麻子指了指和夫背后那扇印有木头纹理模样的门。

“要前往后门，走那扇门出去是最快的，因为路线是一条直线。可是，财野先生发现岩岸先生的尸体后回到这里时，却是从这边这扇门进来的。”

麻子这次指了指嵌有磨砂玻璃的门。确实是的——和夫朦朦胧胧地回想起来了。那时，财野气喘吁吁地飞奔而入，磨砂玻璃都要碎掉了。

“如果财野先生在发现岩岸先生的尸体后是直接返回来的话，应该是从他出去的同一扇门回来才对。毕竟无论怎么想，那扇门都离后门更近。发现尸体后人慌慌张张的，一般都会从更近的门进来吧。然而财野先生却不自然地绕了远路，从磨砂玻璃门进来。这会不会是因为，他在回来的时候去别的地方有什么事而稍微绕了道？原因就在于那只公文包。财野先生估计是知道岩岸先生前一天夜里的工作内容的。而且对于公司来说，财野先生应该也不愿意把背后的阴暗面公之于众。很明显，财野先生在职务上也与此事有关。如果逃税的事实被揭发出来，财野自己也有可能锒铛入狱。因此，财野先生在发现尸体的时候，便将装有不能见光的秘密账簿的公文包给带了回来。他回来通知我们的时候走了不一样的门，是因为他将公文包放回自己的房间里后才过来的缘故。先去一趟员工房间再返回这里，那么从磨砂玻璃门进入的路线就很合适了，时间上也没有太大的区别。财野先生绕远路的原因只能这么解释。他出去的时候手里空空如也，回来的时候则是把自己和公司的犯罪证据给藏了起来。”

和夫心想：确实，我从阳台上看到了财野前往岩岸的小屋，但他回来的时候却没人看到。

麻子继续道：“然后，那只公文包里装着某些东西，而这就是杉下先生误会的原因所在。我认为公文包里装的是手机和收音机。杉下先生听到的是收音机的声音，而岩岸先生则是对着手机在说话。”

星园沉默了一会儿，插科打诨道：“哎呀，思路怎么这么跳跃啊！这些东西是从哪儿冒出来的？你说的话就跟印度的骗子预言家似的。”

麻子并不跟他争论，继续说：“至此，请大家再次回想起两人的言行举止。岩岸先生在用餐的时候自夸平时都是使用电车出行。他还说，要是想到什么就会立刻打电话，无论是洗澡还是上厕所的时候都是如此。我认为，这是携带手机的人所说的话。实际上，像岩岸先生这种人要是没有手机才奇怪吧。我们经常看到在电车里或是街角吵吵嚷嚷打电话的大叔。这很符合岩岸先生这种类型的人的形象。接下来则是财野先生——在同一张餐桌上，财野先生说自己以前来过这座度假村两次。当时应该还说过，那两次的天气都很好，这里作为度假胜地还是不错的。然而第二天，财野先生驾车出行，却由于雪崩而返回来时，他明确地这么说过：在这种天气下是没有信号的，没有办法使用手机。大家还记得吗？当时我们正在商讨如何与山脚的镇子取得联络。他还说过，平时是有信号的，别墅区会使用手机。可是，财野先生前两次来这里的时候天气都非常好。只在天气很好、平时能接受到信号的日子来过的人，为什么会知道狂风之中收不到信号呢？这表明，财野先生在这种天气下曾经尝试过拨打电话，然后才知道信号不好的。换言之，就是在当天。或许是在驱车下山的途中，或许是发现雪崩返回之后，去自己的房间换下打湿的裤子时。不管是哪种情况，从财野先生的言行中可以得知，此处确实是有手机的。电话作为与工作相关的物品，应该是跟其他东西一起放在了同一只公文包里。在财野先生看来，只用把秘密账簿从岩岸先生的小屋里带出来就好了，不过花费太多时间也会被我们怀疑的，所以他就把整只公文包给带了出来。而手机又是跟背后的阴暗事物一起悄悄地从杀人现场带出来的，所以财野先生就无法告诉我们手机的事。

他心里想的应该是：反正这玩意儿也毫无用处，就算告诉我们带了手机也没有办法使用。此外，当由美问到有没有电话时，财野先生一时语塞。现在想来，应该是因为自己的隐瞒而有些内疚吧。”

麻子长篇大论之后，她的嘴唇都被小小的舌头给微微打湿了。星园并没有反驳。他似乎在想些什么，俊美的面庞从容不迫，眼睛直勾勾地盯着麻子。

麻子继续说道：“然后是收音机。岩岸评价自己是成天关注股市行情的人。案发当天是工作日，这么说或许有点牵强，但岩岸先生当晚会不会通过收音机收听了当天的股市行情呢？杉下先生经过的时候，收音机正在播放广播剧或DJ的节目，而岩岸先生正在打电话——当晚天气还很晴朗，手机信号还不错，打电话应该是没有障碍的。我认为杉下先生把这两种声音误会成打情骂俏了。难怪杉下先生听到的声音非常刺耳。事实上，声音是通过电信号放大的，当然不会像这里任何一个人的声音。声音在小屋里就含混不清，传到外面的雪地里时又夹杂着风声，所以就无法区别是不是真人的声音了。此外，像岩岸先生这种年龄的人，就算打电话也会做出相应的动作，就像对方就在眼前似的。这类人并不少见。我以前在街上看到一个中年男性点头哈腰地朝着自动售货机走去，把我吓了一跳。其实那人也是在打手机。”

和夫回想起殴打课长助理的那晚，自己栩栩如生地想象着听自己发牢骚的朋友在电话那端耸肩的样子。

“杉下先生做证说他在窗帘的缝隙间看到了岩岸先生正用右手做着抱人的动作。可是，抱人的话一般都会使用双手。我认为岩岸先生只伸出了右手是因为他左手拿着电话。岩岸先生过于专注地讲电话，或许是一不小心就做出了相应的动作，好像对方就在眼前。或者只是觉得收音机太吵了，便准备伸手关掉开关。在打电话的时候调低电视或收音机的音量也是很常见的情况。杉下先生从这两种声音的状态先入为主地认为他们是打情骂俏，就可能把这种稀松平常的单纯动作解读成了抱人。这就是杉下先生的误会。他听到了收音机和打电话的声音而误以为小屋里有两个人。”

麻子好像逐渐建立起了信心，说话字正腔圆、掷地有声。

“当然，那个时候雪地上只有一组脚印——岩岸先生去小屋时所留下的。只有他一个人，所以是理所当然的。或许是由于太暗，杉下先生并没有看到那时的脚印，所以后面的两组脚印是在更晚的时候星园先生留下的——当然是在去杀害岩岸先生的时候。怎么样，星园先生？依你的逻辑，‘不在场证明’的条件就被推翻了。跟杉下先生一样，您也有嫌疑了。”

看着麻子那一本正经的脸，星园浮现出嘲笑般的表情说道：“你的道理简直是狗屁不通。不过很遗憾，我还通过‘心理因素’免除了嫌疑。我从以前就对 UFO 持否定态度。在想要尽快离开杀人现场的情况之下，我是不可能特地去做神秘怪圈来扰乱视听的。”

麻子丝毫没有改变她那真挚的态度：“那我就把它给推翻吧。事实上，做出神秘怪圈的目的并不是您说的那样是为了扰乱视听。”

“咦，你又有新的解读了？”星园好像是要说‘我们俩没法交流’似的，“你也想说那是 UFO 着陆的痕迹吗，还是说神秘怪圈包含了什么意义？我觉得那只能是凶手扰乱视听的战术。”

“不，关于这个问题，我想可以从由美的羽绒服被弄脏了这件事得到解释。”

“又在胡说八道了。”

“大家都记得吧，由美的羽绒服被煤渍弄脏了。财野先生解释过，之前的小屋是烧柴火取暖的，墙壁都被煤渍弄脏了。”

麻子那溜圆的眼眸直勾勾地注视着星园。

“在此之前——请大家回想起我们都忘了的一件很重要的事。在这种封锁的情况下，不知不觉形成了一个盲点。也就是说，第一天夜里岩岸先生被杀害的时候还没有人能够预测到这里会与世隔绝，没有人能够提前知道天气还会恶化、我们会与山下失去联络——凶手当然也是如此。因此，凶手预计在第二天早上岩岸的尸体被发现时，警察会来现场进行彻底的查证工作。但当我们真的遇险时凶手便慌了神，完全把这件事给忘了。所以，要展开推理就必须以此为起点——凶手预计警察会及时介入而犯下了罪行——这一点是不可以忘记的。”

麻子就像在叮嘱自己似的，继续说道：“我们回到这个观点上来思考一下岩岸先生的案子。岩岸先生睡在双层床的上铺。晚餐后解散的时候他本人也说过上铺会更暖和，而且实际上上铺确实也有被子。此外，小屋的天花板很低，上铺几乎要挨到天花板了。所以，用登山锹殴打睡在上铺的人是相当困难的——因为登山锹一举过头顶就会碰到天花板。纵使在上铺勉强殴打了岩岸先生并让他失去了意识，也没有必要把他放到地板上后再勒死他，只用把他继续放在上铺作案就行了。然而，岩岸先生的尸体是在地板上被发现的。所以，岩岸先生并不是在睡着时，而是在清醒的状态下被殴打的。他是被凶手叫醒而下了床，还是在原本就醒着的时候被袭击的呢？这就无从知晓了。总之可以确定的是，岩岸先生并不是在熟睡的时候被殴打的。在这里，请大家回想小屋的状况。作为凶器的登山锹挂在墙壁上相当高的位置，高度接近天花板，要想偷偷取下来是有点困难的。岩岸先生被袭击的时候应该还在下面，没有睡觉，所以他不可能傻乎乎地等着半夜来访的凶手取下这种可能成为凶器的东西。岩岸先生的手臂没有受伤，房间也不凌乱，可见他还没来得及抵抗就冷不防地被殴打了。站在凶手的角度，要想出其不意地攻击，就没有时间慢吞吞地从高处取下登山锹，因为在取登山锹的时候会遭到反击。因此，我认为凶手一开始就藏了一把登山锹，突然殴打了岩岸先生。登山锹大概就是夹在背后的皮带里。换言之，那把登山锹是凶手提前藏好带来的，并非装饰在现场小屋的那把。那么便产生了这样一个疑问：凶手是从哪儿带来的登山锹呢？答案很简单，就是自己的小屋。小屋的装饰全一样，星园先生一定是把自己小屋里的登山锹当作了凶器。”

这时，麻子将剩下的咖啡一饮而尽。她一直在讲话，喉咙都干了吧。

“况且，一开始就有些地方有点奇怪。那些脚印就像是在炫耀着什么似的清楚地留下了三组，感觉是在主张：确实清清楚楚地留下了三组哦。三组脚印非常干净，连一处重合都没有，这也太不自然了。一般来说，在空空如也的地方人类也会从相同的道路通行。原始道路的起源就是如此，就连野生动物都会像这样走出一条小路来。可是，那三组脚印却不一样，感觉就像是在粗糙的推理小说中，为了便于分清谁和谁走过了似的，清清楚楚地留下了三组脚印。所以，我认为那些脚印是故意清楚地留下来，让人能够明显看出是三组的。”

“在初雪上留下脚印很爽吧，所以脚印未必一定要有重叠。”

星园虽然是笑着说的，但言语之中抵触的语气已经消失了。

“这是不可能的。过去时暂且不说，返回时是在杀了人之后，凶手应该没有闲心享受留脚印这种事。”

对于星园的玩笑话，麻子一本正经地回应。

“星园先生，恐怕您在半夜里出了门，来到左侧大路眺望岩岸先生的小屋，站在星空下思考着能否想办法把他给杀了。您听杉下先生说，岩岸先生似乎带某位女士来到了小屋，便考虑自己能不能也去那间小屋。”

麻子的话语就像锋利的刀尖，向星园刺去。

“就这样，在眺望岩岸先生小屋的时候，您就注意到了一件怪事——通往小屋的脚印只有一组。您应该也觉得很奇怪吧。雪地上只有岩岸先生的一组脚印，并没有杉下先生所说的‘客人’的脚印。现在看来也是理所当然的，因为没有其他人去过小屋。于是乎，您便想到可以对此加以利用。您判断杉下先生一定是听错了什么而产生了误会，只要利用杉下先生错误地认为小屋里还有一人的证言，那么之后与他见面的自己就有了不在场证明，顺利的话说不定还能让那名客人顶罪。如此一来，您真正地动了杀心。所以，您为了排除其他人前往小屋的可能性，便清楚地留下了三组脚印。通过留下三组清晰的脚印，便能够强调前往小屋的只有杉下先生口中的客人一人了。当晚，知道杉下先生偷听这件事的只有您，可以说，能耍这种把戏的也就只有您一人。”

那天早上，星园特别想让我看到脚印也是因为这个理由吗？和夫想。

“麻子小姐，你离题了。什么时候谈神秘怪圈呢？”

星园的表情已经只剩逞强的意味了。不知何时，本应紧靠在星园背后的由美和美树子似乎已经退缩了，两人后退到了窗帘处。星园已经明显处于劣势。

“请不要担心，我马上就会谈起的。”麻子始终都用毕恭毕敬的口气说，“您前往岩岸先生小屋的时候，从自己的小屋里带出了登山锹。那时您还不知道岩岸先生的小屋里有着同样的装饰品，而要从森林里寻找凶器便会在雪地上留下痕迹，您想到这儿就不太乐意了。如果去管理栋寻找凶器，就很有可能被睡在管理栋的财野先生或是杉下先生发现，所以您就使用了自己小屋里的登山锹。由于东西就在自己的小屋，之后可以佯装不知地主张从一开始就没有这种东西，而且您盘算着把登山锹扔在现场大家也无法得知出处。然而在行凶后，看到墙壁上有同样的装饰品，您一定吓了一跳吧。莫非所有的小屋都采用了相同的装饰？您意识到这点之后心急如焚。警察来到现场调查，便会发现尸体所在的小屋多了一把登山锹，也会知道只有您的小屋里没有登山锹，如此一来立刻就知道凶手是谁了。您不知道该怎么处理登山锹。就算把它扔到附近的雪地里，可只有自己的小屋没有登山锹也是无法改变的事实，又不好把它带回去重新挂在墙壁上。调查完尸体、得知凶器的形状后，警察立刻就会盯上登山锹。只要调查度假村里所有的登山锹，就只有您房间里的那把会测出血液反应，到那时候一切就结束了。不过，这里却有一个谁都能轻易想出来的，简单而自然的解决办法——那就是把登山锹调包。把带来的凶器扔在现场，把岩岸先生小屋里的登山锹带回去挂上，如此一来就万事周全了。登山绳原本就是小屋里的物品，只要这么做的话谁也不会怀疑只有登山锹是从别的地方带来的。大家应该会认为，登山锹和登山绳都是现场的东西。这确实是不费吹灰之力的好办法，您应该也毫不迟疑地打算就这么干。然而，好事多磨。这里便产生了一个问题——作为凶器使用的登山锹和挂在墙壁上的登山锹在形状上有微妙的差别。非常抱歉，白天你们出门下山的时候我擅自进入了您的小屋进行了调查。”

至此，星园的眉宇间第一次露出了愁容。这么说来，和夫在昨天晚上也注意到了，星园小屋里的登山锹比杀人现场的那支前端要稍微长一点。

“但是，无论如何调包都是有必要的，必须要在自己的小屋里挂上一支没有沾上血迹的登山锹。为此，就必须让人认为带来的登山锹从一开始就是挂在那儿的。可是，两支登山锹的形状有些许不同。问题在于墙壁上的煤污。整面墙上都彻底地覆盖着一层薄薄的煤渍，而登山锹的形状有微妙的差异。刚好就像在改装房子时，更换家具后房间里的墙壁一样。如果知道了煤渍与现场的登山锹是不一致的，那就会发现凶器是凶手带来的。即便我们这些外行人士看不清楚，警方在仔细搜查后也会立刻留意到。您在此时还不知道第二天这里会与外界隔绝，所以还是害怕警方来调查的。如果登山锹的调包意图被识破，警方就会去搜查哪处小屋里的煤渍与凶器吻合。于是，这次您便通过逆向思维来解决问题。既然登山锹行不通，那就在墙壁上做点手脚吧。虽然将整面墙壁毁掉，就可以让证据连同煤渍一起消失，但又不好去放火。如果发生火灾，大家都会醒来的。必须要让大家以为行凶是发生在杉下先生偷听的时候。如果不这么做，好不容易得到的不在场证明就化为泡影了。必须要避免火灾等原因所造成的时间上的偏差。为了让推定死亡时间有偏差，说不定可以在尸体上做些手脚。不过到头来警察还是会来的，这么做没有意义。”

麻子终于露出了一丝微笑。不过在和夫看来，那笑容中却带着些许疲惫。

“既然没有办法让整面墙壁都消失，那就只能消除墙壁上的煤渍了。用水擦拭就可以把整面墙擦干净。如果只擦拭登山锹痕迹的周围，意图就会被发现，因此必须要擦拭那一整面墙。为此，您需要用到大量的水。可是小屋里又没有自来水，外面的炊事房为了防冻又停了水。使用管理栋的自来水有吵醒财野先生或杉下先生的风险，所以也不行。那么，获取水的方法就只有一种了——那就是雪。只要迈出小屋一步就能获取大量的水，没有道理不用。就像是被烫伤的嵯峨岛用雪来降温一样，也就是说，神秘怪圈是您收集大量的雪时留下的痕迹，是有具体而切实的意义的。认为那是毫无意义、扰乱视听的做法是很不自然的。除了水之外，制造神秘怪圈是没有意义的。您将雪收集到水壶里，在暖炉上化开。擦拭用的东西应该是悄悄拿走了岩岸先生包里的毛巾或是衣物吧。星园先生就是这样在半夜里拼命地打扫墙壁。这就是神秘怪圈之谜的答案。”

在深夜的杀人现场打扫墙壁！想象着这不太现实的画面，和夫头都晕了。

“收集雪的痕迹是圆形的，就像神秘怪圈一样，我认为这也是有意义的。用水壶收集雪出乎意料的艰难。水壶不同于水桶，出水口不大不小的。而且那天晚上的雪在好几天前就已经凝固了，用手来捧是收集不了多少的。最迅速的方法便是用平整的木板条或其他的什么东西，像画圆圈似的收集雪块，堆起一小堆后再放到水壶嘴里就好了。小屋地板的下面就有为此而使用的壁板。倒污水的时候也是，地板下面没有积雪，倒在那儿也不会引人注目。”

确实，岩岸小屋的地板下面放了几片壁板似的东西，和夫记得自己和星园一起调查现场的时候看到过。嵯峨岛踢飞水壶的时候里面是空的，这是倒掉污水之后的结果，这么想就能理解了。

“因此，做出神秘怪圈的目的并不是在雪地上留下圆形的纹路，而是为了快速收集大量的雪。此外，那条像团子串似的将神秘怪圈和小屋连接起来的痕迹——是叫通道线来着吧——当然是拖着双脚行走时所留下的。这并不是要隐藏脚印，毕竟左侧大路和小屋之间光明正大地留下了脚印。因为雪很坚硬，您应该也计算到了脚印的大小和细微的特征会消失不见。那么为什么只有通道线的地方是拖着脚步行走的呢？这是为了隐藏自己曾多次往返于小屋和采雪点之间。如果留下了自己多次往返的痕迹，那就会被人发现多次去神秘怪圈做的事。这要是被人知道了，那自己去收集了大量的雪这一行为的目的可能就会被识破。因此，您才只把那条痕迹做成了一条直线的样子。星园先生由于工作的关系，当然也知道神秘怪圈或通道线之类的知识，于是转念一想：反正都会在雪地上留下不自然的痕迹，干脆就做成跟它们相近的形状来蒙人吧。我们信还是不信就暂且不管了。”

“小麻，你还忘了一件事。为什么要在小屋的入口附近收集雪呢——那家伙脸上的表情正准备这么问哟。关于这点你也说明一下吧，为什么要在小屋旁边那么远的地方收集雪。”茜说道。

“好的，老师，我马上就说明。为什么要在小屋左边很远的地方收集雪呢？为什么没在入口旁边更轻松地收集呢？就算星园先生想这么做也是做不到的。这是因为茜老师当晚通宵工作。

那天夜里唯一整晚亮着灯的就只有茜老师的小屋了。其他人似乎很快就睡觉了，他们的小屋应该都暗了下来。而星园先生就是畏惧唯一点亮的那盏灯。如果在小屋入口附近收集雪，那就会有被茜老师看到的风险。要是茜老师打开了窗户想换换气，往外面一看，深夜里星园先生在户外拼命收集雪的样子就尽收眼底了。自己在杀人现场的样子可不能被人目击到，所以您只能选择一个死角。茜老师小屋的视野死角就只有那里，即神秘怪圈所在的位置。于是，星园先生只好在那个位置收集雪了。”

看到茜心满意足地扬了扬下巴，麻子长吁一口气：“星园先生就是这样用登山锹殴打了岩岸先生，用现场的登山绳勒死了他，然后又清洗了墙壁。那个时候，他应该没有发现公文包吧。本来他就没有心思寻找，而且岩岸先生也会把重要的东西给藏起来的。财野先生应该是以前来的时候问过他藏东西的地点，又或者是他知道有秘密账簿的存在所以才拼命地寻找。此后，打扫完墙壁的星园先生也清洗了水壶并消除了痕迹，接着打开暖炉并离开了小屋。将暖炉调到最大也是为了让墙面上清扫过后留下的水分蒸发。回到自己的小屋后，他将顺利调包得来的登山锹重新挂了上去，第二天早上便若无其事地起床了——事情的经过就是这样。”

和夫回想起来，昨晚他在星园的小屋里打算触摸登山锹时被星园严厉地制止了。当时星园说了什么连环杀人之类的话糊弄了过去，和夫现在才意识到，这是为了不让他注意到那支登山锹是有问题的。

麻子继续追问：“星园先生，若是尊重您的逻辑，那我就把‘不在场证明’和‘心理因素’这两项条件给撤销掉。您说杉下先生不能排除嫌疑，可您自己也不能排除嫌疑了。不过，我准备仿照您的说法添加一项新的条件，名为‘凶器选择·其二’。凶手制造了神秘怪圈并打扫了墙壁，这就证明登山锹是从外面带进来的。因此，当晚无法准备登山锹的人就不可能是凶手。杉下先生没有住在小屋里，无法获得登山锹，从而可以排除嫌疑。如何？现在剩下的就只有您一个人了，星园先生。其他人早就在您自己的论述下解除嫌疑了。”

“你的推理并不严密，他大概是从那边的杂物间里找到的吧。”

星园好不容易才挤出了这么几个字，但那声音很微弱，几乎是有气无力地发出来的。

麻子继续追击道：“星园先生，您确实是随机应变地挑战了一项犯罪行为，之后的行动也是合情合理、无可挑剔的。开始是想让杉下先生偷听到谈话的客人来顶罪；然后先发制人、率先去寻找凶手；拉拢杉下先生、坚持由自己来揭发凶手的立场；甚至还预料到由美她们中途会发牢骚，便假装要下山的样子，演技相当精湛。下山的人怎么看也不像凶手，您得以如愿以偿，真的是太会钻营取巧了。星园先生，估计您后来也跟我一样，推测出了杉下先生的误会。然后，原本预期在岩岸先生的案子里会介入的警方却没能出现，便也结果了财野。如果让带出了手机和收音机的财野先生永远闭嘴，您就能够在‘不在场证明’条件的守护下处于绝对安全的位置。财野一案中，您想让岩岸先生因逃税的事情暴露而丑态毕出，才留下了公文包，只拿走了自己所需要的手机和收音机，对吧？或者是为了不让岩岸先生身边除了财野先生之外、其他知道秘密账簿的人觉得可疑，才把笔记给留了下来？能否告诉我是哪种情况呢？还有，手机和收音机又藏在哪儿了？是不是已经处理掉了？”

星园一言不发。

“说不出口啊。星园先生，到了今天您又想到了一个绝妙的主意。您的想法非常有趣，我很佩服——这既不是讽刺也不是玩笑，我是认真的。在封闭的空间里发生了连环杀人案，封闭解除后警察到达的时候，幸存下来的所有人都认为其中的一人是凶手——对于真凶来讲，没有比这更有利的情况了。就算被指认为凶手的当事人否认，只要剩下的所有人都主张他是凶手而把他交给了警察，那么此人的说辞就几乎不会被采纳了。警察对这里发生的事一无所知，在没有任何情报的状况下会产生先入为主的观念。而且，每个人都一意孤行地认为此人是凶手而做出了口供，便会在无意识之下歪曲事实或篡改成让自己满意的记忆。警察的审讯是建立在所有人一意孤行的基础之上进行的，也就等同于凶手是确定的。您就是为此目的而选择了杉下先生。杉下先生睡在管理栋里，鞋子和裤子都不太脏。您为了让他看起来像是半夜里出门的凶手，便特地让他陪您下山，好让他的鞋子和裤子被外面的雪水或泥土弄脏——您连这一步都考虑到了啊。然后，您知道了明天这里的封锁局面会解除，便在今晚下此赌注。即便是把自己犯罪过程中的疏漏一一罗列出来，只要我们所有人都接受了杉下先生是凶手，那么就有足够回转的余地了。我对您的智慧和胆识表示敬佩。不过，我不太能认同您那种若无其事陷害他人的做法。”

麻子微微皱了皱眉。

“我和茜老师一起思考了各种各样的情况，几乎掌握了您的所作所为，可是只有动机没弄清楚。第一起案子发生后，如果警察当天就会来的话，第二起财野的案子就终究是次要的。警察到达的话，您应该就没办法杀掉财野先生了，所以并没有计划连续杀掉两个人。财野案的动机倒也很简单，就是电话和收音机，以及让带出这些东西的财野先生闭嘴。可是我们无论如何也想不明白岩岸先生的案子。因此，我们预计等到您的计划就快要实现之时——所有人只差一步就会接受杉下先生是凶手这一说法，为您创造出最有利的环境之时——您一定就会告诉我们。所以我才执着于动机。而星园先生，您正好就不打自招了。您打算在最后一步才说出的那个动机，对我们来说也是最后一步。”

“是为社长报仇雪恨吗？不过，我对那位社长既没有尽情分的道理，又没有忠心耿耿的追随。”

“事到如今你还在说什么啊？”茜突然冷冷地说道，“你跟那位社长先生不是最亲近的吗？我可是知道的，你是那位社长先生的小白脸啊。”

茜的话语让星园的脸色骤变。他那白皙的脸庞顿时染上了一抹朱红。

和夫愕然地注视着这位奶油小生，惊愕得说不出话来。Culture Creative部的部长说是在社长的命令下让和夫来当跟班，为了不让害虫缠上星园，而这其实是为了监视自己的情人啊。而且情人还是个男的。

“你突然之间发什么呆啊？”茜的语气强硬而又带着叱责，“这件事在业内很出名，像我这种跟电视台几乎不打交道的作家都知道。文化名人或媒体从业者应该都是很清楚的。”

“大家——都——知道？”星园突然无力地低下了头，苍白的脸上阴云密布。

“对，大家都知道。看你的样子好像就只有你本人不知道。你的事务所给众人施加了相当大的压力，所以没有人当面讲这件事，不过这已经是公开的秘密了。无论是综艺节目的主持人还是共同出演的嘉宾，大家都在暗地里嘲笑着：那个混账，明明就是个人妖，竟然还无聊地去吸引女孩子的芳心来赚钱。日本对同性恋还是存在偏见的啊。”

茜冷笑一声。就在这时，星园猛地抓起站在窗帘一旁的由美的头发，拿她的身体当作挡箭牌，绕到她的背后，摁住了她的脖子，手里握着不知道从哪儿掏出来的一把小刀。

星园凶相毕露，眼角吊起，眼神已经完全脱离了常规，扭曲的嘴角充满凶暴的力量，以往的绅士风度已经丢得一干二净。

由美的喉咙被明晃晃的小刀紧紧地抵着。她把眼睛瞪得浑圆，呆呆地站着不动。事情的发展太超出想象了，她连尖叫也忘记了。

“呀！”

取而代之的是美树子，她突然发疯似的叫了起来。她打算逃跑，脚却绊了一下，一个跟头往前栽去。尽管如此，美树子还是惊慌失措地爬到了餐桌下面。

“不许动，你这个蠢娘们儿！”

星园咒骂道，猛兽般的声音宛如他人，拿小刀的那只手增加了力道。由美身体僵硬，深吸了一口气。

“畜生！开什么开玩笑！不可原谅！你们一个个的居然都瞧不起我！你们这些垃圾！”

星园的怒吼声已经变了调，这是被疯狂支配的人所特有的语调。就连茜也没能预料到事态会发展成这样，一句话都没说。麻子则面色苍白地站在一旁。

“乖乖地让这个废物当凶手不就好了？他这个傻子在这世上根本就没有任何用处，除了替我顶罪还能有什么本事？他妈的！

开什么玩笑！我才不会被抓住。我怎么可能因为杀了那两个低能而下作的家伙就被抓住？杀了他们那种废物也没有什么大不了的。可恶，只好把这个蠢女人当人质，带着她一起逃跑了！好不容易让那个臭小子担当了凶手这么重要的角色，结果搞得一团糟。明明只要有一两个这样的家伙被判了死刑就能圆满收场的。”

这已然是咆哮了。星园的怒号粗暴不堪，那凶猛的气势都快喷出火焰来了。

他虽然喋喋不休地说了一大堆话，但现在的形势已经相当难办了。和夫出人意料地冷静思考着：茜和麻子对事情发展成这样一筹莫展；从由美内心胆怯的样子来看，根本不指望她能自己逃脱。现在只有我这个男人来想想办法了。看准机会扑过去，至少得把小刀给夺过来。

“要不把这个臭女人也解决掉吧。混账东西！自以为是地把我的计划全搞砸了。区区一个低俗小说家的蠢货秘书，却在胡扯些什么？要说胡话至少得给我打下草稿。所谓收集雪留下的痕迹又是什么？啊？蠢货！一个侏儒女还这么狂妄自大、自说自话。你这家伙又矮又丑，就只配抓别人的小辫子了。丑女就老老实实地给我闭嘴！想要跟我较量还早了一百万年呢。一个丑女还好意思恬不知耻地出门。喂，矮骡子，过来。只有你不能原谅！你那塌鼻子让你很骄傲吧。我来削了它，让它变得更塌。快过来！”

麻子的嘴唇微微地扭曲，屈辱和无力感似乎让她连口都没办法开。

“喂，你在干什么啊，丑女？我不是说了吗，要让你那张歪瓜裂枣的脸变得更加不堪入目，令人都不想看第二眼。快过来！

你那身体就跟黄毛丫头似的既不性感又没情调，作为女人算是次品中的次品，就算脸上缺了那么一两块儿也没什么关系。快点过来！”

刹那间，和夫的脑子里嗡地一响。自己就算了，竟然那样说麻子。克制情绪的枷锁已经裂开，消失得无影无踪。和夫愤怒得忘乎所以，冲动之下一脚蹬离了地板。

然而说时迟那时快，小刀的光亮飞到了和夫的眼前。他不知道发生了什么。

小刀从和夫的视野里穿过，掠过耳畔，划着一条直线向天花板飞去。伴随着咔嚓的清脆声音，小刀刺到了天花板上。

呆若木鸡的和夫眼前，不知是谁的一双鞋子在空中翻转。当然，这双鞋子正连着某人的双脚。鞋子的主人漂亮地在空中画了一道弧线，在地面猛烈的震动中着了陆。地板是木质的，而此人是后背着地。他的喉咙里挤出“呜”的一声，发出了走调的声音。

呈“大”字形长长地伸展在地板上的正是星园。

和夫一抬头就看到由美保持着刚才双手贴在脖子上的姿势，瞠目结舌地站在那里。她的旁边，嵯峨岛把双手摆成了阿拉伯数字“8”的形状，维持着这奇妙的姿势静止不动。

在众人糊里糊涂的注视下，嵯峨岛收起了那奇妙的姿势，变回了原来那种弯腰驼背、无精打采的中年男人模样。

“不可以使用暴力哦。本来我是不想用这招的。”

嵯峨岛很不愉快地嘟囔着。他用右手摩擦着包有绷带的、似乎还很痛的左手，那悲悯的表情看起来仿佛是在厌恶自己。

29

【众人迎来了第四天的早晨。天气好转，案件也就此结束了。】

屋外晴空万里，令人神清气爽。从二楼的窗户仰望天空，那是一望无垠的深蓝色景致。

万里无云的晴空仿佛是在诉说着，下到昨天为止的暴风雪是个天大的笑话。被雪覆盖的山峰层峦叠嶂，那抹雪白已经渗透在湛蓝的苍穹之中。在朝阳的照耀下，银色的山坡熠熠生辉。那温和的光芒又没有微风吹拂，让人不觉得这是秩父山，而是遥远欧洲的高山风景。近处的树枝银装素裹，就连微风也不曾拂过。

昨晚那场闹剧之后，大家把昏过去的星园用登山绳五花大绑，扔进了地下室里。嵯峨岛在门前通宵值守。现在他一定还在地下室前翻阅外文书，努力地完成自己的职责。

由美和美树子紧紧地贴在嵯峨岛身边，寸步不离。就算她们妨碍到了嵯峨岛读书而让他感觉厌烦，她们也还是像狗皮膏药似的紧紧贴住不放。

茜把自己关在小屋里继续一丝不苟的工作。她说案件已经解决，要埋头写稿子了。这位老师的工作狂属性可真不是盖的。

和夫从二楼的窗户眺望着白雪皑皑的世界，说："不过还是吓了我一跳啊。那人竟然是凶手。"

"对啊。"站在一旁的麻子回答道。

麻子裹着一件毛茸茸的毛衣，在清晨静谧的阳光下，柔软得就跟棉花糖精灵似的。

"罢了，交往的时间毕竟不长，倒也没受到打击。不过确实还是让我震惊。非要说的话，我觉得自己没能看清他的本性，太没出息了。”

和夫做出一脸萎靡的样子，麻子见了觉得甚是好笑。

“不过，不得不辞职也真够呛啊。自己负责的文化名人竟然犯下了这档子事儿，实在是监督不周啊。”

“你没有任何责任的。不过，确实还是没法待下去了啊。”

“嗯，而且社长还是那方面的人——罢了，我无意对人家这方面的爱好说三道四，不过我的一股脑子热劲儿也褪去了。”

“那你辞职后准备怎么办？”

“这个就以后再说吧。”

和夫就像卸下了所有的包袱似的，尽情地舒展身子，然后说：“不过你的推理好厉害啊，竟然能把那么复杂的事情想明白。”

“有一半是茜老师的功劳，我只是帮她出了个主意而已。”

“别胡说了，明明几乎都是小麻想出来的。”背后突然传来了茜的声音。

“啊，老师——”

“年轻人，你们继续。”茜举起手制止了准备靠过来的麻子，调侃道，“我还有点事。电灯泡马上就会走开，两位年轻人就不要拘谨了。”

“真是的，不要开玩笑嘛。”

和夫惊慌失措地看着麻子脸上泛出了一丝红晕。

“对了，小麻，记下来。”

“好。”

麻子像之前那样变戏法似的掏出了笔记本。

“写完奇想社的稿子后，我决定挑战推理小说试试看。毕竟是第一本推理小说，所以要大量地使用高科技机器之类的，而且设置的诡计会让人大吃一惊。”

和夫俏皮地说道：“收音机和手机之类的吗？”

茜微微一笑：“不是，所谓高科技嘛，就是引领时代最前沿技术的机器。不过毕竟是现实的案件，充其量也就是那些东西了。对了，小麻，再记一下。”

“好。”

“我回去后要先做紧急的工作，然后准备休个假。我从之前就想一个人出门去印度附近旅行——人生无常，什么时候没了都不知道。”

茜的最后一句话像是在喃喃自语。这位堪称工作狂的作家老师也从这次的案件里有所感悟了吗？

“好，为了能顺利休假，再加把劲坚持一会儿吧。”茜说完，便像抠脚大汉似的来回扭动着手腕，走了出去。

那位老师去独自旅行的话，麻子当然也能休假了。和夫兴奋地想着。那么，该如何邀请这位才思敏捷的女孩去约会呢？和夫把失业一事抛诸脑后，自顾自地打着如意算盘——“要是邀请对方，可别带人家去居酒屋”。

也不知麻子是否知道和夫的打算，她一言不发地眺望着窗外的雪景。和夫与她肩并肩，看着那熠熠生辉的景致说：“不过啊，我还是有一件事很在意。那人说他有梦想——或者应该说是目标吧，所以才会做‘观星什么的’这种厌恶的工作，以此来赚钱。”

“是什么样的目标啊？”

“好像是为了给过去发生在乡下的一桩杀人案平反。我有点在意啊，一想到这案子已经再也不能解决了，就觉得心里憋得慌。”

成为社长的情人说不定也是为了进一步接近目标金额。

麻子依旧注视着窗外说：“不过，从他的本性来看，说不定这也是骗人的。这是拉拢你的权宜之计。”

“也对，说不定是这样的。”

想起星园辱骂麻子时那恶魔般的凶相，和夫点了点头。确实，他觉得那种家伙不可能为了别人去工作。

“对，或许是这样。”和夫又说了一次。这是为了叮嘱自己。

“这么想会好受些。你又没有必要背负这种事，而且他人那些无法实现的梦想，等同于从一开始就不存在。”麻子有些空落落地说道。

她好像觉得自己的话有点难为情，便又立刻露出了笑容，精神抖擞地说：“嗯，我也要为实现自己的梦想而努力。”

“你的梦想是什么啊？”

“这是秘密。”

“小气包。告诉我又能怎么样嘛。”

“不要，不告诉你。”

麻子把头扭向一边。和夫抓住她的肩膀，让她转了过来。

“快告诉我。”

“不要。”

“给点提示。”

“没有提示。”

“就一点点嘛。”

“一点点也不可以。”

四目相对。

两人之间流动着亲密的气息。

和夫恢复了严肃的表情，轻声呢喃："谢谢，真的很谢谢你。要是没有你，都不知道会怎样了。"

麻子也一脸严肃地接受了谢意："没事的。"

麻子的声音有些许颤抖。

那颤抖的双唇实在是太可爱了。

和夫目不转睛地注视着麻子的眼睛。这道目光似乎让麻子有些胆怯，但她还是接纳了。两人沉默着，互相注视着对方。接着，像是被吸引过去似的，和夫靠近了麻子的樱桃小嘴。

"啊——"

麻子的叫声让和夫泄了气。他正在靠近的脸庞差点儿撞到麻子的肩膀上。麻子看着外面，黑色的眼眸瞪得大大的。

"怎、怎么了？"

"听，那边是不是有什么声音？"

"哪儿？"

"听啊，那不是直升机的声音吗？啊，看到了，在那儿，就在那边。"

"在哪儿在哪儿？"

"就在那座三角形山峰的右边一点。"

麻子用她纤细的指尖指着玻璃窗外。确实是直升机。远方山峰的上空，有一架直升机在朝阳的照射下反射出了银闪闪的光辉。

"真的啊。救援队来了。"

"太好了。"

麻子专心致志地看着直升机。伴随着让人踏实的轰鸣声，闪闪发光的直升机矫健地朝着他们开过来。驾驶舱的圆形玻璃窗反射着阳光，渐渐朝他们靠近。

这一切映在了麻子的瞳孔里，霎时闪烁出微弱的光芒。那光芒宛如迟暮时分的星辰闪烁一般，光影流动，若隐若现。

文库（新装版）发行寄语

仓知淳

《星降山庄杀人事件》文库新装版发行了。与旧版相比，新版的字体更大，更方便阅读。可喜可贺。

那么，《星降山庄杀人事件》是什么时候问世的呢？我找出了旧版，确认了一下。版权页上记录的初版发行年份竟然是一九九六年。

说起一九九六年，已经是几十年前的往昔了。现在的高中生一代自不必说，当时连很多大学生都还没有出生，真的是遥远的往昔了。不对，写下本书的我也是上了年纪了啊。

毕竟都过了几十年，已经是如此久远的事了，当时写作的记忆都开始模糊不清了。

那时，我租住的是一所毗邻杉并区某个公园的房子。那座公园颇有规模，长长的公园用地沿着河流两岸铺开，面积非常大。公园里有绿地，有步道，有骑行道，有宽阔的池子，有一排可供孩子们玩耍的游乐设施，还有一处可在草地上玩棒球的小巧的棒球场。这座公园在东京二十三区里也算是宽敞的了。正因为它的宽敞，对于附近的居民来说也是一处良好的休憩场所。

或是在天气好的日子散步，或是沿着河岸漫无目的地行走，或是无所事事地坐在向阳的长凳上，或是看着大鲤鱼在池畔优雅地游弋，或是观赏着休息日在棒球场进行棒球比赛的大叔们拙劣的样子。对了，公园的一角有十来只流浪猫聚居在一起，我也经常去那儿爱抚那些可爱的猫咪。此外，我也是在这座公园的步道上一边漫步，一边构思《星降山庄杀人事件》的。

我列举出的尽是优点，说不定会让各位读者觉得这个环境颇为舒适。然而，任何事物都是具有两面性的，那里当然也是有缺点的。前面所述的“毗邻公园的房子”则占据了大部分的缺点。这绝非夸张的表达方式，而是如字面意思那样是“毗邻”的。这所房子离公园很近，几乎可以说是建在公园里的。

想必大家已经能够想象是什么样的“缺点”了吧。

没错，那就是喧闹不堪。

房子刚好就邻接着公园，门口就会有人经过。由于是附近居民的休憩场所，会有许许多多的人聚集而来。当然，大家并不是一声不吭地经过的。我会不断地听到各种声音：孩童来回奔跑，阿姨们闲话家常，放学回家的中学生大声地聊天，老年合唱团练习童谣，情侣在半夜里打情骂俏，散步路上的大爷放着大音量的广播、精疲力竭地坐在长凳上休息。赏花时节，有时还会有人在我就寝的房间窗户的正下方铺上毯子开宴会，甚至还会被大叔们唱卡拉OK的洪亮歌声所惊醒。最过分的是在半夜里，暴力团成员骑着摩托车冲进公园，与警察展开追逐战。

不过，这种程度的噪声已经是属于温和的范畴了，人的说话声并没有到无法忍受的地步，骑摩托车的暴力团成员也不是每晚出没，所以倒也不是什么特别的问题。

其中，让我烦恼不堪的要数滑板了。

在赏花时节开宴会的地点，附近有一条铺装道路。不知是什么缘由，这条路既远离步道又远离骑行道，是独立出来的。约三十米左右的水泥道路笔直地延伸，与其他道路没有交汇，是一条断头路。举例来说，就像是飞机跑道一样的感觉。我并不知道修建这条道路的实际意图是什么，总归就是一条可疑的道路。它并没有与步道或非机动车道相接，无论做什么事都不会妨碍通行。于是，这条三十米左右的道路便成了滑板爱好者的练习场，有很多附近的年轻人来练习。虽说是滑板，但只是水平滑动的话倒也不会带来什么困扰。可是，他们也会使用那种跳起来的动作。这该叫什么呢？跳跃技？“刺啦”地滑过来，滑手突然跳起来的同时滑板也在空中翻滚一圈，着陆时滑板又恢复成原来的状态，然后又“刺拉”地滑过去。就是这种技艺。着陆的时候会发出很大的声音啊。滑板会“啪嗒”一声狠狠地摔在地面上。

这样的情景每日每夜都在我的窗下上演。

刺啦——啪嗒——刺啦。

刺啦——啪嗒——刺啦。

这个“啪嗒”声刺激着我的神经。

尽管白天的时候没人来，一到黄昏时分，年轻人就来了。“刺啦——啪嗒——刺啦”“刺啦——啪嗒——刺啦”，就这样反复地练习。太阳下山，天色已暗，他们也不停歇。

我对此真的吃不消，都快要神经衰弱了。

话虽如此，我又不好向他们提意见，让他们不要在公园里玩耍。毕竟这里是玩耍的场所，要是发了牢骚，就显得我自己很没有常识了。

这让我一筹莫展。

说了许多无关紧要的话，都不知道自己想说什么了。总之，我想说的是，《星降山庄杀人事件》就是在这种环境下创作出来的。

我一面忍受着“啪嗒”声对神经的攻击，一面拼命地写稿子。“把这本书写完拿到钱后赶紧逃离这种地方”，我正是在这种坚定的决心之下咬紧牙关、奋笔疾书。

或许正是因为有了这份动力，我还记得我很早就完稿了，大概就用了一个多月吧。虽然比平时的速度要快一些，但我觉得也是因为全神贯注的缘故，一口气就写完了，写作状态非常好。我自满地想着，完成的这部作品还算蛮不错的。

不管事情的经过如何，《星降山庄杀人事件》面世后便收获了好评，在我的书中也是最畅销的（不对，其他的书说不定根本就没卖出去）。虽然已经过了几十年，但到如今还是会偶尔进入“有史以来十佳作品”之类的榜单，这让我颇为感激。

文库版经过了本次的重新出版后，能够以全新的面目呈现在大家的眼前。若是各位能拿在手中，我便感觉无上欣慰。

虽然如此，这都是几十年前写的东西了，不可否认的是有些地方的描写会很陈旧（比如手机的那一段）。然而，若是对这些细微的地方进行修正，那就没完没了了，所以我便保持内容原封不动，直接作为新装版来发行了。陈旧的地方也是有其独特韵味的，希望各位读者包涵。

不过，我可以保证，作品的质量仍然历久弥新。

这是我精心完成的作品，应该不会因为数十年的光阴流动而索然无味。关于这一点我还是很有自信的，我深信这部作品就算是现在读来也会很有趣。

希望各位读者朋友也能乐在其中，对我这个作者来说，没有比这更值得开心的事了。

顺带一提，毗邻那座公园的房子，我在本书完成后就立刻逃了出去，在这里顺便报告给各位读者。时至今日，我还留下了后遗症：当我在街头遇到抱着滑板的年轻人时，心情便会不由得忧郁起来。

图书在版编目（CIP）数据

星降山庄杀人事件 /（日）仓知淳著；水七木译．—北京：新星出版社，2021.7（2021.10 重印）

ISBN 978-7-5133-4515-6

Ⅰ．①星… Ⅱ．①仓… ②水… Ⅲ．①长篇小说－日本－现代 Ⅳ．① I313.45

中国版本图书馆 CIP 数据核字 (2021) 第 088826 号

午夜文库

谢刚 主持

星降山庄杀人事件

［日］仓知淳 著；水七木 译

责任编辑：王 萌
责任校对：刘 义
责任印制：李珊珊
装帧设计：人马艺术设计 · 储平

出版发行：新星出版社
出 版 人：马汝军
社　　址：北京市西城区车公庄大街丙3号楼 100044
网　　址：www.newstarpress.com
电　　话：010-88310888
传　　真：010-65270449
法律顾问：北京市岳成律师事务所

读者服务：010-88310811 service@newstarpress.com
邮购地址：北京市西城区车公庄大街丙3号楼 100044

印　　刷：天津行知印刷有限公司
开　　本：910mm × 1230mm 1/32
印　　张：9.625
字　　数：174千字
版　　次：2021年7月第一版 2021年10月第三次印刷
书　　号：ISBN 978-7-5133-4515-6
定　　价：48.00元